A ÚLTIMA IMPERATRIZ

A ÚLTIMA IMPERATRIZ

DA CHEN

Tradução
Regina Lyra

Título original: *My Last Empress*

© DS Studios Inc., 2012

Esta edição traduzida foi publicada em acordo com Crown Publishers, um selo da Crown Publishing Group, uma divisão da Random House, Inc.

Direitos de edição da obra em língua portuguesa no Brasil adquiridos pela EDITORA NOVA FRONTEIRA S.A. Todos os direitos reservados. Nenhuma parte desta obra pode ser apropriada e estocada em sistema de banco de dados ou processo similar, em qualquer forma ou meio, seja eletrônico, de fotocópia, gravação etc., sem a permissão do detentor do copirraite.

EDITORA NOVA FRONTEIRA S.A.
Rua Nova Jerusalém, 345 – Bonsucesso – 21042-235
Rio de Janeiro – RJ – Brasil
Tel.: (21) 3882-8200 – Fax: (21)3882-8212/8313
sac@novafronteira.com.br

CIP-Brasil. Catalogação na Publicação
Sindicato Nacional dos Editores de Livros, RJ

C447u Chen, Da, 1962-
         A última imperatriz / Da Chen; tradução Regina Lyra. – 1. ed. – Rio de Janeiro: Nova Fronteira, 2015.

         Tradução de: My last empress
         ISBN 978-85-209-3415-9

         1. Romance chinês. I. Lyra, Regina. II. Título.

15-19917
CDD: 895.13
CDU:821.581-3

Para Robert S. Pirie,
um mentor generoso

PRÓLOGO

Estou velho, decadente e azedo. Sou uma árvore morta com uma cavidade podre em que cresce o caule de uma flor — minha última imperatriz.

Sentado na varanda, sinto meus ossos doerem e meu coração prestes a mergulhar no horizonte como o sol que irá se pôr em breve. Estou sozinho agora com In-In, o criado do palácio da época em que fui tutor do último imperador. Ele é tão presente quanto os pensamentos que tenho de minha Annabelle.

A idade simplifica todo e qualquer impulso. Apenas a essência da vida permanece; o resto não tem a menor importância. Diariamente me levanto para executar uma tarefa modesta: escrever o que se passou desde aquela fagulha inicial até a derradeira chama, costurando contas do meu passado para formar o alicerce do meu presente.

"Por qual motivo?", você deve se perguntar. A resposta é simples. Para que todos saibam que não levei uma vida infrutífera, e, sim, uma vida imortal.

Revivo no papel os dias de outrora, saboreando sua glória exatamente como faz a sombra com o sol. Esta é uma história de amor e inevitabilidade. Eu não era nada até conhecer Annabelle num malfadado dia de verão.

— Sua tinta está pronta, patrão — avisa In-In com voz macia, colocando o tinteiro à minha frente. A tinta cintila como a noite intrusa. Molho com cuidado a ponta do pincel no tinteiro e depois deixo que ele deslize sobre o papel poroso.

Da minha mão trêmula sangra a paixão que eu julgava ter morrido tantos anos atrás. Ainda assim, para sempre hei de desejar, hei de querer.

CAPÍTULO 1

Não houve indícios nem sinais prematuros da minha predileção pela juventude, pela inocência ou pelo fantasmagórico. Todos os ramos da minha árvore genealógica se erguiam eretos e jamais ficaram à sombra, mesmo sob o sol enviesado da tarde. Papai trabalhava no escritório de advocacia da família — o Pickens, Pickens & Davis — e passava os verões em seu iate branco ao longo do litoral de Connecticut, na companhia dos amigos abastados que cumulavam de atenção seu único herdeiro, eu, um menino de cílios louros metido num arremedo de uniforme da Marinha. Em minhas primeiras lembranças, eu me vejo no centro de um anel de fumaça de charuto exalado pelas bocas lisonjeiras dos amigos de meu pai, que também bafejavam uísque ao enrolar na língua o sotaque da Nova Inglaterra. Mamãe, uma matriarca amatronada, era fruto de uma árvore de maior porte ainda, descendendo diretamente de Elihu Yale, o fundador da famosa universidade que leva seu nome. Nunca se discutiu que rumo tomaria minha vida: um colégio tradicional, Yale e, então, o trabalho no escritório da família, de dia, e o ócio no clube, à noite. Tomaria uísque, fumaria charutos e despiria com os olhos as criadinhas da casa enquanto minha noiva, uma loura magra e sem sal de uma família de prestígio similar, fingiria não estar olhando. Foi o que fez meu pai, seguindo os passos do pai dele. Quem era eu para me desviar desse caminho?

Começou muito inocentemente, quando eu ainda cursava o último ano do colegial, e culminou no meu encontro virginal com uma donzela madura. A sra. D era a esposa estéril do bibliotecário almofadinha. Entregava-se ao ócio sob o sol da Nova Inglaterra, devorando romances proibidos enquanto seu poodle mestiço de focinho avantajado a lambia entre as coxas envoltas em meias. Parecia aturdida, desiludida, os olhos cor de avelã, cheios de angústia e de uma dor indefinível, que todos no campus eram unânimes em atribuir à ausência de filhos.

O sr. D tinha a aparência de um homem infértil. Era pálido, magro, sem um bigode chamativo ou um peito cabeludo, o que era possível constatar quando eventualmente participava, com relutância e embaraço, dos jogos de críquete dos professores. Como era de se esperar, os boatos sugeriam ser ela a responsável, já que sua reação era dócil como a de um réu culpado. Ambos podiam colaborar naquele jogo infrutífero, cada qual tão infértil quanto o outro, ou talvez os dois fossem dotados do poder de procriar, mas a chama do desejo jamais se acendesse, ou apenas bruxuleasse, em seus frios quartos separados. Há muito essa era uma matéria extracurricular sobre a qual se debruçavam todos os alunos durante os derradeiros e nebulosos minutos antes que o sono nos reclamasse a alma após o apagar das luzes. Eu sentia um arrepio ao ouvir a palavra "estéril" e o nome da pobre sra. D mencionados na mesma frase.

Do cabelo dela, nem sempre alinhado, quase sempre se desprendia uma mecha que lhe caía sobre o nariz e alcançava os lábios, estes com frequência entreabertos. Os quadris eram amplos, talhados para o sacrifício como os de qualquer mulher fértil. Como culpá-la de alguma coisa?

Meu coração ainda bate forte quando me lembro do primeiro toque daquela mão trêmula.

Era a primeira vez que eu passava o Dia de Ação de Graças no colégio, longe da neve de Connecticut. O silêncio no campus era ensurdecedor. O sr. D saíra para caçar veados nas montanhas, deixando a sra. D na casa vazia. Naquela tarde me deram a tarefa de tirar a poeira da pequena coleção de iates de brinquedo, velas de lona e mastros de bambu guardada na biblioteca da casa do sr. D. Ao chegar, encontrei a sra. D recém-desperta da sesta, esparramada no sofá qual uma estrela-do-mar, com um livro repousando em seu peito e as pernas abertas. O poodle não estava à vista, embora seu fedor pairasse de leve no ar.

A sra. D me cumprimentou segurando meu rosto entre as mãos sedosas. Eu me derreti como um boneco de neve debaixo do sol e enterrei o rosto em seu peito. Os seios dela eram firmes; as nádegas, macias. O tatear estonteado dos meus dedos a embalou, e o aroma do seu hálito evocou a lembrança estival do iate branco de meu pai. Em meio a um borrão de cenas — passarinhos voando, vidros refletindo o sol, o poodle farejando em algum lugar da casa, meu mastro a postos para cumprir sua função —, ela sussurrou carinhos e senti o calor de sua mão faminta na minha espada. Meias sedosas se rasgaram, e cegamente me embrenhei pântano adentro.

Ai, longínquo Dia de Ação de Graças, tormento da minha juventude.

Copulamos mais algumas vezes sob o véu da suspeita do sr. D, até não podermos mais aguentar o suspense — enfrentei a expulsão, e ela, a previsível perda do emprego do sr. D, mas sua lembrança acabou por se tornar o alicerce da minha excitação juvenil. Lábios entreabertos, mechas de cabelo soltas lhe descendo pelo rosto, uma casa vazia e um céu frio carregado de expectativa da neve próxima faziam meu coração doer, como naquele dia lúgubre, e meu sexo arder com o calor daquela tarde.

Frequentemente fazia planos de invadir mais uma vez a residência coberta de hera da sra. D para penetrar sua vulnerabilidade velada e desenterrar os gritos abafados que ela sufocava sob o hálito erudito. Chegamos bem perto apenas uma última vez, durante um pomposo evento acadêmico em que se exigiu que todas as esposas dos professores se sentassem à mesa angular dos benfeitores da escola, incluídos aí os venerandos Pickens. Sentei-me a três cabeças e uma cabeceira de mesa de distância da sra. D e a observei mastigar seu assado insosso. Lancei-lhe o sorriso em código do nosso amor, mas ela evitou meu olhar.

Um baile se seguiu ao jantar. Velhos amigos docentes pediram emprestadas as esposas de outros para se aninharem em seus braços, e acabei por fazê-la girar pelo salão num arremedo de valsa. Ela se manteve calada e de cara fechada e me implorou que parasse em meio à dança. Encostando a cabeça em meu ombro, enquanto o mundo girava nas pontas dos pés, pronunciou duas palavras horripilantes:

— Estou grávida!

Quase a deixei cair. Prendi a respiração durante os três longos e agonizantes segundos seguintes, até sentir a mão de alguém em meu ombro e ouvir o simpático sr. D sussurrar em meu ouvido:

— Permita-me assumir agora.

Terá sido alívio ou terror o que senti? Eu não saberia dizer — o som das palavras dela ainda ecoava em meus ouvidos. Apossei-me, num canto escuro do salão, de duas taças altas com uma bebida qualquer, entornei-as garganta abaixo e voltei correndo para o meu dormitório.

Castigo de Deus, decerto, ser pai de um fruto do pecado. O que a sra. D faria com ele ou ela, a miniatura de mim?

Depois de uma longa semana de temor, o campus de repente começou a fervilhar com a notícia da partida do sr. D. A gravidez da sra. D satisfizera uma cláusula do testamento do falecido tio do marido, um negociante de bebidas de Boston, legando-lhe, como único herdeiro vivo da família D, uma participação minoritária numa fábrica de cerveja, desde que ele produzisse um herdeiro do próprio sangue. O casal partiu à toda e sem qualquer cerimônia, e desde então passei a viver em uma ambiguidade nebulosa.

Ao longo de semanas fui assombrado por pesadelos; e todas as vezes eu acordava suando e arfando. Herbert, o mestre de classe, ligou para papai duas vezes a fim de elogiar meu espírito esportivo, mas manifestou preocupação quanto ao meu bem-estar em geral. Eu tinha olheiras escuras e me mostrava desanimado em assembleias religiosas. Uma enfermeira da escola, depois de tomar meu pulso, colher o limo em minha língua e tamborilar em minhas costelas cheias de eco, declarou se tratar de um caso leve de depressão, solucionável com uma visita ao lar e um pouco de sol. Foi, contudo, a confissão não induzida de um outro viril colega de classe, um tal Samuel Polk III, filho de um financista de má reputação, que dissipou por completo minha culpa.

Numa insípida tarde de domingo, após inflamar minha garganta com um bocado de cantoria sacra, Sam Polk caminhou comigo ao longo de um trecho de gramado próximo à capela, de onde se tinha uma vista parcial do jardim que já pertencera à sra. D. O dia lúgubre deu origem a uma conversa lúgubre, e logo o garoto de Nova York passou a me regalar com suas investidas a prostitutas estrangeiras do Lower East Side, descritas por ele não só como competentes em seu ofício, mas também com suas línguas.

— Entendeu, Pickens? — disse ele, rindo da própria piada. — Mas quer saber de uma coisa, Pickens? Tive mais diversão e menos problemas bem ali, atrás daquelas sebes — acrescentou, apontando com o dedão do pé para o jardim da sra. D.

— Você o quê? — balbuciei.

— Consegui o que queria três vezes com a estéril sra. D. Em apenas duas visitas à casa dela. A terceira aconteceu atrás do arbusto, antes que fosse podado e perdesse as folhas.

Quase enforquei o garoto com minhas próprias mãos.

Fui libertado da prisão da culpa e respirei o ar fresco de um jovem sem filhos, mas naquela liberdade ansiei pela sra. D — a sebe, o jardim, a casa branca, a possibilidade de que para sempre ela olhasse para o rosto do filho e pensasse em mim.

CAPÍTULO 2

Após a partida do casal D, Andover se tornou tão vazia para mim quanto a Cidade Proibida, sob cujo telhado agora escrevo este diário improvável. As cores foram apagadas das árvores outonais, e certa efervescência desapareceu do olhar dos meninos que me cercavam, lamentando o mito que era a sra. D. O vibrante professor de educação física, o sr. Waldran, não mais se sentava no muro baixo em frente à ex-residência do casal nos intervalos entre as aulas — mais um suspeito. Bolas de críquete, de futebol ou quaisquer outras raramente achavam o caminho daquele jardim agora assombrado.

O antigo santuário dos nossos corações logo virou abrigo de teias de aranha quando a neve branqueou as telhas, e o gelo, os beirais, mas a primavera não tardou, e toda a melancolia se evaporou com o som cadenciado de uma exótica flauta melosa. O som vazava da janela daquela casa branca, a ex-moradia do casal D, pairando acima do mesmo jardim.

Aqui e agora devo fazer uma pausa. O farfalhar apressado do meu pincel deve ter despertado os demônios da noite que habitam a Cidade Proibida, onde no momento vivo: os passos dos vigias noturnos se aproximam. Vejam, estou sendo vigiado constantemente pelos olhos que me espreitam das paredes e para além delas. A flautista criadora da música que pairava no ar acima de Andover naquele dia não era outra senão a mulher que me une a este destino no interior da muralha vermelha da Cidade Proibida. Ela é o vaivém da minha maré, o fazer e desfazer de tudo.

Ela foi concebida, segundo me disse no nosso tímido encontro inicial, numa noite calma durante uma travessia do Nilo. Nasceu de madrugada, ao apagar das luzes da dinastia Qing na cidade portuária manchu de Dalien, onde o pai e, antes dele o avô, serviu como missionário na igreja de Jesus Cristo, a divisão asiática da conferência mundial. Os Hawthorn eram um clã de missionários orgulhosos com convicções devotas e convencionalismo severo. O pai, Hawthorn IV, um filipino de sangue azul, perdera uma das pernas para um tigre listrado na montanha Changbai. Realocado pela Conferência Norte-Americana, para a qual trabalhava, foi novamente parar no campus da sua *alma mater*, e sua filha única, em meu colo frio.

Por ter crescido no Oriente, a excêntrica loura de olhos azuis Annabelle gostava de se vestir como uma imperatriz chinesa, com um casaco ricamente bordado, presente de um déspota local. A travessia do Pacífico a deixou melancólica e cheia de saudade da única terra que conhecera na vida. A flauta de bambu, presente de um monge da montanha Changbai — a qual ela soprava com seu hálito perfumado para extrair as melodias daquela terra suja e encardida —, era o único consolo de que dispunha em sua existência desarraigada. Isto é, até que eu aparecesse.

No verso dos nossos hinários planejávamos fugir para casar — ela, aos 19 anos, uma noiva desenfreada, eu, aos 18, um noivo malfadado — no reino brumoso de sua Shangrilá. Annabelle tinha muito conhecimento sobre mitos e mitologia. Nosso templo flutuava nas nuvens, e a primavera tinha gosto doce; ela sonhava ser um fantasma alçado do inferno de um caso de amor, vivendo, etéreo, entre a parede e o revestimento de papel. Eu me gabava da glória futura como explorador destemido, guiado apenas pela luz do sol, com o luar como minha cama.

De forma rápida e desajeitada, nos apaixonamos. A dor daquele amor incipiente e o sofrimento do nosso monstruoso desejo de possuir um ao outro quase nos destruíram ao longo da lua de mel do mês do nosso caso. Ela alternava entre o cume imaginário da euforia e o abismo de humores sombrios e soturnos, enquanto eu chafurdava num perpétuo estado de agonia suspensa, faminto por cada vislumbre dela: caminhando pela trilha arborizada, com um lírio branco nos cabelos; no alto de uma árvore, a saia meio erguida — uma borboleta loura sobre os galhos —; rindo no balanço, fazendo meu coração alçar voo.

Comparada à sra. D, Annabelle era um girino num lago, uma aprendiz da feitiçaria feminina, uma donzela à espera — de que as mãos de seu destino desfolhassem suas pétalas. Nas noites insones, o fantasma da sra. D, a mártir casada, ainda se infiltrava em minhas telas, empurrando Annabelle com o cotovelo, de modo a montar o retrato de um trio. A vulgaridade repentina da sra. D me envergonhava — barriga roliça, coxas com celulite e seios copiosos. Esses sinais de idade arderam todos em chamas, e em lugar deles surgiu a fênix Annabelle.

Ainda estremeço quando lembro do momento em que toquei pela primeira vez o peito em botão de Annabelle, debaixo de um bordo primaveril. Os arbustos proviam uma barreira para nós: do outro lado, a mãe dela tomava chá com as amigas de verão. As folhas das árvores brincavam de se esconder com as folhas de chá sobre a mesa coberta por uma toalha branca. Os seios juvenis da menina eram duros sob o vestido sem graça. Seu rosto se contorceu em agonia, ela apertou a palma de minha mão contra o peito, cobriu-a com a sua e depois a empurrou, lentamente, para enterrá-la entre as pernas. Ambos respiramos fundo, transformando o momento em eternidade. Meus dedos estavam prestes a alcançar sua presa, quando, de repente, o cãozinho da casa soltou um latido. A mãe chamou a filha errante em sua alcova sombreada. Quando surgimos, afinal, me serviram uma xícara de chá, que eu, sem vergonha alguma, aceitei.

Os anseios vindos daquela transgressão não consumada atrás dos arbustos deixaram nossos corações suspirando com um desejo ainda mais potente. Um roçar de ombros no corredor estreito da capela provocava tonteiras; dar as mãos secretamente gerava relâmpagos elétricos; traçar seu nome no solo arenoso me deixava de joelhos bambos e espada desembainhada. Assistíamos estupefatos enquanto a tempestade do amor destroçava nossos corpos jovens.

Minha mão treme enquanto me preparo para descrever aquela malfadada noite em que novamente nos encontramos. Até meu criado no palácio, In-In, que me prepara a tinta, franze a testa, preocupado. Vamos lá, rapaz, torne-a densa, torne-a sedosa, faça com que dure mais que as inscrições sobre minha lápide. Desejo que o mundo saiba a verdade — sim, a verdade que não cobra explicações.

Foi o amor. Foi a lua. Foi a fragrância do mês de junho. Tudo estava em silêncio naquela noite de verão na Nova Inglaterra, quando segui as instruções que Annabelle deixara num bilhete em código na minha Bíblia. Uma trilha de folhas amarelas me aguardava à sombra da minha janela. Um salto no escuro me levou a aterrissar fora do dormitório, e segui, pé ante pé, pela Rota da Seda, com o coração na boca. Nosso ninho de amor era uma ilha estreita entre dois grandes montes de feno cheirando a bolor outonal.

Annabelle estava sentada no feno, o cabelo jogado sobre os ombros, fumando um cachimbo fino de bambu, arrematado por um fornilho borbulhante. O aroma estonteante permeava o ar.

— Fume — disse ela, expirando a fumaça. — É ópio.

Dei uma longa tragada, que engoli quase engasgando, e beijei seus lábios entreabertos. A dor lhe franzia a testa, e o prazer fez seu lábio inferior estremecer. Zonzo de desejo, levantei-lhe a barra da saia, enquanto ela dava mais uma tragada no cachimbo, soprando a fumaça em mim, antes de alimentarmos as bocas famintas um do outro. Com a mão sob aquela saia, velejei atrás do meu destino sombrio, seu perfumado Shangrilá, e ela relaxou as pernas com um débil gritinho. O paraíso estava próximo. Ai, doce primavera. Numa explosão de amor enternecido, libertei minha espada dolorida. Ela me tomou em sua mão esbelta, fazendo estremecer meu sexo, e abriu os portões do seu castelo. Marchei em frente, enquanto as estrelas piscavam sobre meus ombros, e estava prestes a possuir minha amada Annabelle quando as fagulhas do maldito cachimbo de ópio ganharam vida. As chamas, tal qual uma ventania no mar revolto, engoliram os montes de feno.

Minha mente decrépita não é capaz de recordar senão que ela me empurrou para longe quando um fardo de feno em chamas desabou com toda força sobre nós. Meu pé pegou fogo e um odor nauseabundo me acachapou. Lembro-me de puxar seu bracinho fino, seus pés descalços. Então, mais um fardo de feno me acertou o ombro e deixei escapar a mão dela. Fui encontrado inconsciente, levemente queimado e cheio de hematomas, a quatrocentos metros de distância de seus restos mortais carbonizados. Minha mão direita ainda estava estendida em sua direção. Daquele malfadado momento em diante, tenho vivido apenas para lamentar cada segundo de vida sem ela, sem minha Annabelle.

Quando as autoridades me interrogaram a respeito do incêndio e da minha roupa queimada, fui instruído a não mencionar nosso *rendez-vous*. Várias pistas me vinculavam àquela noite infeliz, mas os tentáculos dos venerandos Pickens deram cabo de todas. A maneira como tudo foi abafado me causou repulsa, e escrevi uma confissão tocante de nosso caso de amor que levara ao clímax do incêndio. Ao ler o relatório, o pai de Annabelle e o diretor da escola não só o queimaram em minha presença como também ameaçaram me processar com uma possível denúncia de homicídio involuntário e uma também possível expulsão caso alguma palavra sobre o episódio viesse a público.

No registro oficial de Andover, a morte de Annabelle foi omitida por completo. As chamas de 1891 garantiram apenas uma nota de rodapé dando conta de ter sido esse o primeiro incêndio no famoso campus.

CAPÍTULO 3

Com a morte de Annabelle, meus humores sofreram uma profunda guinada, e uma depressão crescente me fez mergulhar em crises de dores de cabeça lancinantes, que me transformaram num espectro fantasmagórico do meu antigo eu. Por falar em fantasmas, eu fazia amor com o fantasma de Annabelle todas as noites, às vezes duas ou mesmo três vezes, quando as dores de cabeça me permitiam. Ela podia estar morta para o mundo — assim rezava sua lápide —, porém, sob o cobertor, em meus braços, Annabelle sempre foi minha noiva viva, minha esposa virginal. Quando comecei meu primeiro ano em Yale, minhas dores de cabeça desapareceram miraculosamente, e os estudos musicais passaram a me interessar. A combinação de órgãos de tubos com vitrais me soava especialmente sedativa. Bach era uma floresta de solidão que ecoava o riso angélico de Annabelle; Beethoven, uma ilhota de nostalgia, exuberantemente vibrante com lembranças suas. Os vitrais eram o meu sol ensombrecido, salpicado de cocô de pombo.

Embora o órgão parasse, a música continuava em minha cabeça, martelando-a sem cessar e me mantendo desperto a noite toda, embora jamais afastado de minha Annabelle. A insônia tão somente fazia de mim um Hércules e dela uma Joana d'Arc. Que tremenda lua de mel, apesar de acarretar a volta das dores de cabeça, com uma ferocidade chocante, que a intervalos variados me desnorteavam a ponto de me fazer pensar em suicídio, algo que nunca pus em prática. A noite sempre chegava a tempo, e eu simplesmente não podia desamar minha Annabelle.

Tentei escrever poesia, primeiro sonetos, depois baladas. Os rígidos limites de rimas e métricas me oprimiam com uma melancolia claustrofóbica. Foi na prosa que floresci. Eu me via como um mergulhador nervoso no alto de uma cascata caudalosa. Bastava me lançar e, como uma águia, alçava voo. O voo, não meu, mas da minha pena envenenada, produziu um invejável conjunto de obras: 43 ensaios e duas tragicomédias ecléticas. A joia, porém, entre todas, eram os 12 volumes encadernados de cartas para minha Annabelle: 421 cartas, no total. Todas viraram cinzas no 21º aniversário de Annabelle, em um incêndio destinado a acabar com tudo, do qual por pouco escapei, chamuscado e soluçante.

O flerte com fogo foi catártico, embora tenha, sim, deixado uma cicatriz em torno da minha cintura, à qual estavam amarradas as cartas. As janelas do meu coração de repente se abriam; o desejo latejava a partir da base da minha coluna, e ideias de infidelidade me torturavam. Escrevi copiosas confissões para Annabelle, e ela chorou comigo debaixo de nosso cobertor em movimento. A glória do encontro carnal que tivemos a seguir valeu todo o meu esforço penitente com a pena e minha contrição calculista.

CAPÍTULO 4

Annabelle me governava como a imperatriz que ansiara ser em vida. Era informe, etérea, onipresente e penetrante. Vivia na luz, no ar. Era a palheta completa do arco-íris, todos os ciclos de uma estação, e eu, seu único súdito, me rendia no santuário de sua glória. Mentalmente, podia ver suas ideias se formarem, dissolverem, reformarem e se evaporarem por fim. Em meu coração restava uma tristeza teimosa, não minha, mas oriunda dela. Annabelle chorou a própria morte, e eu lamentava seu luto.

Minha rendição simplificou todos os meus anseios, pois os dela agora eram meus, e os meus haviam sido sufocados. Se alguma parte de mim se rebelava contra seu régio desejo, lá vinham as dores de cabeça me afogar como a maré cheia, ameaçando me enterrar na escuridão de sua existência. Mas por que eu haveria, em minha tolice ímpar, de me rebelar contra uma governante tão perfeita? Em sua generosidade infinita, ela me cumulava de amor e de luxúria, me confortava com seu calor nas noites frias e me guiava com sabedoria onipotente, que, entre outras coisas, me ajudou a escapar por pouco de um sanatório.

O reitor de Yale várias vezes insistira com meu pai para consultar um certo dr. Price, apropriadamente batizado em vista do consultório caro onde era famoso por curar os possuídos. Antes do meu depoimento obrigatório perante o Comitê de Aferição de Aptidões, que incluía o renomado dr. Price, convidado por meu pai para testar minha sanidade, Annabelle me fez ler um periódico intitulado *Proceedings*, publicado pela Sociedade Americana de Pesquisa Psíquica, uma instituição de Boston fundada em 1885 e especializada em pesquisas nas áreas da parapsicologia, telepatia, hipnose, aparições e paranormalidade. "Os possuídos e a (des)possessão", um artigo constante dessa mesma publicação, de autoria precisamente do dr. J.S. Price, me mostrou os macetes dessa pseudociência que não era fruto de experiências científicas, mas da compilação de boatos e relatos de segunda mão.

Fiz um trabalho perfeito, agindo em cada ínfimo detalhe de maneira contrária ao conjunto de regras estabelecidas por Price para diagnosticar alguém possuído. Mostrei-me seguro de mim mesmo, sem revelar qualquer sinal de uma vida dupla mental. Afirmei que me sentia nostálgico quanto a Annabelle (os possuídos não sentem nostalgia). Agi de forma ostensivamente infantil, me apresentando depois de passar vários dias sem tomar banho (os possuídos assumem a personalidade do espírito invasor — Annabelle era imaculadamente limpa). No final, providenciei alguns momentos lacrimosos, confessando ver seu fantasma e ficar amedrontado (os possuídos não revelam tais fatos). Não só convenci aqueles acadêmicos grisalhos da minha sanidade, como os levei a emitir um rosário de absurdos acerca do meu pseudoconhecimento do lado negro, sugerindo o método hindu de despossessão — soprar fumaça de esterco de vaca no meu rosto ou queimar excrementos de porco debaixo da cama —, ocasião em que notei que o dr. Price tirou do bolso o lenço e cobriu com ele o nariz.

Os membros da comissão, por recomendação de Price, me rotularam como profundamente deprimido, mas só um pouco delirante, preso por um fio vacilante à sanidade. Mesmo a posterior descoberta de um manequim de madeira forrado de seda sob minha cama não foi suficiente para me despacharem de mala e cuia para o estabelecimento do dr. Price. Mas ele prescreveu, por precaução, para esse "jovem anormalmente perturbado" duas clássicas soluções medicinais para mazelas invisíveis: exercício em grupo (para descamar minha pobre pessoa e reconstruir um corpo robusto, o que, por si só, constitui o melhor remédio) e estudos orientais (descobrir a "história de vida" do fantasma e desmistificá-lo, um truque clássico).

Conforme este diário atestará, ambas as prescrições de nosso caçador de fantasmas bostoniano não só fracassaram em seu intento de me desemaranhar de Annabelle, como também, no devido tempo e por várias vias, ataram mais ainda minha alma abjeta àquela ilusão do amor perdido. Nas palavras do dr. Price, progredi de vidente passivo a perseguidor de fantasmas, alguém que atravessaria o globo em busca da sombra de seu amor perdido.

CAPÍTULO 5

Desde o início do meu período em Yale, evitei toda e qualquer atividade esportiva que acarretasse suor e que envolvesse mais de um participante masculino — eu mesmo. O medo de causar mossas a meu delicado lado feminino nesses embates insensatos mantinha-me ao largo de esportes como futebol e basquete, e a ideia de expor minha Annabelle mental a um asqueroso vestiário me deixava apavorado. Mas a sorte já estava lançada. Minha atividade extracurricular logo mostraria um toque cor-de-rosa numa escolha estritamente máscula: nado sincronizado. Um campeão mundial foi convidado a ensinar os alunos de Yale a nadar com beleza, e eu (nós) me saí divinamente nesse balé de sereios. O certo toque feminino me ajudou a conseguir a única nota máxima conferida por nosso mentor olímpico.

No outono seguinte, minhas bochechas recuperaram seu colorido e meu apetite mostrou-se robusto: eu comia como um prisioneiro depravado e faminto, tinha o apetite de dois. Não é necessário dizer que o rigor de um esporte tão feroz em nada contribuiu para me afastar de meu fantasma. Ao contrário, incendiou uma vez mais nossa vida sexual, me fazendo consumir cinco manequins num dado verão, todos afanados de um atacadista falido.

Com minha saúde restaurada e conforme a sugestão do dr. Price, bem como com o consentimento subliminar de Annabelle, passei a me dedicar aos estudos orientais com o professor Archer, um famoso orientalista. Homem de poucas palavras, talhado para qualquer vocação exceto o magistério, ainda assim, à sua maneira introspectiva, ele nos mostrou o mundo. Os sete continentes eram sete pedras brancas espalhadas aleatoriamente em seu delicado jardim japonês. A velha Rota da Seda foi demonstrada por Archer com um par de sapatos de couro surrado com os quais ele havia atravessado os portões do Oriente. A escalada da espinha dorsal dos Himalaias tomou a forma de um chapéu de montanhês, amassado e sem abas, e a viagem de barco pelas três gargantas do rio Yang-Tsé resumiu-se a uma foto de três garotos barqueiros seminus puxando o barco com uma corda ao longo da margem, além de um frasco de água barrenta colhida no delta do rio, no ponto onde ele abraça o mar. Ninguém jamais nos ensinou tanto com tão pouco.

A desmistificação serviu apenas para deixar mistificada essa mente oca. Annabelle havia sido precisamente esse anjo do pitoresco Oriente; agora todo o seu mundo ameaçava me engolir, e a única saída parecia ser entrar no ventre da besta.

Li compulsivamente sob a tutela de Archer e logo me tornei seu aluno preferido. No meu tempo livre, eu implorei para que me ensinasse mandarim, uma das 13 línguas que ele dominava. Em seu escritório lotado, onde ele guiava minha mão, sob a sua, na caligrafia daquelas palavras em arabescos, Archer se transformava num homem eloquente, com um rosário infinito de histórias. Uma dose de uísque bastava para alimentar umas boas três horas de conversa. Com suas pinceladas verbais, às vezes decididas, noutras sonhadoras, ele pintou um retrato oral de um antigo "Império do Meio", no qual o imperador, descendente de dragões, reinava, e a imperatriz, filha de cisnes, amava. Na colagem de imagens tricotadas pelas mãos da minha imaginação, eu costurava os olhos e o corpo de Annabelle na imperatriz desses folhetins. Folheando as páginas das histórias dinásticas, via Annabelle sentada no trono presidindo seu palácio dourado; Annabelle passeando de barco no lago do palácio; Annabelle cavalgando seu garanhão do deserto de Gobi, galopando em minha direção, deixando para trás as muralhas da Cidade Proibida. E, aleluia, Annabelle nua na cama com um imperador anônimo fumante de ópio cercado de inúmeras concubinas.

Não demorou para que a Pequim de Annabelle transformasse minha Yale em Xangai. A estéril New Haven se fundiu ao cenário peculiar de um reino de conto de fadas, onde não faltavam palácios dourados, montanhas íngremes e rios sinuosos: o meu mundo e o dela atrelados numa trama de duas cidades. Yale cintilava qual uma miragem no nascer do sol de uma cidade proibida. Prateleiras de biblioteca lotadas não de clássicos de origem grega ou latina, mas, sim, de pergaminhos chineses imaginários que continham a sabedoria de milhares de anos. Meu dormitório adquiriu telhados em bico e uma fachada entalhada com nove dragões dançarinos. O professor Archer desapareceu no corpo de um monge manchu esquelético, suas palavras temperadas por um sotaque chinês. Para onde quer que eu me virasse, alunos de Yale usando rabos de cavalo e envergando vestimentas de seda faziam reverências uns para os outros. Meus espectros estavam por todo lado, brincando de esconde-esconde comigo, despertando a vida de Annabelle. Às vezes, eu voltava aos dias dourados de nosso amor nascituro, não no campus de Andover acarpetado de folhas, mas num palácio suntuoso onde ela fugia de mim, de coluna em coluna, de câmara em câmara, seu riso ecoando em meu coração. Ah, sim, havia fantasmas em New Haven!

Ainda assim, em toda essa vicissitude, o imperador ardente permanecia demoniacamente anônimo. Essa desconcertante ausência de identidade me assombrava aonde quer que eu fosse, seguindo o rastro de Annabelle, envolto em vestimentas imperiais, um fantasma sem rosto fumando seu cachimbo borbulhante. Como eu abominava o sorriso vitorioso que ele me lançava. Ah, o fogo do ciúme, que me levava à beira da loucura. Por sua causa desenvolvi uma dor de cabeça chata, que surgia e sumia a seu bel prazer. Logo Sua Anonimidade começou a se insinuar sob nosso cobertor.

— Volte para seu leito imperial de seda! — exigia eu, enfurecido.

O que me irritava ainda mais era a reação de Annabelle ao novo membro de nosso elenco. Ela ria com seu coconspirador, escondendo-se atrás de Sua Anonimidade. Não me restou senão concluir que minha ilusão estava tendo um caso pegajoso com outra ilusão, e que eu, o marido infeliz, não podia tardar a fazer o que cabe a um marido: adotar a tática de separação e destruição.

Li e reli a tese do dr. Price, "Separando realidade e ilusões", a única publicação respeitável sobre o assunto. Nela abundavam suposições e presunções teóricas, mas faltavam ferramentas eficazes e potentes para uso prático. Na nota de rodapé, porém, nosso bom cientista me apontou o horizonte correto em forma de advertência.

A página 367 enfaticamente alertava:

Evite um ritual mandarim chamado *Sha Gui*, ou seja, "matar o fantasma". Esse rito antigo convida o fantasma escondido a vir à tona por meio de uma misteriosa natureza; então, o condutor do ritual, um monge, sacrifica um animal na presença do fantasma, pondo fim à viabilidade de tal ilusão. O leitor deve se preparar para as graves consequências que estarão por vir. Com grande frequência, o fantasma trazido à luz jamais é morto, o que, para todos os fins e propósitos, resulta inevitavelmente no fortalecimento de uma ilusão existente, levando o indivíduo a viver para sempre em um redemoinho de delírio.

CAPÍTULO 6

Em um dia úmido de verão, estava eu na Chinatown dos rabos de cavalo, quando um anúncio borrado encontrado na sarjeta molhada prendeu minha atenção diante da vitrine de uma loja escondida na Canal Street. Na placa se lia, sumariamente, em mandarim: "Lê-se a sorte e invoca-se fantasmas." Um chinês caolho no interior do estabelecimento tirava cera do ouvido de outro chinês de Pequim, enquanto a mulher do proprietário, uma beldade de pezinhos pequenos e amarrados, bordava um avental de seda. Um garoto, provavelmente filho do casal, tomava com avidez um caldo fumegante numa tigela sobre uma mesa bamba. Fiz meu pedido num mandarim hesitante.

O chinês ocupado rosnou:

— Não vê fantasma branco. Fora daqui!

O garoto já ia me botando porta afora quando o pai o interrompeu para perguntar quanto eu estava disposto a pagar. Dei-lhe a entender minha generosidade e meu desespero, folheando um maço de notas novinhas de dólar. O chinês encerrou o trabalho no ouvido do outro freguês em três investidas profundas e certeiras, que fizeram o coitado sair com uma dor insuportável, e depois barganhou comigo num inglês arrevesado.

— Fantasmas brancos, três dólares.

Respondi que não havia problema.

— Galinha branca, mais cinquenta centavos.

Tudo bem, confirmei.

Ele gesticulou para a esposa e o garoto sumirem atrás do balcão e me levou por um corredor sem iluminação até um *gui fan*, uma câmara de fantasmas.

Na parede do cômodo escuro estavam pintados uns 12 homens de palha com rostos fantasmagóricos, que nos encaravam de cima quando nos sentamos em círculo: o rosto negro de um fantasma da floresta; o verde de um fantasma afogado; o rosto vermelho de um fantasma colérico e o rosto cor-de-rosa de um fantasma do parto. Meu *gui shi*, mestre-fantasma, com um papagaio de olhinhos brilhantes empoleirado no ombro, anotou o nome de Annabelle e o meu num pedaço de papel e indagou a causa da morte dela.

— Incêndio — respondi.

— Custa mais caro — murmurou o sujeito, mostrando dois dedos tortos.

Assenti, e o ritual teve início com ele batendo em um gongo enquanto o garoto acendia dezenas de palitos de incenso. A fumaça impregnou imediatamente o ar. O gongo acompanhou com um lamento fúnebre, enquanto ele recitava o nome de Annabelle num tom carinhoso, invocando seu espírito.

— Anna-belle, Anna-belle — repetia o menino em seguida ao *gui shi*.

O papagaio imitava o garoto, seus gritos formavam um ciclo sinistro de "Anna-belles".

Franzi meus olhos em meio à fumaça densa a fim de ter aquele primeiro vislumbre de Annabelle, mas o *gui shi* gritou comigo.

— Não chorar ainda? Mostre as mãos.

Quando estendi as mãos para ele, o *gui shi* enfiou duas agulhas no meio das palmas de ambas.

Solucei.

O garoto ficou de pé e começou a bater com uma vara no fantasma colérico, enquanto o *gui shi* queimava meu nome e o de Annabelle, transformando-os em cinzas. Através da cortina de lágrimas, de repente vi Annabelle voando qual um anjo, pendurada por uma corda, balançando em meio à fumaça densa. Seu rosto estava envolto num pano vermelho, como se fosse uma esbelta noiva de alguma aldeia. Sua voz trêmula chamou meu nome:

— Peetkins, Peetkins...

Ai, meu coração! Fiquei de pé num salto, tentando alcançá-la, mas fui reprimido pelo meu *gui shi*, que sussurrou:
— Sua Annabelle.
— Posso ver o rosto dela?
— Não.
— Por que não?
— Ela está com vergonha do rosto queimado. Feio demais.
— Oh, não, minha Annabelle — gritei, rastejando pelo cômodo, correndo atrás dela, enquanto Annabelle balançava para lá e para cá na bruma de fumaça. — Você jamais será feia para mim. Por favor... Por favor — implorei, até começar a ficar zonzo por conta do incenso hipnotizador, que lembrava o odor das chamas naquela noite de verão.

Numa derradeira tentativa desesperada, agarrei os joelhos do chinês, suplicando para que ele baixasse do teto meu anjo. Sua resposta foi um tapa violento na minha cara, que me deixou ainda mais tonto. O garoto se pôs de pé num salto para abanar a fumaça de modo a formar espirais, e o gongo levou outra pancada, ainda mais forte, estourando meus tímpanos. Lágrimas escorriam, incontrolavelmente, por meu rosto. Seria aquilo o redemoinho de delírio para o qual alertara o dr. Price? Meu delicioso delírio? Então, por entre a fumaça esgarçada, vislumbrei um rosto bastante marcante e familiar.
— Quem é aquele? — perguntei.
— Você!
— O que estou fazendo no espelho?
— Espelho não, idiota branco. Você é imperador sem rosto dos seus sonhos!
— Eu?
— Nós matamos cortando fora cabeça de galinha.

Toquei meu rosto. Como fez a imagem no espelho. Estendi minha mão trêmula, e ela sumiu tão rápido quanto havia surgido. Minha última lembrança é do garoto avançando para cima de mim com a vara que usara para bater no demônio colérico e da dor lancinante explodindo na minha cabeça zonza.

Não sei por quanto tempo dormi. Quando acordei, toda a fumaça se dissipara, e eu estava deitado na cadeira de barbeiro na parte frontal da loja. O garoto batucava em sua tigela, tendo encerrado outra refeição, e a mulher se ocupava bordando o mesmo avental de seda. O *gui shi* surgiu esbaforido com um galo sem cabeça.

— Botei para correr seu fantasma. Viu? Cabeça cortada fora. Quer?

Empurrei o pássaro ensanguentado e indaguei sobre o destino do fantasma de Annabelle.

— O fantasma dela aqui com você, mas alma lá longe na China.

— Mas ela foi enterrada aqui.

— Não importa. As folhas caem sobre raízes velhas. Ela voltar ao lugar de origem depois da morte para renascer.

— Renascer? — balbuciei, segurando minha cabeça que rodava. — Renascer como o quê?

— Reencarnação. Corpo de outro. Agora você pagar.

Durante vários dias, vivi num mundo brumoso, revivendo aqueles momentos de sinistras revelações. Os fantasmas podiam ter sido o *gui shi* e a esposa, pendurada numa corda escondida, e a minha imagem, o reflexo enganoso de um espelho logo providenciado — o garoto realmente desapareceu antes do ato. Mas em meu coração, naquela enfumaçada câmara de fantasmas, senti minha Annabelle, e ela sentiu a mim.

Nas semanas seguintes, o imperador sem rosto, com efeito, sumiu. Infelizmente, chegado o outono, minha estação favorita na Nova Inglaterra, não restavam senão resquícios ocasionais de Annabelle em meus sonhos fragmentados. Ela apareceu uma vez como um cisne em migração, voando em direção ao sul, minúsculo no céu azul, mal audível no ar. Em outro sonho, ela era uma ilha de palmeiras solitária no mar.

Todas as imperatrizes e imperadores em meus livros readquiriram seus olhos amendoados e rostos ovais, e Yale deixou de ser Xangai. New Haven voltou à monotonia de cercas brancas de treliça e aridez parda, e minha Annabelle nada mais era que um cisne moribundo, sua canção um eco tênue me chamando lá da antiga e nebulosa China.

Minha vida retomou sua tranquilidade, e eu dormia muito melhor. Certa euforia retornou ao meu corpo jovem, embora eu permanecesse sozinho e solitário apesar das insistentes tentativas de minha mãe de que eu participasse de atividades tão banais quanto a Noite de Vassar, a Tarde Smith e o Fim de Semana Wellesley.

Meu pai tornou a solicitar ao dr. Price mais uma consulta não diagnóstica. Um brilho em meus olhos convenceu o bostoniano de que eu precisava muito de prazeres convencionais e estava pronto para ser solto nos cenários sociais onde a afeição da garota certa talvez fosse precisamente o último prego a selar meu caixão de ilusões. Como ele se enganou!

Fiz aparições perfunctórias em eventos sociais, sempre como aquele sujeito sombrio — carregando minha Annabelle na cabeça — que passava a noite sentado numa cadeira de balanço. Eu me orgulhava de manter uma distância de um metro de todas as não Annabelles presentes. Não me lembro de nenhum rosto específico vislumbrado nessas ocasiões nem de alguma voz especial que tenha ouvido. Era tudo um borrão de garotas em ebulição, cuja conversa soava como o arrulhar matinal de pássaros.

Numa única ocasião me senti prestes a desmaiar, ao ver a sombra de uma moça, tão alegre quanto Annabelle, de tornozelos finos e usando um rabo de cavalo louro que balançava acima do pescoço de cisne. Terá sido numa Tarde Vassar ou numa Noite Smith? Só me ocorre um V cor de vinho e árvores cobertas de folhas. A luz do sol era âmbar, calmante, atravessando brincalhona a lona da tenda, destacando a comida esquecida e os drinques abandonados sobre mesas de piquenique.

Eu a persegui quando ela correu, sem saber de nada, para falar com uma garota aqui e rir com outra acolá, qual uma borboleta, escapando de mim enquanto me iludia de uma tribo de convidados para outra. Disparei atrás dela como um caçador atrás de sua presa. Atravessei o jardim, passando por um corredor comprido e estreito, e subi a escadaria imponente que levava ao salão Villard. Lá, encontrei-a sozinha no alto da escada, prestes a desaparecer de novo no grande salão de baile. Então se deteve, percebendo meus passos. Foi quando senti meu coração parar e a respiração faltar. Pena que não permaneceu nessa pose para sempre. A claridade vinda da janela emoldurou sua figura imóvel — ela parecia um anjo. A conversa do lado de fora da janela murchou a distância, e o verão reluziu em meus olhos. Eu estava sozinho com ela, três passos a nos separar, nossos corações batendo no mesmo ritmo: que momento operístico, com a música espiralando nas ondas mágicas de uma orquestra completa em direção a um clímax glorioso. Então, ela se virou e sorriu.

Seus dentes cavalares sibilaram como as presas de um lobo.

Meu coração se partiu em mil pedaços.

Se existe sorriso capaz de matar, era o dela. Fugi em pânico, fingindo uma dor de estômago, pelos corredores escuros cobertos de retratos de um emburrado Matthew Vassar.

Será que foi minha Annabelle que vi habitando a vassariana escolhida naquela tarde de miragens?

Não teria ela sonhado um dia matricular-se em Vassar, onde moças educadas eram bem-cuidadas? Não é fato que seu desejo era ser imperatriz de uma terra antiga e, após a morte, se tornar um fantasma imprensado entre a parede e o revestimento de papel?

Se pude encontrá-la naquele momento fugaz na escadaria do salão Villard, será que a encontraria nas câmaras da Cidade Proibida?

CAPÍTULO 7

Inicio o novo capítulo da minha vida na página em branco do diário secreto que meu In-In depositou diante de mim e que contém linhas verticais vermelhas de modo a apascentar minhas palavras na ordem vertical à qual um estrangeiro como eu não está habituado.

Foi no ano em que deixei Yale...

Maldição! A tinta escorreu — aguada demais. Borrei o *Ya*, mas não o *le*.

— In-In? — indago. As lágrimas do garoto da tinta rolaram de seu rosto para dentro do tinteiro.

Pobre In-In. O mais jovem dos eunucos do palácio, ele ainda sente saudades de casa, e as 13 chicotadas recebidas de Li Liang, o chefe dos eunucos, por conta de um vaso quebrado, decerto não ajudaram. Enxugo seus olhos, e ele continua moendo, fazendo a mesa chiar como um inseto noturno.

Agora que a tinta está sedosa, mas não grudenta, nossa história pode recomeçar.

No ano em que me formei em Yale, eu me alistei no Movimento Cristão de Estudantes Voluntários (MCEV). Ofereci-me para servir como missionário no exterior para a Missão do Interior da China, a mesma divisão a que haviam pertencido o pai e o avô de Annabelle. Minha atitude provocou convulsões tanto em papai como em mamãe. Papai imediatamente sugeriu me matricular na faculdade de direito em Columbia e me admitir no escritório como sócio júnior, com a possibilidade de ascender aos poucos e chegar a ver meu nome na placa: Pickens, Pickens & Davis. Quando não notou sinal de amolecimento em Pickens Júnior, Pickens Sênior lançou mão da arcaica ameaça de me deserdar. Mamãe concordou de pronto, embora por um motivo bem diferente. Em sua opinião, eu não estava em meu juízo perfeito.

Annabelle e eu havia muito teríamos partido, não fosse pelo excesso de voluntários ansiosos. Veio então a notícia pavorosa dos católicos franceses queimados por alguns rufiões budistas do interior. O medo amorteceu o fervor voluntário, causando uma queda abissal no número de alistamentos, e me fez pular para 13º lugar na fila. Só que o medo também secou a fonte das doações destinadas à missão, encalhando indefinidamente o programa. Uma rejeição por parte do quartel general da MCEV em São Francisco aniquilou tanto meus planos quanto minha saúde frágil. As dores de cabeça voltaram, bem como uma febrícula, que interpretei como o castigo de Annabelle por minha inércia.

Num dia de ventania no finzinho do verão — aquele verão horrível que mudaria tudo —, um comandante bêbado de um barco de mastro único calculou mal a força do vento e atirou a proa de encontro ao iate dos Pickens, virando a embarcação. No momento do impacto, mamãe e papai se encontravam na cabine, aprontando-se para assistir ao pôr do sol. Ambos se afogaram, enterrados no mesmo iate que haviam herdado, asfixiados pelas mesmas águas que haviam amado. Ai, hediondo mar de Long Island Sound, túmulo de seus caixões gêmeos.

Na sombria leitura do testamento conjunto, papai, em seu tom inequívoco, repetiu a ameaça de me deserdar, assim como fez mamãe. No entanto, um codicilo posteriormente arrematado com a assinatura floreada de mamãe, num tardio gesto de ternura, salvou meu dia. Nele, estava estipulado que eu herdaria todo o seu patrimônio desde que concordasse em me casar antes de deixar o solo da Nova Inglaterra.

Um bom começo, mas eu ainda não chegara lá. As teorias jurídicas e o direito consuetudinário dispunham que quando marido e mulher morrem juntos no mesmo acidente desastroso a presunção é que morreram ao mesmo tempo. Isso deixaria o patrimônio de Pickens Sênior intacto, e, como minha mãe não teria herdado o patrimônio do marido, o Pickens aqui não receberia um tostão. Meu advogado e procurador, Melvin Davis, da Pickens, Pickens & Davis, argumentou que, embora ambos os cônjuges houvessem exalado o último suspiro ao mesmo tempo, a esposa, com 13 anos a menos que o marido (papai era um tremendo papa-anjo) presumivelmente sobrevivera a ele por conta de sua relativa juventude, morrendo mais tarde, obtendo assim o direito a herdar todo o patrimônio Pickens por tempo suficiente para legá-lo ao herdeiro vivo — eu.

Graças à boa vontade de minha querida mãe e à acuidade jurídica do decano dr. Davis, que mal podia esperar para se ver livre de mim — um sócio desnecessário —, tudo que me faltava era uma noiva *pro forma*, uma cerimônia nupcial de faz de conta e, talvez, se Deus quisesse, um rápido divórcio. Então, eu poderia me aposentar do enfadonho mundo dos negócios, viver da minha herança — desnecessário dizer que ela era bastante substancial para minhas parcas necessidades — e me devotar totalmente à minha idílica viagem asiática em busca de minha Annabelle.

Para satisfazer a cláusula restritiva do codicilo de mamãe, joguei a rede matrimonial no espaço exíguo das vassarianas recentemente formadas. A miragem de Annabelle naquela tarde recente ainda cintilava, dourada, em minha humilde memória. O passeio do meu dedo treinado por um álbum de formatura de Vassar me ajudou a localizar minha escolha predestinada, o flagelo dentuço. Ela não havia sido uma bolha de sabão em minha imaginação travessa, mas, sim, a estátua genuinamente consistente de Susan Sanders, escondida entre as páginas junto às fotos da loura Brenda Samuels e da morena sardenta Carroll Souter. Filha mais velha de um ceramista, cuja coleção de porcelana chinesa rara em tons de azul era exposta orgulhosamente em galerias vienenses, ela pertencia a uma família influente de Boston.

Fomos devidamente apresentados em um chá no hotel Plaza Palm Court, um local onde os Sanders podiam ver sem serem vistos (eles escondiam os dentes atrás de suas xícaras). Susan era madura para seus 18 anos e tinha um físico de manequim, com tornozelos ossudos e andar jovial. Em nenhum momento houve, da parte dela, um franzir de testa que denotasse a lembrança do nosso encontro. Melhor assim, já que eu, ciente, preferia muito mais que meu desejo fosse passivamente inconsciente, embora intuitivamente cooperativo. Seus defeitos — o riso aos soluços, os dentes como presas, um nariz arrebitado de narinas peludas e sobrancelhas cerradas — empalideciam bastante desde que ela se mantivesse calada, preferencialmente de costas para o sol de fim de tarde, emoldurada pela luz dourada, me deixando, sem que lhe ocorresse perceber, ver e rever aquele momento de epifania. Oh, é realmente possível alguém se apaixonar por uma ilusão.

Logo nos casamos em uma cerimônia toda branca — extremamente veranesca —, tudo em prol do meu objetivo secreto de reencenar aquela tarde de fábula em Vassar. Quando Deus ergueu o véu nebuloso no dia do casamento e deixou o sol brilhar através dos vitrais de nossa capela matrimonial, derramando uma névoa de luz dourada sobre os ombros da noiva, a igreja inteira parou de respirar e não éramos senão eu e meu anjo ensolarado.

Meus olhos tristes fitaram um rosto indistinto. Bem podia ser minha Annabelle no altar e o reverendo Hawthorn no primeiro banco assistindo a tudo, orgulhoso, em lugar do ceramista.

Em nossa noite de núpcias, implorei para que ela usasse um robe de imperatriz que eu comprara por uma ninharia numa loja de sedas na Canal Street. A Noiva Dentuça não levantou objeções ao meu capricho de noivo, convencida por minha desculpa elaborada de que eu era fascinado por tudo que fosse chinês. No entanto, quando sugeri uma baforada de ópio borbulhante num cachimbo rebuscado, as sobrancelhas da minha noiva vassariana se ergueram qual lagartas em fuga, e seu queixo caiu. Mas o charmoso Pickens jamais deixaria noite tão venturosa prosseguir de outro jeito que não o de Annabelle. Como Annabelle fizera comigo, bafejei aquela fumaça gloriosa na boca expectante da minha noiva. Durante um breve momento que durou uma eternidade, Susan e eu nos fundimos num só naquele veneno exótico.

No quarto nupcial iluminado por velas, a noite úmida de verão se materializou. Fui em frente com a tarefa excitante que me cabia, levantando a barra da saia de Annabelle e lhe afastando as pernas. Ela gemeu seus gemidos doces, os joelhos se fechando numa resistência fingida, antes que a base de seu quadril se enrijecesse e depois cedesse, numa submissão impudica.

De manhãzinha, encontrei minha noiva ajoelhada, o rosto enterrado no sofá de cetim, com o robe de seda mal lhe cobrindo o corpo nu. O grito de *atacar* soou em meu cérebro enevoado. Ela era uma Annabelle viva, acanhada sob o sol da manhã, implorando para que o capitão Pickens a acordasse com seu bastão bulboso. Ah, minha submissa escrava do amor! Rastejei furtivamente como um leopardo ardiloso, de olho em minha presa, adorando-a à luz débil que entrava no quarto. Se estivesse viva, Annabelle seria essa criatura de quadris estreitos que, de joelhos, clamava provocativamente por uma reprise da noite passada.

Quando acariciei seu cóccix nu com a ponta dos dedos trêmulos, minha noiva pálida não deixou escapar um suspiro ansioso. Uma penetração delicada teve início ao longo do vale de minha boneca. Mas minha noiva reagiu como um manequim de gelo. De novo a provoquei com meu mastro latejante, abrindo caminho de modo tão delicado quanto era possível para uma alma faminta e depravada. O interior do meu amor era frio como uma caverna. Certo balanço em nada entusiasta dos quadris, que se deixavam embalar por qualquer que fosse o ritmo das minhas investidas, me sugeriu uma de duas hipóteses: ou ela ainda sofria do estupor induzido pelo ópio, ou estava simplesmente enrolando o amante de manequins Pickens, acostumado a exercer completo domínio sobre suas escravas de madeira.

Nem uma nem outra hipótese revelou-se verdadeira. Quando, desavisado, cessei fogo em meio ao embate a fim de investigar o silêncio rebelde de minha parceira, tirando-lhe a camisola pela cabeça para desnudar a noiva de uma única noite, a visão do sangue que lhe escorria do canto da boca, que, aliás, exalava um odor malcheiroso, me bastou.

Sabe-se lá o que fiz com ela em nossa cama macia, sobre a cadeira claudicante e em cima do sofá de cetim. Teria batido sua cabeça de encontro a alguma quina da parede, enquanto minhas mãos deslizavam por dentro de seus cachos, domando-a no auge do êxtase? Ou quem sabe havia sido minha Annabelle, extravasando, a distância, seu ciúme? As palavras do meu sogro ceramista viriam a me salvar das garras da lei. Ele sussurrou no ouvido do xerife grandalhão que a filha sofria de uma doença preexistente: um caso raro de pressão extremamente alta, que subia ainda mais em ocasiões de estresse, o que, segundo a explicação do legista, havia rompido suas artérias cerebrais, provocando nela, como em vários outros indivíduos antes e depois, a morte nos braços de seus entes queridos.

O sr. Sanders não só não me acusou, como muitos teriam feito em tal episódio de negligência (o legista confirmou que o falecimento ocorrera cerca de quatro horas antes de ser relatado), como também me elogiou por ter "transformado o último dia de vida da filha no mais feliz já vivido por ela", além de me pedir desculpas indevidas por botar em minhas mãos "um vaso rachado", me privando de uma abençoada existência como homem casado. Fiquei bastante emocionado com a sua generosidade de arcar integralmente com a culpa que poderia ter jogado em meus ombros, o que talvez me tivesse levado a passar longos anos a lamber a fechadura de alguma cela fedorenta de uma prisão estadual.

Enquanto assistia ao funeral, sentado no primeiro banco, a dois metros de distância do cadáver embelezado de uma noiva, moça que mal conheci, afogado no luto profundo de seus pais soluçantes, tive o impulso extremamente urgente de desembuchar todos os meus feitos criminosos: as baforadas de ópio e aquele meu impulso sórdido que nos levou ao êxtase indesejado que a matou. Mas não o fiz, não pude fazer! A Annabelle-em-mim, agora um fantasma experiente e apaziguador, me empurrou para a porta, onde os enlutados de partida se encontravam de pé, e me obrigou a lhes agradecer, como havia feito no enterro de meus pais, no meu casamento e, agora, na partida de minha noiva. Eu, órfão e recém-viúvo, de olhos vermelhos e postura retraída, fiquei à porta da capela onde havíamos nos casado poucos dias antes, agradecendo aos que me deram parabéns de forma tão sincera quanto agora me davam os pêsames, ignorando minha malfadada noiva toda produzida e em exposição num caixão aberto.

Senti-me qual um ladrão que roubara a pérola de outrem. Susan, em outra vida, poderia ter amado e desposado um diplomado de Harvard, de bons bofes e menos viril, que deixasse a desejar sob todos os aspectos na tarefa de lhe proporcionar o tipo de êxtase que sem dúvida lhe proporcionei. Ela teria produzido sua prole dentuça e vivido o suficiente para se tornar uma adorável avó dentuça, mas, em vez disso, se fora, sacrificando sua juventude por mim e por minha Annabelle.

CAPÍTULO 8

Eu me mudara para a residência dos meus pais, agora que era seu proprietário oficial. Oficial até podia ser, mas seria moral? Três mortes num único verão? Quão sumariamente conveniente. Jack, o Estripador, não teria se saído melhor.

Devo dizer que, conforme eu cavava mais fundo, aquela comparação até fazia sentido, como costumava acontecer de vez em quando em meus tumultos mentais, e a clareza veio à tona.

Na própria tarde fatal, quando papai e mamãe saíram para velejar de iate com seus amigos, eu também era esperado a bordo, a fim de tomar um pouco de ar fresco, embora não soubesse que me aguardava naquela malfadada viagem uma candidata a noiva recém-chegada de uma escola preparatória em Paris. Eu planejara aderir ao programa, porque um curador de artes, Bernard Hughes, que dedicara a vida à aquisição de obras de arte oriental, retratos e antiguidades para os Astors, era o convidado de honra e, nas palavras de mamãe, "estava ansioso para conhecer o jovem Pickens".

Minutos antes de sair de casa com mamãe e seus acólitos, já que papai havia muito se encontrava a bordo, fui repentinamente assaltado por um grave surto de diarreia, do tipo que ameaça drenar as entranhas de qualquer mortal. O curioso é que eu não comera coisa alguma que pudesse ser responsável por aquele tipo de terremoto. Tampouco minha temperatura se elevou. Toda vez que me sentia seguro para partir, a necessidade urgente voltava, tornando de todo inviável subir a bordo do que quer que fosse sem envergonhar todo o clã Pickens e seus amigos. Precisamente três horas e trinta minutos mais tarde, a tragédia ocorreria, e eu seria o único Pickens remanescente em terra firme. As cólicas incessantes em meu baixo ventre só cessaram depois que eu soube do naufrágio do barco.

Atabalhoamento cósmico? Talvez. Porém, essa não foi a única coincidência do dia. Um artigo sinistro num jornal, no qual raramente eu punha os olhos, trouxe uma lista de outras coincidências menores costuradas por um repórter xereta, adepto de chapéus de feltro e fumante, suponho. Ele escreveu, e me baseio no artigo intitulado "As estranhas coincidências que levaram ao naufrágio da década envolvendo a sociedade de Nova York", que o comandante do barco pesqueiro tinha 35 anos, sendo o nono filho de um clã católico de Great Neck. Ele próprio era pai de nove filhos e estava comemorando nove anos de casado (um pescador de lagostas prolífico) com uma moça que tinha uma irmã gêmea, que, como ela, contava com nove dedos apenas nos dois pés. O acidente ocorreu no dia nove do nono mês do ano, precisamente às 7:09 — um relógio a bordo parara no momento do acidente.

Tudo isso podia parecer baboseira sem sentido, inventada por um repórter desesperado. Talvez as coincidências não fossem tão coincidentes assim, afinal. Que a preponderância das provas impunha por si só: o retrato de uma criminosa ardilosa, minha amada Annabelle.

Nove, o dígito régio do imperador chinês, era o número favorito de Annabelle. Ela declarara seu desejo de ter nove filhos, dos quais a caçulinha, uma menina de cachinhos, se chamaria Nina. Minha amada acreditava no ciclo das nove vidas, cada qual um reflexo da anterior. "Qual delas você está vivendo agora?", costumava me perguntar. Annabelle ansiava ascender ao nono céu, onde cresciam as peras da imortalidade e os pêssegos da longevidade. Pode parecer inofensivo, mas, no final, foram nove os feridos, inclusive o curador e a parisiense: o primeiro perdeu a fala, tendo sido destroçado seu pomo de Adão, permanecendo para sempre mudo — sua função, concluí, era me convencer a não partir para a China —; e a segunda perdeu um olho, transformando-se numa beldade caolha, e rasgou o lábio, algo que a impedia de ser admirada até mesmo na excêntrica cidade de Paris — o que a impossibilitou por completo de encontrar um marido. Em um único ato de gênio, todos os caminhos para a perdição ficaram livres de inimigos de Annabelle. Ninguém — absolutamente ninguém —, salvo o diabo, poderia ter levado tal empreitada a cabo, com exceção da minha adorável namorada.

Pronto, é isso. Eu havia cogitado apagar meus genitores, porém no final foi o fantasma que assumiu o encargo com a teia dos noves. Não existem leis ou princípios que a proíbam de executar vingança tão letal: ela está morta. Nenhum enforcamento ou decapitação poderia feri-la. Minha consciência estava totalmente limpa — não restaram dedos ensanguentados ou arma fumegante, apenas um fantasma devidamente escondido desempenhando o que poderia muito bem ser a tarefa por mim pretendida.

Houve momentos, muitos momentos, enquanto eu vagava no meu mundo escuro, em que me senti como se fosse a única alma a enxergar em meio à multidão cega. Era o escolhido de visão límpida para cruzar a fronteira para o lado sombrio, secretamente ciente de que havia um lado escondido que tecia a malha das coincidências, fazendo com que parecessem tão conveniente e trivialmente coincidentes. Nada acontece por acaso. Toda ocorrência é o resultado de um bocado de premeditação angustiante no gigantesco jogo de xadrez cósmico executado por intermediários angelicais, essas borboletas a cuja espécie pertence Annabelle, conforme há de atestar a cadeia de acontecimentos miraculosos que se segue.

CAPÍTULO 9

Não fui o único na Terra a sonhar com fantasminhas angelicais em forma de borboletas multicores. Na conclusão do capítulo anterior, no que tange a comparar a borboletas todos os fantasmas, In-In, meu garoto da tinta supostamente analfabeto, me puxou pela manga, pegou seu pequeno pincel e começou a desenhar uma borboleta com o mais simples dos traços. Isso é que lhe emprestava, no entanto, uma vividez impressionante, como se a criaturinha em fuga estivesse futilmente aprisionada atrás das linhas vermelhas de nosso papel pautado.

— Você é um pintor talentoso — elogiei-o.

— Baba pintava lanternas de papel. Aprendi em sua loja, pintando criaturinhas na barra — explicou In-In, tímido.

Quando lhe perguntei por que ele pintara para mim tão vívido desenho, ouvi que na China os mortos ascendem ao céu para se tornarem borboletas. Belisquei sua bochecha rosada em um gesto afetuoso e o presenteei com um tael de prata por ter ficado comigo até depois da meia-noite a fim de afinar minha tinta.

Todos os pequenos eunucos do palácio precisavam trabalhar muito. E para quê? À frente, uma vida desprovida de sol para todos eles. In-In estaria melhor, muito melhor, como pintor de lanternas numa aldeia remota. Quem sou eu, porém, para criticá-lo por algo cuja escolha não lhe coube? Pode muito bem ter sido a opção dos pais torná-lo um cordeiro sacrificial como servo do palácio, de modo que o restante da família vivesse para sempre desfrutando de benesses celestes e materiais.

In-In, como observei, não era, com efeito, tão simplório quanto fingia ser. Não foi essa a primeira vez que ele deixou escapar seu segredo. Quando li minhas memórias inacabadas, encontrei várias correções discretas acrescentadas pelo pincel do rapaz, que incluíra um pontinho aqui e encompridara um traço acolá. Embora me encantasse sua refinada caligrafia, muitas vezes me perguntei sobre o porquê de manter em segredo tal instrução e imaginei o que mais estaria me escondendo. Nada de mais, nada de pressa, o que, ao que parece, era o ritmo do palácio. Aqui não existe pessoa alguma que não tenha segredos.

O desenho de In-In provavelmente foi inspirado por um conto de fadas muito apreciado que li durante meu último ano em Yale. *Os amantes de borboletas* podia muito bem ser um plágio do *Romeu e Julieta* do Bardo, salvo por dois fatos impeditivos: ter sido escrito muito antes de o barbudo inglês nascer e terminar bem — marca registrada da prodigiosa arte chinesa da melofantasia. Dois amantes malfadados, mortos em separado, mas enterrados lado a lado, alçam voo da terra cheia de poeira como borboletas. De vez em quando, em noites estreladas, é possível ver a olho nu os amantes piscando nas fímbrias da Via Láctea.

A reflexão sobre nossos queridos seres alados tem cabimento porque este capítulo, agora sob minha pena que pinga, decerto poderia se intitular "Minhas borboletas". A vida, se observada de perto, decerto assume certos temas.

Durante os dois anos seguintes à morte de Susan, abriguei-me na minha malvinda morada, embarricado no quarto de mamãe, onde supostamente ela me dera à luz. Eu sentia certo vínculo umbilical com esse espaço, que prometia a possibilidade de um novo começo. Mamãe não se encontrava presente, embora seus pertences, seus aromas, seu viés maternal, vivessem pairando no ar, misturados à fragrância das gardênias do jardim lá embaixo.

O enclausuramento se fazia necessário devido à minha ilusão de que a casa toda, seus três andares e mais o sotãozinho, estava cheia de borboletas. Não as do tipo comum, mas pretas e brancas, sufocando-se em todos os buraquinhos, atentas ao que quer que lhes provesse um lugar para descansar as asas ocupadas. Aonde quer que eu fosse, elas me cercavam, aterrissando em meu corpo. Annabelle me disse que se tratavam de jogadoras ágeis do já mencionado xadrez cósmico, os espíritos imorredouros de cadáveres putrefatos e ossos escamoteados. Sem esse ninho, elas flutuariam para sempre acima de tumbas, varridas pelo vento, e cemitérios cercados de capim. Pior é que à noite elas eram perseguidas por caçadores de fantasmas que lhes monitoravam o destino na jornada derradeira — os indivíduos bons para o céu, os maus para o inferno.

Na segurança de meus domínios, sob o crepúsculo sombrio, fizemos do quarto onde nasci nossa eterna suíte nupcial, minha e de Annabelle, enquanto eu planejava, com o coração aos pinotes, nosso próximo passo. Escrevi várias cartas para um tal sr. Plimpton, o chefe do CSVM — um sujeito de cavanhaque, pioneiro de missões estrangeiras, que passara seus anos de formação na floresta amazônica codificando o dialeto indígena —, implorando-lhe que me desse algum cargo nos arredores de Pequim, ostensivamente enfatizando minha oferta de arcar com todas as despesas. Meu tom desesperado deve ter emocionado muito o homem, tanto que ele se dispôs a criar uma nova missão para mim na cidade de Pao Ki, a cinco quilômetros a leste de Pequim, sob a condição de que eu me matriculasse no Seminário Teológico de Nova York como aluno ouvinte a fim de polir minhas habilidades proselitistas e que, como condição adicional, eu considerasse a ideia de voltar a me casar. A presença de uma esposa não era tão somente pastoral, mas também necessária, no cenário de pastagens ventosas e nada além de penhascos e cabras para se contemplar.

Eu não estava pronto para mergulhar novamente nas águas perigosas do matrimônio quando recebi aquela carta solene que não só me informava da morte do reverendo Plimpton (engasgado com borboletas na garganta), como também do cancelamento dos planos originais de abrir uma nova missão para mim. Ainda me lembro daquele dia chuvoso. A cidade toda era cinza e metálica. Precisamente naquela tarde chegaria uma carta do meu ex-professor de Yale. Sem dúvida com pena de mim, órfão e viúvo carente de consolo monástico, ele me informava que um luminar chinês, chamado Yip Han, andava em busca de um acadêmico para o cargo de tutor do jovem imperador da dinastia Qing. O professor Archer lhe escrevera uma carta entusiasmada que listava minhas notáveis qualidades, bem como minhas conquistas ímpares durante o período universitário sob sua tutela, mas não mencionava meu surto de insanidade. No instante em que abri a carta, quase pude sentir o risinho de deleite de Annabelle. Mais uma vez era ela quem mexia os pauzinhos todos, fazendo com que a pessoa mais improvável tecesse loas ao candidato menos qualificado.

Marcamos uma reunião próximo a New Haven. O sr. Han, o primeiro mandarim em Yale, enviado pelo palácio para estudar ciência moderna, acabara caindo na armadilha de Connecticut e se casara com Catherine Kellog, herdeira de uma família muito importante, produzindo uma prole de chinesinhos mestiços naquele nevado estado. O sr. Han comentou que ele próprio seria o melhor professor para ensinar ao imperador as coisas do Ocidente, porém, um gesto sutil — seu dedo apontado para o cabelo curto — disse tudo. Ele abandonara o mais revelador sinal de lealdade à Corte Real ao cortar seu rabo de cavalo. Um retorno ao lar seria, no mínimo, inconveniente.

Falou-se de um salário mensal, 1.500 lians de prata, algo que me surpreendeu bastante, pois eu estava disposto a pagar do meu bolso para entrar no palácio. O sr. Han, ao final de nossa conversa, me informou que tomaria uma decisão tão logo entrevistasse todos os candidatos. Contudo, uma borboleta rara, uma *apatura iris*, de repente surgiu próximo à janela. O sujeito, ávido colecionador de borboletas, correu para o pátio empunhando sua rede, abandonando a conversa. Quando voltou, radiante de felicidade, me ofereceu o cargo na mesma hora. Era um sinal, disse ele, embora mais tarde tenha me escrito para dizer que a borboleta desaparecera misteriosamente de sua coleção sem deixar vestígios.

Encarei isso como um chamado para que eu embarcasse nesse destino. Segui em frente, tentando me preparar para a jornada da minha vida. Afinal, eu era o último Pickens e não via sentido em um futuro que me trouxesse de volta a essa metrópole. Meu coração pensava somente em *ir, ir* e *ir*. Nem um único *ding* de voltar. A caçada à encarnação de Annabelle era o único chamado a trombetear em meus ouvidos. A viagem me parecia mais sagrada do que toda a minha vida inútil, e a missão, mais santa do que todos os deuses juntos.

Coloquei a casa à venda. Um entusiasmo inicial sempre acabava prejudicado por minha teimosa recusa em deixar entrar os pretendentes por medo de que eles vissem o que eu via — as borboletas residentes. Minha regra inflexível era mal-interpretada — conforme deixou escapar um corretor — como um sinal de que não apenas se tratava de uma casa amaldiçoada, como também assombrada, segundo os boatos que corriam na sociedade. Afugentei uma família inglesa de feições coradas, um casal de alpinistas sociais franceses e um judeu descendente de uma família de banqueiros, todos atrás de uma casa com endereço nobre.

Restava ainda vender as ações. Mamãe possuía uma quantidade substancial de ações de algumas fábricas de alumínio, cuja venda, embora eu não soubesse, seria capaz de causar um desequilíbrio corporativo no mercado. Naturalmente, fui de início alvo de um bocado de bajuladores insistentes e, mais tarde, diante da fria indiferença que demonstrei, de pavorosas ameaças de lesões corporais.

Dediquei o maior carinho à distribuição dos retratos das gardênias que mamãe pintava, hábito cultivado por ela desde seus dias na universidade Smith. Cresci entre os esboços de seus botões favoritos, imitações encaroçadas em óleo sobre tela. Estas constituíam a flora maternal, que pessoalmente confiei a um renomado moldureiro alemão, pagando-lhe para que fossem todos devidamente emoldurados e pendurados em exibição permanente numa galeria de arte de três andares, como homenagem póstuma a uma artista que jamais saíra do ostracismo. Quanto aos amados pertences de papai — tacos de golfe, uma coleção de cachimbos e aqueles sapatos bicolores de cadarço — joguei-os do píer sombrio numa noite sem nuvens dentro do East River, o lugar mais próximo que encontrei de Long Island Sound. O exercício me exauriu. Fui encontrado no píer esparramado, desmaiado e fedendo a peixe por um estivador troncudo na manhã seguinte.

Então, o dr. Davis, o advogado do espólio, me obrigou a transferir todos os meus poderes para a irmã do meu pai, tia Lillian, uma solteirona de lábios finos, saudável como um cavalo e sovina como um mendigo, para torná-la minha administradora. Precisei ficar hospitalizado durante o restante do inverno. Além de me sentir vacilante devido às tonteiras, eu sofria de um enjoo crônico que me fazia pôr para fora qualquer coisa que apetecesse ao meu apetite reduzido.

Quando tive alta, na primavera, felizmente as notícias eram boas. A casa havia sido arrematada por um abastado e insolente homossexual húngaro que se vestia com uma capa vermelha bordada com borboletas. Tia Lillian, ruborizada, me falou das maneiras do duque afeminado e do preço inflacionado, acordado sem que o comprador visse a casa, o que rapidamente me trouxe à lembrança a imagem de um pálido e pervertido notívago. Notícias posteriores confirmaram o hábito aflitivo do novo morador de manter as janelas tão hermeticamente fechadas quanto eu mantivera. Mal sabíamos que a rainha das borboletas estava entre nós.

A venda das ações, retardada por negociações arrastadas, uma alta inesperada do mercado (falta de previsão da produção das minas de alumínio do sul) e pelo ódio de tia Lillian aos clãs briguentos, acabou levada a cabo no mercado aberto, no qual alcançaram o dobro do preço. A melhor das notícias foi a restauração da minha saúde, sob os cuidados de Annabelle, o que me possibilitou empreender a árdua jornada que me aguardava. Minha recuperação coincidiu com a disponibilidade do primeiro navio de luxo, que partiria da costa da Califórnia. Em março de 1898, Annabelle e eu já estávamos a caminho, languidamente acomodados num trem confortável com destino à costa dourada.

CAPÍTULO 10

Depois de aguentar um mês de espera em São Francisco — eu passava o dia numa cadeira de balanço na varanda de nosso hotel, pensando na misteriosa Oakland, envolta em sua bruma azulada —, finalmente zarpamos para atravessar o Pacífico, lutando contra as traiçoeiras monções havaianas e os tufões em Okinawa.

Em abril, nosso navio alcançou a cidade litorânea de Tianjin, sob um chuvisco insistente e em meio a boatos de levantes camponeses no interior e de um surto de cólera no sul. Isso não me causou medo ou susto, e tentei encontrar algum meio de transporte para o interior. Uma dica oportuna de um parse de Punjab me levou a contratar os únicos *coolies* disponíveis, dois gêmeos idênticos originários de Shandong, que mascavam cebolinha e folhas de tabaco com o mesmo ritmo e intensidade. Os gêmeos se mostraram, a princípio, indecisos. Os boxers andavam matando os pagãos estrangeiros de olhos azuis e cabelos vermelhos, bem como todos os seus criados. Dignei-me, porém, dar a entender que pagaria três vezes mais se eles estivessem dispostos a enfrentar a viagem de três dias a pé até Pequim. O expresso Tianjin-Pequim parara de funcionar — os proprietários alemães, temerosos de sabotagem na linha férrea, vinham segurando seus vagões para destiná-los ao uso militar no futuro como retaliação pelo assassinato de um conde alemão viajante.

Os gêmeos continuaram a hesitar, identicamente confusos, até que produzi, para deleite de seus olhos, um contrato de trabalho com o lacre dourado do Trono do Dragão. A visão do lacre pertencente ao imperador gerava submissão cega. Os irmãos caíram de joelhos na estrada poeirenta e ali ficaram prostrados durante um bom tempo após o documento ser devolvido ao bolso interno do meu casaco.

Para minha segurança, e dos pescoços dos gêmeos de rabos de cavalo, um acordo de outro tipo foi firmado entre nós. Mesmo as mãos velhacas dos rebeldes haveriam de se deter diante de um véu de noiva ou da tampa vermelha de um caixão, ponderaram os irmãos. Assim sendo, fui obrigado a esconder minha pessoa chamativa numa elegante liteira atrás de uma providencial cortina vermelha, fingindo ser uma noiva a caminho de seu novo lar.

Três dias de atalhos e rotas marginais depois, desci, afinal, em Pequim.

Os irmãos rixentos barganharam um aumento em seus salários de carregador, visto haverem posto para correr alguns bandidos nos arredores de Kaifan e driblado rebeldes em Roujiafu. Recompensei-os apropriadamente, sob a condição de guardar o véu como suvenir. Os irmãos o arrancaram da liteira e o deram a mim, antes de sumirem feito fantasmas com seus petulantes rabos de cavalo balançando ao vento.

Uma tempestade mongol de cegar qualquer um, acoplada ao medo remanescente dos rebeldes, transformara Pequim em um castelo de poeira, envolvendo lojas, estalagens e tavernas em um xale cinzento.

A contragosto, aceitei a oferta modesta de hospedagem por parte da detestável representação diplomática americana, sob a condição — imposta por eles, não por mim — de que eu sujeitasse a minha pessoa mercenária a um longo interrogatório como única testemunha, à exceção de várias freiras franciscanas, das atrocidades cometidas no percurso desde o litoral. Sessões infindáveis com horas de duração foram conduzidas por um adido militar, um tal coronel Winthrop, de Wingdale, Nova York, dono de um tique nervoso na bochecha esquerda. O tique se fazia notar a cada morte ou encontro perturbador que eu relatava. Um relato prolongado de nossa derradeira fuga do bafo ardente de rebeldes boxers por uma estreita ponte de cordas sobre um rio revolto até alcançar uma trilha em espiral montanha acima provocou em nosso galante interrogador um surto de tiques que exigiu ser devidamente apaziguado com uma dose generosa de uísque antes que mais pudesse ser extraído de mim.

A tempestade de areia rugia.

Ciente da velha máxima de que um hóspede bem-vindo é o que sabe ser útil, adotei a prática de terminar nossas sessões com finais emocionantes e criativos, além de guinadas na trama, a fim de garantir mais uma noite de merecida estadia sob o teto da representação diplomática. Minhas narrativas rocambolescas soaram tão convincentes para meu anfitrião que sessões posteriores contaram com uma atenta plateia, como se fossem palestras de algum escritor consagrado. Meu público aumentou, acabando por incluir todos os funcionários da embaixada, além de seus cônjuges e das senhoras que frequentavam tal círculo, que numa hora soluçavam ao ouvir uma saga sórdida e noutra explodiam em gargalhadas por conta de um triunfo modesto ou de uma escapada por um triz de inimigos sempre presentes, ao longo de uma viagem mais compatível com a duração de três meses do que os três dias que efetivamente eu passara na estrada. Mas quem estava ali para contar o tempo? Uma plateia interessada conspira com a maior das boas vontades.

Não é exclusivamente minha a culpa por quaisquer floreios nos fatos ou acréscimos fictícios. Apenas agi segundo o pedido tácito que me foi feito para prolongar a extensão da minha malandragem heroica e a segurança falsa dos presentes abrigados entre paredes de mármore em tempos de tamanho desespero, o que, por sua vez, inspirava um homem de boas maneiras como eu. Consequentemente, com o passar dos dias, meus serviços me valeram uma posição *ad hoc* junto aos seis membros do conselho estratégico da representação, encarregado de aconselhar a Comissão do Congresso sobre o Caos na China.

Meu relato foi transcrito de má vontade por um secretário administrativo em extensos relatórios, que se transformaram em oportunas informações secretas para os déspotas em Washington decifrarem. Meu cargo oficial durou pouco e acabou revogado quando, depois que tais relatórios foram telegrafados, certas incongruências — datas e localidades, bandidos e rebeldes — começaram a vir à tona. O traidor foi meu redator, que eu, fatalmente, desbanquei do conselho após minha nomeação — uma espécie de pequena intriga indochinesa. Mas que em nada me prejudicou.

O mesmo coronel me implorou para que eu fosse seus olhos e ouvidos na Cidade Proibida, o que prontamente recusei com desdém, resmungando algo no sentido de que isso insultaria a conduta da minha nobre posição como tutor ungido do menino imperador. O coronel, então, me disse que sua porta estaria sempre aberta. Não me senti minimamente forçado a expor as essências e fundamentos de minha meta secreta; um sujeito no cabresto mal pode vislumbrar uma pipa empinada no céu, muito menos uma sem fio como eu.

Assim que a tempestade de poeira se assentou e a metrópole emergiu de seu véu, atravessei a Cidade Tártara — onde moravam as elites manchus — com pressa para alcançar a sede do Neiwufu, a Casa Civil Imperial, a fim de informar oficialmente minha chegada, sabendo muito bem que uma data auspiciosa teria de ser piamente invocada e escolhida com cuidado pelos astrólogos da corte, antes que o jovem imperador pudesse dar início a uma instrução estrangeira sob a tutela do primeiro forasteiro de além-mar em centenas de anos de tradição do império Qing. Expediu-se prontamente um edito para a representação diplomática me avisando disso tudo e sugerindo uma demora infinita, assim me permitindo começar a reconstruir os quatro pilares do universo de minha Annabelle. Cuidadosas pesquisas nos arquivos da embaixada, com o auxílio de uma bibliotecária chamada Martha, nos escritos rotulados de "Missões cristãs no interior", revelaram o mapa da estrada acidentada que levava à antiga morada de Annabelle: Hua Cun, Aldeia das Flores, a sede da missão extinta do pai dela, a leste de Pequim.

Sem demora segui o caminho no lombo de uma mula, a fim de visitar seu velho lar, viajando pelas estradas provincianas apinhadas. O terreno montanhoso era cheio de saliências e reentrâncias, no entanto, me mantive tão atento quanto uma coruja em noite enluarada, ansioso pelo primeiro vislumbre de um horizonte lendário e alegórico.

Outro tipo de ciúme de repente me entristeceu. Comecei a lamentar não a morte de Annabelle, mas sua vida sem mim. Uma sensação de vazio me invadiu. Como eu queria recuar passo a passo no tempo até sua infância encantada, levando-a nos braços, murmurando *ahs* e *ohs* diante de cada árvore em que ela subira, cada rio em que nadara, cada suspiro que dera, cada pássaro que voara acima dela nos compridos dias de verão e nas frias noites de inverno.

Com garotos da aldeia nos meus calcanhares, entrei no quintal da casa de sua infância — a casa Hawthorn, agora vigiada por um aldeão cego e seu filho que enxerga, o primeiro tomando banho de sol e o segundo chutando uma caneca de lata vazia.

Ai, se os tijolos lascados do quintal soubessem falar — tijolos estes lascados pelos pés a pularem corda de certo ex-morador de rabo de cavalo. Ai, se o poço fundo, agora seco, pudesse emitir os ecos abafados dela, devolver suas sombras ondulantes. Mas tal prece era vã. Tratava-se apenas de muros vazios cercando um quintal vazio, dando vista para aposentos vazios, somente três, um retrato desbotado de Jesus ainda pendurado, torto, na parede de um deles. A única coisa viva a confirmar alguma vivência anterior era o piriteiro secular ainda estranhamente frondoso nessa aquarela embaciada de decadência e abandono, embora sua sobrevivência confirmasse uma fábula episódica que eu ouvira muito tempo antes dos lábios de minha A em uma noite de verão.

Na primavera, os Hawthorn adoravam tomar chá debaixo dessa árvore e apostavam entre si em qual das xícaras cairiam as pétalas dos botões que se abriam. O premiado ficava incumbido de preparar o próximo bule. Três vezes, me contara Annabelle, as pétalas haviam abençoado sua xícara.

Tirei do bolso um saquinho de seda e espalhei seu conteúdo — cinzas daquele fatídico incêndio — no chão do quintal. Esse ritual oriental invocador de fantasmas — embora selvagemente manchado no Ocidente por tipos como o dr. Price e seus seguidores imbecis, cujas ferramentas habituais de ofício variavam de desajeitados contadores Geiger a osciloscópios — toldou minha visão. Mal havia a última das cinzas plúmbeas assentado, a seguinte imagem fantasmagórica me encheu os olhos: os buracos e as frestas da decrépita e pardacenta casa Hawthorn de súbito se encheram e tornaram à vida. Sons e movimentos dessa existência passada reviveram.

Como se chamado por um mestre de cena escondido, sobe ao palco um bem-apessoado e ereto papai H, chamando carinhosamente mamãe H, que olha pela janela da cozinha com a expressão mais amorosa do mundo. Então, do terceiro cômodo, cuja janela dá vista para o sul, sai minha Annabelle, sua pessoinha de antigamente, com a saia de barra verde combinando com as meias soquetes brancas que lhe chegam aos tornozelos finos. Parece ter nove anos, no máximo, e vem pulando sua corda desgastada em direção ao quintal, o rabinho de cavalo balançando para lá e para cá acima do pescoço. Um vislumbre dela e tudo sumiu. A vida, como uma maré em refluxo, foi drenada do quadrilátero do quintal. O sol se apagou, deixando apenas a realidade de uma árvore atada à minha mula muda.

— Annie! Annie! Você voltou — gritou o cego, as mãos trêmulas tocando meu nariz e minhas orelhas. — Finalmente você chegou.

Empurrei aquela mão, mas os dedos tortos insistiram em me tocar.

— Annie... Annie! Aonde ela foi? Estava aqui há dois segundos — persistiu o cego.

— Você disse Annie? A filha do reverendo Hawthorn?

— Claro. Quem mais poderia ser? Aquela gargalhada gostosa... Quem haveria de esquecer?

— Você acabou de vê-la?

— Vi uma luz brilhando neste maldito quintal. Diga-me, forasteiro, você é vidente? Por que Annie é um fantasma? Ela morreu? — O velho parecia extremamente agitado.

— Sim, morreu queimada.

— Morreu igualzinho à sua bebezinha.

— Bebezinha?

— Se você não sabe sobre a filha dela, não conhece nadinha dos Hawthorn — disse o velho, cuspindo no chão.

Uma coisa é ouvir um cego dizer que viu o mesmo que você, outra é saber que ele, de fora da sua casa, consegue ver mais do que você do lado de dentro. Imediatamente caí de joelhos, implorando que me contasse mais.

— Você está de joelhos? — perguntou o velho, passando as mãos no meu rosto e nos meus ombros. — Fique de pé, forasteiro.

— Estou apenas lhe tratando com respeito.

— Se o chefe boxer da aldeia sentir um cheirinho sequer do que vimos aqui, ele há de cortar sua cabeça — avisou o cego, me puxando e me fazendo sentar a seu lado na varanda de pedra, depois de mandar o filho fechar a porta do quintal e botar para correr todos os garotos enxeridos que haviam me seguido. — Você deve estar se perguntando como foi que eu vi o que vi sendo cego como sou.

Assenti com um murmúrio.

— Sou o abençoado. Vejo coisas que não deveriam ser vistas, mas com que precisamos lidar mesmo assim. Depois de toda morte de causas não naturais, como enforcamento, afogamento e assassinato, os fantasmas precisam ser levados da aldeia para a floresta, para as montanhas ou para o mar, para o lugar deles, dependendo da causa de suas mortes e do signo do falecido. Alguns falam a verdade, como eu, enquanto outros dizem o que os outros querem ouvir, zombando do nosso ofício. Fico feliz de conhecer alguém que seja como eu, mesmo se tratando de um forasteiro. Mas você possui o dom, eu vi.

— Isso é um dom? — Balancei a cabeça. — Parece mais uma maldição.

— Recebi o dom assim como se recebe uma alma ao nascer. Sou capaz de ver o fantasmagórico e a escuridão com meus olhos interiores. Se o mundo não me dissesse que nasci sem globo ocular, eu não saberia o que é cegueira: tenho tanta visão quanto qualquer um. Agora conte a este cego intrometido como foi que você adquiriu o poder.

Como um pupilo tímido sob a tutela da divindade, falei da morte de Annabelle. O velho encolheu de tristeza, comentando como apreciava a voz e a bondade da menina. Então, falei dos meus surtos de dores de cabeça e dos humores sombrios que se seguiram, os quais, misteriosamente, cederam lugar àquela agonia, sem deixar de fora minhas tentativas fracassadas de me livrar do fantasma de Annabelle.

— Por favor, não faça uma coisa dessas. Isso só prejudicaria seu poder e, em alguns casos, poderia pôr em risco o santuário que é sua pessoa.

— Como assim?

— Você não vê? Não é a morte dela nem seu luto que deram origem a esse poder, eles meramente ajudaram a trazer à tona o que era inato e inerente a você. Esse poder é o dom do divino para que você possa iluminar o que é escuro e nebuloso aos olhos das pessoas comuns, às almas dos não esclarecidos. É sua segunda alma, imposta a você desde o primeiro suspiro dado, uma visão dupla nascida do útero da sua mãe e da semente do seu pai.

O cego era um poeta. Perturbado, ainda assim, me dignei perguntar:

— Mas por que não consigo ver mais, ver outros fantasmas, outras auras etéreas, outras almas no limbo?

— Porque sua anfitriã, o primeiro fantasma que você viu, tem você cativo. Sabe, um fantasma ou seu espírito só é viável através de você, o anfitrião terreno, para satisfazer as necessidades e os impulsos que tem e executar as tarefas que ficaram inacabadas na Terra. Por outro lado, você precisa de Annabelle, o iniciador que perfurou a escuridão, para alargar a fresta estreita de sua janela que se abre para o outro lado. Minha anfitriã me manteve escravo durante os primeiros dez anos da minha vida. Foi o fantasma da minha própria avó que fez isso, para que meus olhos de menino fossem poupados da violência e da nojeira. Talvez Annabelle pretendesse fazer o mesmo com você, ou talvez estivesse sendo o fantasma de si mesma, escravizando-o exclusivamente a seu serviço para que você tivesse apenas o ônus de realizar tarefas para ela e ninguém mais.

Esse comentário perfurou como uma agulha meu coração. Minha Annabelle me escravizar? Quando a base era o amor, com a luxúria como sua competente arquiteta, eu me deleitava em satisfazer todos os caprichos de minha namorada. Ouvir que sempre tive olhos de vidente e que ela não passava de uma ninfa fantasmagórica que me confiscara tudo era outra história.

O que alguém, Pickens ou não, há de fazer com tal encargo, com tão onerosa premissa? Como era possível que esse joão-ninguém soubesse alguma coisa a respeito de um homem branco que, de tão louco, poderia ser rotulado de psicótico? Será que fazia ideia de que uma declaração dessa dimensão sobre uma alma frágil como a minha equivalia a jogar mais óleo na fogueira ardente da loucura?

Eu estava prestes a indagar sobre a veracidade dessa afirmação quando o ouvi dizer:

— Foi com fé que você veio. É com a crença na causa cuja escolha não lhe cabe que você deve partir de nossa aldeia. Mas antes disso, por favor, me explique por que não há fantasma da criança enterrada no quintal onde todos dizem que a bebezinha de Annabelle foi posta para descansar.

— Annabelle teve uma filha? — indaguei de novo, com um filete de voz, enquanto minha cabeça zunia como se invadida por uma nuvem de abelhas.

A narrativa escorreu da boca barbuda do cego.

— Annabelle tinha acabado de fazer 13 anos quando partiu numa excursão com outras meninas da igreja para a cidade vizinha do Cavaleiro Wang Dan a fim de distribuir Bíblias e sacas de arroz. As outras voltaram ao entardecer, Annabelle, não. Ao alvorecer do dia seguinte, ela chegou, trazendo sacas de seda. Não havia vestígio de ferimentos, não houve queixa de tortura, conforme os boatos que correram, nem exigência de resgate. Ela contou que havia estudado o livro sagrado com um cavaleiro naquela noite e que isso era tudo. Mas o reverendo Hawthorn sequer desconfiava de que, em seus aposentos, tal cavaleiro havia feito de sua filha uma mulher precisamente nessa noite. Essa malfadada gravidez logo se tornou evidente, para grande vergonha do bom reverendo, detonando as mais sangrentas batalhas que a região jamais viu. Mais tarde disseram que Annie deu à luz um bebê morto, cujo corpinho foi enterrado no quintal.

Após tal relato, com resquício de fábula aterradora, saí cambaleando atrás do cego, que seguiu o filho que enxergava até um jardim cheio de mato. Uma nuvem de tristeza pareceu sufocar meu coração e nublar minha visão.

Num estreito trecho iluminado pelo sol, vi a pequena lápide que estampava os dizeres "Nina Hawthorn, amada na eternidade pelo Senhor e pela família".

Não me lembro de ter por fim achado o caminho para Pequim, embora me lembre de que um tael de prata trocou de mãos: da minha bolsa para o cego vidente, depois dos apelos do filho do cego, que insistiu para que eu pagasse pela história contada pelo pai. Pensando melhor, acrescentei outro tael, na esperança de que os dois continuassem a vigiar a casa em prol de minha amada e, em troca, o velho vidente cego enfiou em meu bolso um papel dobrado contendo alguns escritos, sussurrando que aquelas palavras impressas serviriam de aviso para alguém inclinado a ir até o fim na missão de caçador de fantasmas.

CAPÍTULO 11

Com paciência esperei que a convocação real chegasse. As cigarras cantavam de manhã até a noite. Os mosquitos do fosso de água estagnada zumbiam empanturrados. Árvores *wutong* ao longo das aleias estreitas verdejaram imodestamente, balançando como os rabos de cavalo dos meninos dos riquixás. Tempestades ocasionais atiravam chuva dilacerante contra minha janela. A umidade do sol meridiano sufocava Pequim, transformando-a numa prisão de letargia e de inatividade, levando a cidade e o Neiwufu, a Casa Civil Imperial, a uma sesta forçada.

O tédio e as insípidas partidas de pôquer com os demais funcionários da representação me levaram, finalmente, a abrir a carta enfiada em meu bolso pelo vidente cego. Sob a luz fraca de um abajur pude ler o trecho densamente escrito em chinês arcaico e sem pontuação:

Todo fantasma atua como uma ponte que leva alguém dotado a atravessar a passagem do conhecimento para chegar à derradeira revelação. Busque-o para que ele o conduza à porta seguinte. Da mesma maneira se chegará à seguinte nesse labirinto de espanto. Busque-o como se ele fosse um amigo; conheça-o como se inimigo fosse. A visão de um vidente é limitada por uma bússola *bagua* terrena, *feng yun* cósmico — a organização divina do vento e da nuvem. O esclarecimento pleno será concedido ao detentor do dom apenas quando ele abrir mão de todos os impulsos terrenos e se sujeitar ao irreversível *chu jia*, tornando-se monge, mergulhando no seio da natureza, atendendo a um chamado de plena graça.

Que economia de palavras. Que clareza.

Annabelle era somente a primeira porta para que eu tivesse um vislumbre da vastidão do meu poder.

Quem haveria de ser a próxima, e a seguinte a essa, de forma que eu fosse conduzido até a plenitude de minha visão ampliada? Aquele bestial guerreiro, o iniciador de Annabelle? Seria ele o fantasma que encarnava o monarca sem rosto no nosso trio de outrora?

"Busque-o como se ele fosse um amigo; conheça-o como se inimigo fosse."

Coincidentemente, ou talvez nem tanto, uma melancolia se tornou evidente em meu rosto encovado, levando a generosa sra. Winthrop a me apresentar a uma parceira de pôquer, Martha Plume, bibliotecária solteirona de pernas exageradamente compridas e mãos de juntas enormes, capazes de extinguir a vida de um livro ou de um baralho. Agradeci a sra. W pela delicadeza e a fiz saber que a vida que me aguardava em uma corte hermética impediria até mesmo o mais banal dos relacionamentos. Essa rejeição, sem que eu soubesse, foi considerada um sinal de minha natureza tímida e de minha modéstia, traduzindo uma origem abastada e fazendo de mim, logo agora que estava prestes a me mudar, um objeto ainda mais desejável para uma admiradora persistente. Enquanto aguardava o chamado de meu empregador, mais uma longa tempestade tornou inviável qualquer partida.

Finalmente, uma batida à minha porta à meia-noite deixou a mim, o enregelado Pickens — ela chegou insuficientemente agasalhada —, sem opções senão acolhê-la em qualquer mínimo calor que uma noite fria pudesse oferecer. Um punhado de *rendez-vous* posteriores com Martha Meia-Noite me deixou resfolegante, enquanto ela, em sua solteirice, esbanjava um ardor primevo, continuando a mergulhar ainda mais fundo atrás de mim, como faria um experiente pescador de pérolas, com o fôlego várias vezes renovado. Martha podia ser solteirona, mas ingênua, jamais. Virou-se imediatamente a mesa em nosso ritual de cópula: uma virilidade saltou dela, que se atribuiu o papel de dominadora no casal. A autoridade de suas exigências posicionais e o conhecimento de todos os seus órgãos vitais, bem como dos meus, me chocou, como também me chocaram os atos mais corajosos e desavergonhados que me sugeria, os quais, infelizmente, apenas encorajavam minha dominatrix a recorrer a artefatos ainda mais obscenos, que me recuso a pôr no papel.

O caso, como era de se esperar, não sobreviveu à tempestade. Numa explosão de caprichos juvenis seguida por uma cópula vigorosa, a bibliotecária de Iowa me arrastou para o quintal molhado, ansiosa para reviver alguma lembrança juvenil.

Na primeira tentativa de pular corda, devidamente alertada para o perigo, seu pé esquerdo escorregou, enquanto o direito ficou enredado na corda, provocando sua queda, que resultou na fratura de três vértebras inferiores e exigiu que ela fosse mantida sedada por tempo indeterminado no renomado hospital Union.

Fiz uma curta visita a Martha no hospital e levei um buquê de peônias, tão compridas quanto ela; foi a última ocasião em que a vi. Relatos posteriores da equipe da representação diplomática confirmaram sua lenta recuperação, bem como seu casamento com um diplomado de Harvard ciumento e, devo acrescentar, vingativo, que a liberou, ao menos temporariamente, da necessidade de caçar futuros hóspedes daquelas acomodações bem pouco cômodas em que o único conforto eram seus braços frios.

CAPÍTULO 12

Por toda a contribuição que noite após noite fiz para aliviá-la da solteirice madura, Martha me compensou satisfazendo meu capricho mesquinho ao me emprestar a chave de um arquivo meramente nomeado de "Estupro da filha de H". (Ah, o fogo da fúria já havia sido ateado!)

O parecer oficial para o escritório do embaixador, redigido por Bernard Buchanan, doutor em direito (Columbia), destinado a fornecer fundamentos jurídicos para dar início a um ato de guerra, descrevia, nus e crus, os fatos conhecidos: a inocente A fora raptada e estuprada por um brutamonte chamado Wang Dan, herdeiro de uma fortuna ligada ao comércio de chá, que abrira mão do caminho escolhido por seus ancestrais para empunhar a espada e criar uma seita hedonista cujos membros chegavam a milhares e na qual ungira a si mesmo como filho de Deus.

Nosso destemido Bernie passava em seguida a retratar com traços arrojados os feudos em luta, atribuindo o estupro de A a rixas entre o reverendo H e o autonomeado messias por conta de provisões, paroquianos e propriedades.

H (Phillips Andover, Yale) não era um clérigo covarde. Violando os princípios que defendia com unhas e dentes, secretamente requisitou junto a um fornecedor de Londres, Dunhill, Moore & Bro., a entrega de armas num porto fedorento chamado de ilha Fragrante. Seu rebanho de Cristãos de Arroz foi recrutado para travar batalha com os espadachins e incendiários encapuzados de Wang Dan, transformando as regiões a sudeste de Pequim em uma Terra Santa de cruzados contemporâneos. Uma série de interferências diplomáticas e governamentais — os pedidos dos americanos ao tribunal manchu para que este acalmasse seus súditos acabou sendo devidamente encarado como insulto e provocação — serviu apenas para aumentar o perigo e piorar a hostilidade. O compromisso inflexível de H quanto à honra da filha fez dele um herói, transformando a Igreja Congregacional Hua Cun do norte da China em uma espécie de bastião em meio a outros fanáticos estrangeiros letalmente decididos a salvar almas manchus.

O solitário mercador de armas britânico já não bastava. Na guerra, todas as igrejas e capelas eram irmãs. Um arsenal de balas italianas, rifles alemães, granadas americanas e sabres russos foi estocado e posto à disposição de H.

Na oposição, Wang Dan, o cascudo inimigo de H, ex-ateísta anticonfucionista aos olhos de seus compatriotas, surgia agora como um ícone do patriotismo. Mais espadachins encapuzados reuniram suas legiões, e incendiários em seus camisolões contribuíram para a ascensão de Wang. Era a guerra ou nada, dedos nos gatilhos, espadas desembainhadas. No entanto, no dia do confronto planejado no campo divisório das hostes guerreiras, que logo se empaparia de sangue, entra em cena minha loura e púbere Annabelle, segurando em uma das mãos uma Bíblia e na outra uma cesta de flores, entoando hinos religiosos em mandarim. Vestia-se de branco nesse dia, um sinal de pureza himenal e um simbólico apelo à paz. Os gritos dos homens em batalha se fizeram ouvir de campos opostos, sendo o de H o mais audível, sem, contudo, perturbarem meu anjo da fé, minha pomba da boa vontade. A narrativa de Buchanan justificadamente estremece sob o impacto potente de tal momento, mas o escriba faz jus à ocasião como faria um bom militar, ainda que no papel, e descreve com uma nitidez de revirar as entranhas a seguinte passagem temática, que devo transcrever *verbatim* a fim de não comprometer a vividez da cena que se segue:

> Prontamente, baixaram-se as armas no campo de H; espadas e adagas voltaram às bainhas. No trigal dourado os gritos de guerra de repente emudeceram e fez-se um silêncio incrédulo. Quando a srta. A. alcançou o vasto centro do campo, os cristãos, ao menos alguns deles, romperam sua formação, saindo em seu encalço, de armas nas mãos,

com a intenção de recrutá-la para suas fileiras. Um punhado dos combatentes de Wang também correram em direção à A, empunhando espadas e lanças.

A. interrompeu seu avanço e ficou imóvel enquanto acenava com as mãos, convidando todos a se juntar a ela para entoar os hinos. Os que testemunharam a cena relataram tê-la visto rodopiar, balançar e pular agitando os bracinhos, como se executasse sua dança do arroz favorita, uma arte ritualística manchu para celebrar a abundância da colheita.

Quando os combatentes fecharam o círculo à sua volta — homens habituados à brutalidade, de armas engatilhadas, observando-se uns aos outros com ódio e repulsa ancestrais —, A se prostrou de repente no chão, agarrando nas mãos a Bíblia preciosa depois de atirar longe a cesta de flores, gritando, ou melhor, entoando, preces a Deus.

Os soldados de almas estenderam os braços, botando-a de quatro, a fim de liberar o campo de batalha. Uma testemunha ocular relatou que a srta. A brandiu a Bíblia da família, tesouro recebido por ocasião de seu nascimento, que ficava ao lado de seu travesseiro à noite e de dia era carregado por ela em sua capa de seda feita à mão pela sra. H. A lombada do livro de Deus foi de encontro ao canto do olho de um soldado, levando-o a soltar um grito de dor naquele vital momento de vulnerabilidade. No fugaz segundo seguinte, a srta. A lhe arrancou da mão o cabo da espada. Com a espada numa das mãos e a Bíblia na outra, ela não representava ameaça para ninguém. Vieram gritos para que abandonasse o centro do conflito. As muralhas humanas se aproximaram umas das outras. Entre aqueles que ali se preparavam para o ataque estava o reverendo H, correndo entre seus seguidores com um rifle-baioneta. Do extremo oposto surgiu Wang Dan montado num garanhão Gobi, com a mão direita apontando uma espada e com a esquerda segurando uma santa escritura de capa vermelha de invenção própria, com milhares de seus lacaios a flanqueá-lo.

O encontro hostil era iminente. O som de cascos a galope fez a terra estremecer, e a fúria dos homens pôs o vento a correr.

A srta. A surgiu, então, segurando a lâmina reluzente da espada de encontro à garganta macia e gritando: "Deixem este campo de batalha agora ou eu me mato com esta espada!"

Uma sentinela cristã tentou se aproximar, o que só levou a garota a atirar a própria Bíblia para o ar e parti-la em pedaços com a espada, como aviso. Ela correu descalça ao longo da linha a fim de apartar os homens prontos para matar. Mais uma vez voltou a correr, aumentando o cinturão de paz até que os soldados estivessem seguramente afastados. Alguns cristãos teimosos, entre eles nossas testemunhas, que demoraram a recuar, quase tiveram as cabeças cortadas pela espada da menina.

Nesse momento, à vista de milhares, ela se virou, com a espada ainda encostada à garganta, e se inclinou numa reverência ao pai, antes de se voltar para aquele garanhão a distância, com as patas dianteiras erguidas, e passou pelos homens de Wang Dan, que lhe abriram caminho, olhando para aquele que os comandava. Então, ela começou a correr em direção ao arqui-inimigo do próprio pai, do próprio Deus.

O sr. Wang desceu do cavalo para ajudá-la a subir em sua sela, agarrando-a por trás. O cavalo partiu a galope, levando os homens em seu rastro, deixando para trás um campo vazio e um exército de cristãos desanimados e bastante confusos.

Em tal conjuntura, o reverendo H, em vez de chamar às armas seu exército, desabou. Fraco e delirante, implorou que fosse levado para casa. Sua vontade e energia pareciam frustradas, e assim o dia terminou sem derramamento de sangue.

O destino de nossa Joana d'Arc, uma genuína heroína, na esteira de sua captura, permaneceu desconhecido, salvo por alguns raros vislumbres por parte de espiões mercenários que ocuparam o cenáculo do feudo do sr. Wang. Tais relatos eram, no mínimo, sumários, especulativos e, em segunda ou terceira mãos, extraído das criadas e criados empregados na propriedade do sr. Wang.

Um deles revelou a visão de lanternas vermelhas sendo penduradas na própria noite da tal batalha abortada, sugerindo celebração de significado incomum. Apenas os casamentos e o ano-novo lunar mereciam esse longo protocolo. Durante o restante do ano esses símbolos vitais de seda e bambu destinados a afastar supostos malefícios ficavam cuidadosamente enrolados em panos compridos e guardados até que a ocasião voltasse a demandar seu uso.

Seria possível que o sr. Wang, conhecido em diversos lugares como um homem inúmeras vezes casado, tivesse tomado para si mais uma noiva, dessa vez de pele branca e filha de seu inimigo?

Outro relato, esse vindo do sobrinho de um açougueiro da propriedade, dava conta de que, desde a chegada da Noiva Forasteira, as refeições do senhor feudal eram secretamente temperadas com um afrodisíaco prescrito por um médico afamado de Pequim a fim de fortalecer sua libido reduzida. Outras iguarias adicionais incluíam porções diárias de ostras para serem chupadas cruas, com um toque de vinagre e molho shoyu, quatro pares de testículos de cabrito montês temperados com raiz de ginseng e coágulos de sangue expelidos por camponesas virgens.

Outro relato sereno e tranquilizador teve origem no próprio sapateiro do coronel Winthrop, sobrinho de uma viúva que era uma amah — criada encarregada de servir o chá — da terceira esposa de Wang Dan. Nossa amah contou ter visto, em várias ocasiões, a massageadora de pés esfregando óleo nos pés descalços e nas coxas da Noiva Forasteira, a fim de aquecê-la para seu encontro noturno com o sr. Wang.

Essa observação basta para refutar a queixa infundada de que a cidadã A tenha sido objeto de tortura e que seu rapto lhe foi imposto, e não um ato voluntário.

Infelizmente todos os relatos de testemunhas citados não puderam nos ajudar em nossa averiguação objetiva do assunto.

O memorando de Buchanan terminava ab-ruptamente. Toda a representação diplomática relutou em me prestar informações sobre o assunto ou me dizer que fim levou Buchanan. Evitei o quadro de funcionários da embaixada, que havia muito me considerava uma criatura insuportável à espreita em seus domínios e estendendo desagradavelmente minha estadia e, assim, tentei fazer amizade com a criadagem da cozinha. Tratava-se de um grupo suarento: um sub-chef de origem suíça, que, depois de emborcar várias doses de uísque, confessou em seu idioma franco-inglês que ouviu falar da súbita dispensa de Buchanan de suas funções diplomáticas e posteriormente de seu trágico fim a bordo do expresso Cantão para Wu Hang, uma cidade central de rebeldes e senhores guerreiros, com assassinos à solta. Meu objetivo era bajular o chef para obter mais revelações, porém o malte puro falou mais alto e tudo que extraí de sua boca foram soluços e queixas sobre sua infância passada num orfanato em Lausanne.

O destino de minha Annabelle me escapava a cada passo, mas o destino haveria de mudar — ele sempre muda, o meu e o dela. Vivos ou fantasmagóricos, o mito e a mitologia viriam a se revelar dentro daquela vida proibida que me aguardava. Todas aquelas complicações foram apenas precursoras do que me aguardava.

CAPÍTULO 13

No dia da minha entrada no palácio real, fui recebido por Sua Alteza Yun, o pai biológico do imperador, no Portão Glorioso. O príncipe Yun era um homem de altura mediana, dono de um par de sobrancelhas grossas e enviesadas suspensas acima de olhos amendoados. Depois de uma troca de amenidades, o príncipe Yun me leu um longo decreto real concernente ao que me esperava, segundo o qual descobri que me seria conferido o quarto do mais alto grau de oficialato dentro da *entourage* da Corte, o que me conferia o privilégio de andar na liteira carregada por quatro homens e a posse de um apartamento no interior do terreno palaciano. As benesses eram muitas e foram tediosamente enumeradas, detalhando trivialidades tais como refeições e privilégios domésticos de que eu desfrutaria.

Embora o mundo exterior estivesse apenas a um muro de distância, o isolamento pareceu total assim que o alto portão de ferro foi fechado. Uma sensação de sufocação e melancolia me tomou de assalto. Devia ser essa mesma sensação de um condenado ao encarar o prospecto portentoso do próprio destino.

Eunucos envolveram meus ombros com uma capa de seda azul bordada, com elaboradas estampas de dragões e pássaros fênix, cobrindo minha cabeça com um chapéu arrematado por uma pena de pavão: símbolos de meu status oficial. Em seguida subi numa liteira carregada por quatro homens. O quarteto de membros do corpo palaciano de eunucos — homens de voz fina vestidos de marrom — atravessou comigo o Portão do Valor, uma entrada nos fundos localizada ao norte, reservada a assuntos da família e cuja informalidade sugeria um alto grau de privacidade.

Passamos pela montanha Mai Shan, um morro enviesado, moldado por mão humana com a terra escavada do lago Bei Hai, marcando os fundos do palácio do lado de fora de seu muro, sobre o qual uma Árvore Pecadora ainda se erguia, acusada e condenada por prover um galho conivente que permitiu a um outro imperador menino, não o que seria meu pupilo, enforcar-se em seu desespero. O historiador em mim valorizou esse naco de reminiscência factual. Um julgamento oficial teve lugar para processar, durante três dias, a árvore ré, julgamento que contou com um rosário de testemunhas chorosas. O julgamento resultou da necessidade de se encontrar um assassino, já que um suicídio seria considerado ímpio do ponto de vista celestial, tornando humano e falível o que é eminentemente divino. A árvore foi desenraizada a fim de ser julgada, possivelmente o primeiro exemplar de sua espécie a sofrer um processo, tendo sido replantada depois como prova irrefutável de sua perniciosidade, uma pecadora exposta à visão de todos e fadada a suportar o insuportável, o ato de ter feito o que não podia ser desfeito. A árvore, embora velha, floresce anualmente com *gusto*, comprovando não só a própria inocência, como também certo absurdo inerente a esta monarquia ou à próxima. Quem, e este autor menos ainda, se encontra apto a criticar um sistema que sobreviveu a tantos outros impérios?

Em que ponto estou mesmo na procissão de meu ingresso? Ah, sim! Passamos por um caramanchão de velhos pinheiros, justificadamente corroído e retorcido, pela orla de lagos e lagoas com tartarugas e peixinhos dourados. Ali ficava o palácio dos fundos — o historiador em mim jamais para de trabalhar —, a notória lixeira para aquelas centenas de mulheres palacianas negligenciadas. Todas as esposas legítimas do jovem imperador eram escolhidas anualmente, selecionadas de acordo com seu talento para o bordado, a medicina, a enfermagem, o canto, a dança ou por suas aptidões culinárias: as criadas essenciais viviam na corte real. Se uma delas tivesse sorte, talvez um dia chamasse a atenção do imperador e se juntasse a ele num ritual conhecido como *de fu*, acertar a sorte. A semente que ela carregasse e o filho que parisse, caso a mãe sobrevivesse aos sabotadores que torcem por sua morte ou seu sumiço, lhe traria fortuna ou infortúnio.

Meu apartamento foi um presente do próprio imperador, um elegante prédio de dois andares aptamente chamado de "casa de deferência e tranquilidade", rebatizado e redecorado para meu uso, apesar dos protestos da velha guarda, cujas patas iriam, como você virá a saber, manipular cada fato e fado desta cidade dentro de uma cidade: a nação dentro de um império.

Um rapaz franzino estava ajoelhado à porta do apartamento aguardando minha chegada sob a claridade do sol do meio-dia, vestido de marrom como todos os eunucos. Todas as mulheres do palácio deviam, naturalmente, ser vigiadas pelos homens da casa, os eunucos, que se contavam aos milhares. Homens eles podiam ser; másculos, não. Esse rapaz tímido era o vassalo a mim designado, menino na tinta, no nome, embora suas tarefas variassem. Serviria a mim, sobretudo, como uma lanterninha, iluminando o caminho de minha iniciação nas vias sem saída de minha existência palaciana. Sem ele eu não iria a lugar algum e nada realizaria.

— Qual é seu nome? — indaguei após a saída dos carregadores da liteira.

O rapaz hesitou e respondeu em voz baixa, sem erguer o olhar:

— Recebi o nome palaciano de In-In, embora desde meu nascimento me chamem de Pênis de Boi na minha aldeia natal, que fica a 15 dias de distância daqui.

— Pênis de Boi? — Sorri ante declaração tão singela, temperada com um sotaque de Shandong, uma das muitas variedades dele, cujo conhecimento adquiri com meu professor, o dr. Jeffrey Archer.

— Papai viu o pênis do boi de um vizinho enquanto fazia pipi, quando mamãe me pariu no nosso chiqueiro, dando de comer a uma ninhada de 13 porquinhos.

— Você deveria então se chamar Porquinho.

— Mas foi o que o papai viu que contou. Por isso, fiquei me chamando Pênis de Boi até o dia em que eu *yian ge*, isto é, cortei meu pênis. O tio Ting do clã original de Lung não queria que ninguém descobrisse esse nome: isso tornaria meu serviço aqui inconveniente e seria um desrespeito ao Ser Celestial.

— Por que, então, você me contou?

— O senhor deverá ser meu protetor, aquele do qual serei escravo. Não posso guardar nenhum segredo do senhor porque um segredo seria um verdadeiro ato de desrespeito. Por favor, não conte a ninguém esse segredo, e muitos dos seus segredos esconderei para o senhor.

— É mesmo?

— Essa é a única maneira de alguém ficar seguro, livre de infortúnios... — Ele me lançou um olhar de soslaio, cheio de timidez. — Já falei demais, não foi? De agora em diante, ficarei mudo quanto ao que tiver a dizer, surdo ao que ouvir e cego ao que ver. Sou seu vento e a sombra dele. Estou aqui, mas não estou. Vou executar qualquer tarefa que lhe apetecer. Manterei limpo cada centímetro deste apartamento e o abastecerei de ingredientes frescos adquiridos e recebidos como presente do Celestial. De manhã, estarei de pé antes que o senhor faça o primeiro chá, para lhe preparar o desjejum. O senhor vai almoçar em seu escritório, junto com outros tutores reais, e o jantar virá da cozinha dos criados com um cardápio especial que o senhor deve escolher de manhãzinha para que o que quiser comer possa ser comprado e a conta apresentada para exame e aprovação do Neiwufu.

— Aprovação deles?

— Meramente perfunctória. Não haverá exames por parte do conselho completo, exceto o sazonal conduzido pelos administradores e procuradores do Fu. Já falei demais, mestre?

— Não, não falou. Tenho muito a aprender com você. Você me servirá de guia?

— Tenho muitas regras a seguir, estipuladas pelo chefe dos eunucos. Se meus serviços deixarem a desejar, serei castigado.

— De que regras você fala?

— Muitas fui obrigado a decorar desde o dia em que aqui cheguei. Por falar nisso, eu não deveria estar tendo essa conversa com o senhor, que é novo, sublime e...

— E o quê?

Ele me lançou outro olhar de soslaio e sussurrou:

— Estrangeiro, e muito estranho e diferente de nós.

A franqueza absoluta do rapaz me desconcertou, contradizendo os boatos de perversão e de corrupção de toda a equipe de eunucos que cercava o imperador titular. Presenteei-o com uma lâmpada de Dobereiner, um isqueiro, por assim dizer, que comprei de um membro do corpo diplomático. Quando a chama acendeu o apetrecho, o rosto de In-In se iluminou. Ele voltou a se ajoelhar e só ficou de pé depois que saí do corredor e entrei no aposento que habitaria ao longo do futuro próximo, deixando a cargo do meu novo menino-criado a modesta bagagem que trouxera comigo. Naquela noite, após uma refeição de arroz, constando de quatro pratos e uma sopa — a hierarquia dos funcionários é medida pelo número de pratos servidos a cada refeição; quatro pratos e uma sopa me situavam, para angústia da *entourage* do Neiwufu, no patamar dos tutores reais —, retirei-me, pela primeira vez, para meu quarto, lugar de futuros pecados e posterior vergonha.

Naquela noite sonhei com ela, com minha querida Annabelle; esse vinha sendo o maior período de afastamento entre nós. Ela surgiu em meio a uma bruma de angústia, não com qualquer solidez física. Ao fundo, havia um ruído de ondas. Acima do sussurro apressado do mar, eu a ouvi dizer "Encontre-a", repetindo o comando até que sua presença e sua voz desaparecessem.

CAPÍTULO 14

No crepúsculo cinzento, In-In me conduziu pelo caminho amuralhado, nossos passos ecoando pelos pátios, enquanto em suas mãos balançava uma lanterna que projetava nossas sombras reduzidas nas paredes. Eu sobrevivera a uma audiência insuportável com a rainha-mãe, uma matrona muito maquiada e coberta de joias, em todo o seu esplendor, que adquirira esse título por meio de uma infame adoção manipulada, arrancando o imperador, com apenas dois anos de idade, do colo da própria mãe. Depois de uma inspeção minuciosa, ela me dispensou rispidamente com um aceno de seu lenço de seda. Um leque seria mais apropriado, mas duas jovens criadas a abanavam, afastando as moscas que zumbiam acima de seu véu pintado.

Em seguida, eu me encontrei com meus dois colegas tutores, velhos acadêmicos, que, embora erguendo um brinde a mim com chá quente, me receberam friamente. Tal comedimento era de esperar, devido, em primeiro lugar, à crença de que as relações entre educadores devem ser insípidas e incolores como água; o afeto verdadeiro arranharia as finas paredes da soberania intelectual de alguém e desmereceriam a honra de um genuíno erudito. Um intelectual de verdade deve ser erudito quanto à própria busca de conhecimento, imune a gostos pessoais, assim elevando o parâmetro da erudição geral. Eu esperava igualmente que os tutores demonstrassem uma desaprovação coletiva em relação a um forasteiro. Todos eles, sem exceção, haviam ascendido a esse posto não por acidente, mas por suas conquistas acadêmicas, recebendo as maiores notas nos exames aplicados aos funcionários públicos levados a cabo a cada seis anos, com base nos quais o palácio selecionava seu pessoal. Tais conquistas eram assiduamente monitoradas ao longo de décadas de dedicação. Só então se tornava possível para alguém ser cogitado para o respeitável cargo de tutor real, que ensejava a concessão de suntuosas propriedades e prestígio sem precedentes a serem usufruídos não só pelo titular do cargo, como por toda a sua prole.

Ofereci aos três indivíduos reverências respeitosas, devidamente retribuídas. Na penumbra, as horas matutinas começavam a surgir. Todos os outros tutores entraram e saíram como sombras num show de marionetes com sequências mudas, suas vestes farfalhando, os chapéus erguidos em cumprimento ao se cruzarem, e as cadeiras rangendo. Então chegou minha vez de seguir um eunuco até os aposentos reais de estudo, situado nas entranhas de uma mansão silenciada por paredes altas, com eunucos passando, sem fazer ruído com os pés, flutuando, ocupados, de onde era possível ver, das janelas altas e em forma de leque, os pássaros pousados nos salgueiros e a grama brotando secretamente de fendas e rachaduras entre tijolos e pedras gastas.

O próprio imperador me aguardava na varanda. Uma criatura de ossos delicados e estrutura franzina, ele usava um terno branco ocidental e gravata. A cabeça se inclinava sob uma coroa circular, e os pés calçavam sapatos de couro preto.

— Estou vestido assim em sua homenagem — declarou o adolescente num inglês hesitante, estendendo a mão direita, pronto para apertar a minha. Foi quando ouvi o criado ordenar que eu me ajoelhasse.

— *Xia bai huang shang* — disse o empregado com grosseria. O jovem imperador, porém, foi rápido, agarrando minha mão e a apertando com vigor. Eu já estava prestes a tentar uma reverência profunda, como exigia a ocasião, quando ele me deteve.

— *Mian gui* — disse o jovem, me concedendo o perdão e no mesmo instante ordenando rispidamente que o eunuco se retirasse. — *Qu le, qu le.*

O eunuco fez uma reverência, sem ousar erguer os olhos para o patrão, embora tenha sido firme em sua resposta, explicando que recebera ordens superiores da rainha-mãe, a quem chamou de *Vovô*, para monitorar a cerimônia de ensino.

— *Qu le!* — ordenou o imperador, em tom alto e severo.

O criado bateu em retirada, resmungando e me lançando um olhar ameaçador.

— *Yang ren bu shou ting fa.* — Tradução: "O forasteiro não se curvou em reverência ante o imperador."

Cabeças costumavam rolar devido a descuidos assim, mas não nesse dia.

Assim que o eunuco se foi, o imperador arqueou as costas, endurecidas pelo colarinho engomado e o terno apertado, e fez uma reverência para mim, enquanto suas mãos continuavam a segurar com firmeza a minha. Decerto adquirira as maneiras delicadas graças ao convívio com os eunucos obsequiosos que o cercavam desde a mais tenra idade, fazendo as vezes de guardas e anjos, amigos e professores. Graciosamente, devolvi o favor, retribuindo a reverência.

— Venha ver minha casa — disse ele, voltando ao inglês e insistindo para que eu o seguisse casa adentro. Assenti. — Mas você precisa primeiro ficar cego.

— Cego?

— Feche os olhos, por favor — corrigiu o jovem, empolgado, e entendi o que ele quisera dizer. Assim fiz e entrei, sua mão guiando a minha, seus anéis de ouro frios em minha pele. — Agora abra — instruiu.

Quando abri os olhos, o que vi não foi a sala de aula sombria que eu imaginava — uma carteira, duas cadeiras simples, a dele virada para o norte, a minha para o leste —, mas, sim, sua enorme coleção de artefatos estrangeiros: relógios de ponteiros compridos, caixinhas de rapé rebuscadas e bicicletas, tudo em grande quantidade e desorganização.

— Tudo isso foi presente de reis e rainhas, príncipes e príncipes fêmeas estrangeiros.

— Você quis dizer "princesas".

— Pinc... éis?

— Prin...ce...sas.

— Não pode começar a aula sem minha permissão — disse o rapaz com um risinho.

— Mas o aprendizado está em qualquer lugar a qualquer momento.

— Deixe-me anotar isso — pediu ele, tirando do bolso interno do paletó um caderninho e uma caneta.

— Isso.

— Isso — repetiu, assentindo e escrevendo, torcendo o nariz com uma expressão séria.

Como eu poderia frear um jovem tão aplicado?

— Tem muito mais, mas eles atravancariam o aposento. Um dia eu lhe mostro a coleção em sua integralidade. Aquele relógio foi presente da rainha da Inglaterra... Você a conhece? — Respondi que não, balançando a cabeça. — Esse vaso veio do imperador do sol, isto é, do Japão. A bicicleta é uma genuína Raleigh.

Dito isso, ele me descartou e pulou no selim, apertando a campainha e fazendo três rápidos *dings* ecoarem no aposento, antes de descer. Conduzido pelo imperador e depois de passar por uma porta lateral aberta, de repente vi uma miragem ondulante se erguer no calor estival. Num pátio gramado nos fundos, tive a visão deslumbrante de uma ninfa loura, de não mais de 13 anos, montada numa motocicleta, com o sol lhe batendo no rosto, óculos de proteção pousados no cabelo, coxas finas apartadas, uma das pernas compridas e calçadas em botas pousada no acelerador e a outra no chão.

Meu coração instantaneamente se apertou.

Ela me olhou, os longos cílios piscando, a cabeça inclinada para o lado, como costumava fazer Annabelle tantos anos atrás. Seus olhos instantaneamente iluminaram minha escuridão abissal.

Um sapo mudo, engasgado, pulou de minha garganta seca:

— A... A... Annabelle.

— Ela não é linda? — indagou o imperador.

— Linda, sem dúvida — respondi, atordoado.

— Não se trata de uma Annabelle, senhor, mas de uma Hildebrand & Wolfmuller original, que me foi presenteada pelo imperador Guilherme do Império Alemão.

Minha cabeça rodava.

— E a moça montada nela é a minha imperatriz, Qiu Rong.

— A imperatriz Qiu Rong, naturalmente — repeti. Embora zonzo, ainda me restava cortesia suficiente para uma reverência.

Qiu Rong — ah, minha Annie em carne e osso! Onde e como? — não retribuiu minha reverência. Em vez disso, me soprou um beijo, juntando os lábios carnudos e depois os escancarando numa beijoca inconsequente que revelou dentes alvos e a ponta de uma língua viperina.

A motocicleta roncou e soltou fumaça, não movida a diesel ou a som de motor, mas graças à magia de sua fantasmagórica condutora, envolta num traje amarelo arrematado por uma echarpe de seda também amarela. Ela saiu em disparada: uma abelha, zumbindo ao redor do pátio circular, dando voltas e voltas, esbarrando numa sebe aqui, quebrando um galho acolá, gritando numa algaravia trilíngue — *Giddyup, jen-ta-ma-ban* (um impropério pequinês) e algumas fricativas inegavelmente alemãs —, enquanto a barra do traje flutuava, desnudando-lhe as coxas.

Vapores e nuvens densos transformaram o pátio cinzento numa noite na Nova Inglaterra de junho, de maio, séculos atrás — abafada, úmida, com um leve aroma de feno e esterco. Girando à minha volta não estava mais uma imperatriz coroada, e sim, a minha própria encarnação virginal.

— Gostou? — perguntou o imperador, interpretando, equivocadamente, minha mudez como aprovação.

Assenti, zonzo com o perfume fantasma de ópio que me nublava o raciocínio.

— Então dê uma volta. Qiu Rong, venha cá — chamou o rapaz acenando para que ela se aproximasse.

— Eu... — Primeira volta. — Ainda... — Segunda volta. — Não... — Terceira volta. — Acabeeei! — gritou a menina enquanto os pneus cantaram perto dos dedões do meu pé. — Suba na sua própria bicicleta, amerrricano! — Pronunciou as sílabas com um sotaque alemão.

Empurrando o guidão para fora, ela se atirou de repente entre mim e o consorte para ser aparada, o peito incipiente roçando de encontro ao meu corpo e a cinturinha se encaixando nas mãos do imperador.

— Você é um bocado malcriada, sabia? — brincou, amoroso, o imperador.

— Sou mesmo sua filhinha malcriada, não sou? — falou a imperatriz, piscando os olhos pestanudos e com os pés ainda presos ao assento da moto. — Nossa, que homem grande você é. Que braços! — disse ela, usando meus braços como apoio e fincando as unhas compridas em minha pele, enquanto os olhos me estudavam com indolência infantil.

Eu me lembro de pouca coisa além do riso de Qiu Rong. Recordo-me menos ainda do meu período inicial como tutor do imperador, mas mesmo assim a ausência dela abriu uma ferida horrível em meu coração.

CAPÍTULO 15

Ao anoitecer, enquanto jantava sozinho em meu apartamento, o maldito eunuco reapareceu e me encarou com desdém, uma astúcia canalha brilhando em seus olhos. Eu lhe ofereci uma cadeira e uma xícara de chá. Ele chutou a primeira, movimento que derrubou a segunda, derramando chá em minha delicada toalha, ao passo que ele se sentava de braços cruzados, apoiando o quadril sobre a mesa de jantar e um pé em cima da cadeira caída.

Ele não mediu palavras. Com um pesado sotaque shandong, temperado com hálito de alho, exigiu uma remuneração financeira imediata em troca de seu silêncio sobre meu delito de mais cedo: a ausência de reverência. Concordando em levar na conversa aquele palhaço, pousei minha bolsa gorda sobre a mesa, tal qual um jogador, fazendo cintilar seus olhos gananciosos e obrigando seu pé a parar de sacudir a cadeira desequilibrada.

— O que mais fiz de errado? Diga e tudo será seu — falei, acariciando o recheio de moedas.

Seu quadril quase escorregou da mesa quando ele ouviu essas palavras. Ficando de pé, o eunuco atravessou o aposento, tamborilando com as juntas da mão a moldura polida da janela como se inspecionasse sua solidez, esfregando a toalha entre os dedos imundos como se sentisse sua maciez. Argumentou ser um bom conselho que eu apaziguasse todo o quadro de eunucos, engrenagem e parafusos do palácio. O que o ofendera acima de tudo em nosso encontro anterior, relembrou ele com a franqueza generosa de um conselheiro contratado, havia sido minha disposição para fazer o jovem e temperamental soberano se virar contra ele e, consequentemente, contra todo o quadro de eunucos. O sujeito fez uma pausa de efeito, lembrando-se de ter sido bruscamente dispensado, o que lhe custara um dia de salário e três chicotadas do chefe eunuco.

Inclinando-se sobre minhas travessas — aipo salteado na gordura; galinha desfiada; pele, gordura e carne de porco; *escargots* de rio destramente descascados e fortemente temperados —, pegou um pouco de galinha desfiada e, com aqueles mesmos dois dedos sujos, levou-a à bocarra cheia de dentes, mastigando ruidosa e irregularmente, a mandíbula inferior se mexendo na horizontal, como a de uma mula. Enxugando os dedos no peito da roupa, prosseguiu com a sua ladainha.

Qualquer punição corporal ou castigo financeiro por ele suportado significava uma ofensa sofrida por todos os eunucos por obra de um agitador forasteiro. O grupo como um todo, acrescentou ele, tinha boa memória, o que, no devido tempo poderia promover ou demover qualquer um em qualquer nível do palácio. Satisfeito com o próprio raciocínio, pescou com quatro dedos três mariscos e despejou-os garganta a baixo, o que lhe provocou um engasto e contorções espasmódicas que me fizeram lembrar um galo engasgado com um sapo inconformado. Todos os homens shandongs eram afeitos à pimenta, menos esse. O show continuou durante algum tempo. Eu já estava mais que preparado para sua morte por sufocamento quando ele se recompôs, ajudado por uma dose do meu chá, previamente recusado.

— Uma criada do palácio foi engravidada pelo imperador certa vez. Deveria ser uma ocasião festiva, mas seus mamilos foram cortados fora, e o bebê arrancado de seu útero. Deixaram-na morrer no isolamento no palácio dos fundos. O serviço não foi prestado por fantasmas nem espíritos, que habitam nesse palácio aos montes, mas por eunucos. Por quê? — indagou ele, retoricamente, servindo-se de mais um pedaço da minha comida. — Não que ela fosse indelicada conosco, mas era invejada por um de nossos amigos. Não apenas é vital ser bom para nós, como também jamais ser amigo de um de nossos inimigos ou inimigo de um de nossos amigos. Apenas isso. — Pegando meu prato de sopa, ele se serviu várias vezes antes de lamber os beiços, satisfeito, e enxugar a boca com a manga da roupa.

— Então, quanto vai querer? — perguntei.

— A bolsa toda, como o senhor sugeriu, é claro. E valeria bastante a pena, pois não vi apenas um delito, mas vários.

— Enumere-os todos.

— Bem... O senhor não caminhou atrás Dele, falou sem que lhe pedissem, não se ajoelhou nem fez reverência para Sua Alteza Real, a quarta imperatriz do imperador, e mostrou-se íntimo da pessoa Dela, tocando-a e segurando-a em seus braços — disse o eunuco, repreendendo-me com suas acusações à semelhança de uma governanta ranzinza. — Posso não ter visto tudo isso, mas outros viram, do alto de uma árvore alta do lado de fora do pátio, e outros mais, espreitando entre as sebes e cercas. Agora, diga adeus a suas moedas.

Ele estava prestes a se atirar sobre minha bolsa quando a tirei do seu alcance.

Seu rosto enrubesceu de raiva.

— Por que fez isso?

— Permita-me enumerar *seus* delitos desde quando adentrou meu apartamento.

— *Meus* delitos?

— Sim. Você invadiu a residência do tutor real sem motivo ou permissão, tentou me extorquir dinheiro mediante chantagem, roubou comida das minhas travessas, comeu com seus dedos sujos e mastigou de boca aberta: todos exemplos ativos de falta de hospitalidade e boas maneiras. Deseja que eu relate tudo isso ao seu imperador?

— O senhor não teria essa ousadia.

— Experimente. — Encaramos um ao outro.

— Não, não. Por favor, não — implorou o eunuco, de joelhos, em reverências fervorosas.

— Saia imediatamente.

Felizmente ele se pôs de pé num salto. Prestes a sair correndo, o eunuco hesitou.

— Talvez o senhor pudesse me dar três taéis de prata para que eu seja gentil com seu criado. — A essa menção, In-In abriu a porta da sala de jantar. O canto esquerdo de sua boca sangrava e seus olhos brilhavam, marejados.

— Só me separo das minhas moedas se você me der um recibo por escrito por essa remuneração.

O eunuco de cabeça boleada fugiu qual um fantasma.

★ ★ ★

Após limpar o lábio ensanguentado de In-In com um pouco de vinagre e de mandá-lo para seus aposentos com um punhado de balas, queimei três palitos de incenso no parapeito da janela diante de uma lua cinzenta e cerimonial: um para dizer adeus à minha amada morta, outro em agradecimento a um espírito anfitrião etéreo e o último em homenagem à histórica ascendência de uma miragem há muito prometida, a da minha Annabelle reencarnada — Annabelle em carne e osso, renascida do outro lado de um muro proibido, exumada dos ossos calcinados de Andover.

Conforme o incenso queimava no ar noturno, um punhado de borboletas de repente alçou voo à luz do luar, como se libertadas de uma fortaleza invisível. Adejavam suas asas, voando em duplas, mergulhavam fundo e depois tornavam a ganhar altura, aparecendo e sumindo numa clareira de bambus como se fossem espíritos vivos.

Por fim, dei um suspiro, afundando meu dedo recém-queimado nas cinzas que caíam: embarquei no amanhecer de um novo tempo no qual teria início uma vida nova.

CAPÍTULO 16

Vislumbres de Q pela porta escancarada da sala de aula me deixavam tonto. Montada em sua barulhenta Raleigh, uma pomba branca no guidão, combinando com a cor de suas meias e da saia pregueada — que não era, porém, a saia do uniforme escolar — na cor azul e curta — para minha plena glória.

De vez em quando, ela metia a roda dianteira da moto porta adentro de nossa sala de estudos, tocando a campainha, *ding, ding, ding* e perguntando:

— Quando é que vocês vão terminar? Estou entediada.

Ela arrastava as sílabas, pontuando cada qual com grande impaciência, o rosto coberto de suor.

— Logo, criança. Vá correr por aí mais um pouco — dizia o imperador a bajulá-la, acenando com os dedos.

— Por que não podemos cavalgar aqui? — indagou em outro momento, com uma das pernas sobre o guidão, enquanto a saia subia, deixando à mostra as coxas pubescentes finas e bem-torneadas. Nem mesmo o texto copioso e dúbio de geografia foi capaz de amenizar meu desejo, que fez com que eu me inclinasse para a frente como se sentisse uma dor no estômago ou cólicas intestinais.

— Vovô não deixa, você sabe. Agora, vá — dispensou-a o marido, ansioso para voltar a estudar o globo de mesa antigo que arrematara numa loja de penhores na Cidade Tártara.

— Vovô, Vovô, Vovô... Aquela bruxa velha. Por que não podemos chamá-la assim? — disse Q, descalçando um sapato para desnudar seus dedos inquietos, o mindinho espreitando por um buraco na meia e balançando num ritmo próprio.

O que eu não daria para lamber aquele dedinho, calçado ou não numa meia.

— Nem mais uma palavra sobre ela, meu bem. Não vê que estou ocupado? — disse o imperador, girando lentamente o globo e franzindo a testa, intrigado. — Nosso império realmente não é *tão* grande.

Curiosa, Q desceu do selim. Encostando a moto na porta, entrou com largas passadas na pequena sala de aula, os pés pisando forte no piso de carvalho, um deles descalço.

— Ah, eu bem que falei. Você não quis acreditar em mim. Você não passa de um chefe apenas no nome, não chega sequer aos pés de um guerreiro de segunda como seus primos. É dominado por aquela cadela moribunda e cercado de semi-homens idiotas!

Percebi seu andar peculiar, com os dedos dos pés para dentro e os calcanhares para fora, típico das japonesas com suas sandálias.

— A Grã-Bretanha é ainda menor — intervim, apontando para a ilha modesta cercada por um mar revolto.

— Quero ver! — gritou a deusa asiática, aproximando sua cabeça da minha.

— É minúscula mesmo, do tamanho da nossa ilha de Formosa. — O imperador sacou um monóculo, afetação ocidental à qual se habituara. — Que ousadia a da rainha deles mandar seus exércitos aportarem no meu litoral!

— Não tem nada a ver com tamanho, seu bobo. — Q empurrou minha cabeça, inserindo a dela entre as de nós dois, sibilando suas fricativas em meu ouvido a mil batidas por segundo. — Eles têm navios de ferro. E você, tem o quê?

— Podíamos ter construído navios de ferro também.

— Tarde demais. Sua titia afanou o dinheiro da marinha para construir seu próprio palácio, onde raramente passa o verão — disse Q, pousando um dos braços em meu ombro e o outro no do consorte. — Ela tem de morrer, e logo, ou vamos todos para o inferno. — O *r* do seu *inferno* era roucamente parisiense.

— Qiu, meu amor! Cuidado com a língua na presença do meu tutor. Ele é visita.

— Uma visita assaltada e chantageada, na melhor das hipóteses — emendou Q, esfregando, sorrateira, a bochecha direita no meu ouvido esquerdo antes de acrescentar, num tom provocante: — Você não se importa de nos contar a verdade, não é?

— Que verdade? — indaguei.

— Assaltado e chantageado? — repetiu o imperador, tirando o monóculo.

— Ele foi depenado pelo seu eunuco ontem à noite.

— É mesmo? — indagou o imperador, preocupado.

Permaneci calado, meramente balançando a cabeça, desejoso de esquecer o malfadado encontro.

— Diga alguma coisa, garotão — insistiu Q, virando meu rosto para me obrigar a encará-la e balançando meus ombros com as mãos magricelas. — Por favor, Pi-Jin, o Pombo. Ontem à noite o chefe eunuco deu ordens para chantagear você. Minha criada me contou, e ela nunca mente para mim. Se você não nos contar, e esses semi-homens não forem devidamente castigados, a próxima coisa que vai ver é a tampa do seu caixão.

— O que foi que ele exigiu de você? — quis saber o imperador.

— Nada de mais — respondi, evasivo.

— Seja honesto comigo. Do contrário não está apto para ser meu tutor.

— Qual seria o castigo dele por tal ofensa? — indaguei.

— Posso responder? — pediu Q, levantando o braço como uma estudante, ansiosa para chamar atenção. Cobrindo minha boca com a outra mão, exigiu: — Calado, Pombo.

Calado fiquei, com aquela mão quente e pegajosa pousada em meus lábios trêmulos e impotentes.

— O eunuco não conseguiu extorquir nada dele.

— Por que não? — indagou o imperador.

Q sapecou um forte beliscão no meu nariz.

— Porque o nariguado aqui exigiu que ele passasse um recibo pela quantia de três moedas de prata para registrar a transação, botando o sujeito para correr apavorado.

— Um recibo? Brilhante! — declarou o imperador.

— Ele deveria administrar esse palácio para nós — sugeriu Q. — Será que você teria, digamos, testículos para tanto? — Com um risinho sapeca, ela afundou o traseiro no colo do marido.

— O que são testículos? — perguntou o jovem imperador, virando-se para mim, curioso.

— Aqui — respondeu Q, pressionando o traseiro com força contra o colo do marido e com um sorriso maroto entreabrindo-lhe os lábios — estão seus testículos.

— Suponho que tenha querido dizer *coragem* — corrigi.

— Em alemão, dizemos "testículos". É a mesma coisa, seu pudico — esclareceu Q.

— Não se preocupe. Eu lhe darei muitos testículos se você aceitar esse encargo e me ajudar a administrar meus negócios aqui — declarou o jovem imperador. — Às vezes o caos é tamanho que penso que possa existir uma conspiração contra mim dentro do meu próprio palácio.

— É claro que existe uma conspiração contra você, e contra mim, e agora seu novo bobo da corte foi incluído! — decretou Q, plantando um beijinho nos lábios do seu homem, mas de olho em mim. — E você sabe por quê? — indagou, me encarando. — Porque meu marido me ama como jamais imperador algum amou uma esposa.

— Não — protestei. — Estou aqui apenas para ensinar.

O imperador balançou a cabeça com uma expressão grave.

— Ninguém me diz não. Vou lhe delegar novas tarefas no devido tempo. Agora está na hora do castigo. In-In, vá buscar Elder Li e Dong Shan, e não se esqueça de trazer o pelotão.

A comédia acabava de virar tragédia, percebi, quando o rapaz saiu porta afora qual um fantasma.

— Não, por favor — implorei.

— Eu disse que ele não tinha culhões. Fique calmo — interveio Q, zombeteira. — Você vai adorar o espancamento, é um tremendo espetáculo. — Sacando um maço de cigarros Rothman, botou um na boca e o acendeu com uma lâmpada de Dobereiner.

Elder Li, o safado chefe eunuco, dono de um par de olhos embaçados escondido sob sobrancelhas cabeludas, apareceu, seguido pelo eunuco de cabeça boleada, Dong Shan, e por um pelotão de quatro homens que empunhavam varas de bambu. O pelotão se ajoelhou no pátio de pedra aguardando as ordens do chefe. Palavras indistintas foram trocadas de forma concisa, uma ordem foi dada. Cabeça Boleada, ciente de seu destino, puxou a cauda da própria vestimenta e baixou a roupa de baixo, bem gasta, expondo as nádegas ossudas. Silenciosamente, um membro do pelotão golpeou-o várias vezes com uma vara flexível. Listras rubras logo marcaram sua pele, e o sangue não demorou a brotar, escorrendo pelas coxas desnudas. Passado um instante, as chicotadas cessaram e Cabeça Boleada caiu de cara no chão, exausto demais para se recompor.

Ouviu-se, então, outra ordem, dessa vez não da boca do imperador, mas de Q, num tom agudo e estridente como o som de um sino de prata:

— Agora você, Elder Li. É sua vez.

Um espanto momentâneo encobriu o rosto de Li, um brilho de ódio sinistro que escureceu seus olhos quando estes percorreram o caminho entre mim e o imperador. Então, ele desamarrou a roupa e um traseiro flácido virou-se para o sol brilhante.

Dessa vez, não foi o membro silencioso do pelotão que brandiu a vara, mas, sim, o próprio Cabeça Boleada, que açoitou e espancou seu superior, primeiramente com cautela, mas, depois de ter sido ridicularizado por Q, com selvageria, como se disposto a uma retaliação cruel, desferindo um golpe pesado atrás do outro, desempenhando sua missão com a expressão de alguém fora de controle, enlouquecido por uma raiva, embora não contra aquele que sofria a fúria de sua vara, amaldiçoada por um espírito demoníaco, com que açoitava o próprio chefe, ação que lhe traria, certamente, um outro castigo. Seus golpes atiravam Li para a esquerda e para a direita, pondo em risco aquela idosa estrutura. A pele velha foi se abrindo aos poucos e sangrou com relutância sem que o chefe eunuco gritasse uma só vez enquanto enterrava a cabeça no chão e enfiava as unhas nas fendas do pátio pavimentado. Então acabou.

Os dois eunucos, mancando e cheios de dor, precisaram ser carregados do pátio pelo pelotão.

O médico do palácio seria chamado, me garantiu meu pupilo, mas a lição foi dada. Muito bem-dada, devo acrescentar.

CAPÍTULO 17

Uma chuva torrencial frustrou a expectativa de um piquenique no almoço do dia seguinte. Meu pupilo e eu ficamos enclausurados em meu apartamento jogando xadrez ao lado da janela riscada de pingos. A clareira de bambus se afilou, com folhas e ramos caídos por todos os lados. Pássaros molhados gorjeavam, infelizes, nos ninhos úmidos, ensopados pelo temporal. Do lado de fora, Q subia em uma árvore, chamando um pombo que cochilava num galho solitário, a barriga empanturrada de minhocas suculentas.

— Uhh, uhh, uhh! — adulava ela, impaciente, as pernas finas enroscadas palidamente no tronco escorregadio. — Volte aqui ou você vai morrer.

— Você vai cair daí, Qiu Rong, e se molhar toda — alertou meu pupilo sem tirar os olhos do tabuleiro de jade. — Xeque-mate!

— Você é cego? Já estou ensopada — gritou Q em resposta, acordando por um instante o pássaro, que logo voltou a cochilar na chuva, embalado pelo vento que balançava o galho. — Passarinho, vou matar você a flechadas, está me ouvindo? — berrou ela para o animal de estimação, que nem por isso se mexeu. — Está se fazendo de surdo, é? — Pegou, então, um seixo e atirou no pombo, porém, não acertou o alvo. — Pássaro desgraçado. Agora vou matar você com balas de canhão. Tenho um monte de balas de canhão estocadas no barracão. Vou esmagar você, fazer picadinho...

— Desça daí — insistiu mais uma vez e sem convicção o imperador, surrupiando meu rei antes de preparar o tabuleiro para o começo de um novo jogo. — E você se diz um *Yalor*.

— Quis dizer *Yalie*? — perguntei, enquanto depositava duas moedas de prata em sua mão.

— Devia ter frequentado a outra universidade. Harvard, não é? Ouvi dizer que é muito melhor. — O imperador podia ser um galhofeiro, às vezes, adequando-se ao rótulo do que outros tutores chamavam de *fu*, isto é, um toque de frivolidade no caráter.

— Jamais se deve trazer à tona a maldita H diante de um *Yalie* — falei.

— Existe uma rivalidade, não é? Como aquelas universidades inglesas, como é mesmo... Ox e Bridge? Sei das coisas, viu? Meu primeiro pedido de um tutor foi para eles.

— Foi?

— Vovô detestava a rainha de lá, sobretudo seu nariz esquisito. Segundo Vovô, foi aquele nariz que a fez enviuvar cedo.

— Quanta sabedoria. Qual foi o responsável por Vovô enviuvar, então?

— Uma flecha envenenada matou meu antecessor rapidamente.

— Me fale de sua imperatriz.

— Um amor, não é mesmo? — disse ele, enquanto seus olhos se deleitavam olhando Q pela janela. — Nascida aqui, criada no estrangeiro, mas toda minha agora.

Inclinei a cabeça, franzindo a testa como a pedir uma explicação.

— Ela costumava ser a companhia favorita de Vovô: ímpar, exótica.

— Não é mais? — indaguei, franzindo mais a testa.

Ele balançou a cabeça.

— Ela é toda minha agora. Isso é tudo que importa. Sabe, na verdade somos primos.

— Primos?

— Bem, não de sangue. Ela foi adotada logo que nasceu, algo que, é claro, jamais deve ser mencionado. Por ordem expressa de Vovô.

— Por que não?

— É vergonhoso. Ela não pertence à linhagem do clã original manchu.

Desviando o olhar de Q, ele encontrou o meu.

— Você a aprecia?

— Eu...

O imperador podia ser um bocado sorrateiro.

— Não é propriamente um crime. Todo mundo a aprecia, ao menos no início. Cinco moedas de prata dessa vez? — perguntou ele, movendo à frente um peão sobre o tabuleiro.

Segui seu movimento mexendo um cavalo, na diagonal.

— Está levando todas as posses do seu tutor.

O imperador — vamos chamá-lo, em prol da brevidade, de S, abreviação de soberano — fez uma pausa antes do movimento seguinte.

— Quer tornar isso interessante?

— De que maneira?

— Se você ganhar, passa a noite em meus aposentos. Se eu ganhar, passo essa noite aqui — sugeriu meu oponente, erguendo as sobrancelhas.

Balancei a cabeça em protesto:

— Não pode se hospedar nessa residência humilde.

— Claro que posso. Era minha intenção passar algumas noites com você aqui.

— Mas onde dormiria?

— Posso dormir nessa cadeira ou naquele sofá. Não tem problema algum. Eu sempre quis fazer isso. A vida toda dormi na mesma cama. Jamais alguém me convidou para ser hóspede.

— Vença-me, então.

— Vencerei — garantiu S, alegremente.

Uma lufada de vento soprou os pedidos de Q, que fizeram cócegas em minha orelha.

— Maldito pássaro... Por favor, volte aqui. Nunca mais vou lhe dar minhocas para comer, prometo. — Embora ela agora parecesse chorosa, o pássaro permaneceu sereno e indiferente. — Vou lhe fazer um ninho novo com penas, com penas de ganso! Não é bom o bastante? Que tal seda ou algodão? Vou lhe dar para comer apenas as frutas mais doces. Por favor, farei você se tornar mãe. Vou comprar para você um pombo macho com penas brancas como as suas...

Só então o pombo real respondeu "cuuuuu...cuuuu". Espreguiçou-se, afofou as penas e alçou um voo úmido para pousar no ombro esquerdo de Q. Com aquele ligeiro aumento de peso, o galho de Q se quebrou e cedeu, lançando-a na lama. Mas ela não se machucou e só tinha olhos para o pombo, como as mães para seus rebentos, o peito arfando de gratidão, imperturbável tanto pelo troar do trovão próximo quanto pelos apelos distantes de S.

Levantei-me da cadeira, buscando a aprovação de S.

— Posso?

— Como queira — respondeu S, ocupado com seu movimento de varrer um cavalo e um peão numa única jogada.

De guarda-chuva na mão, atravessei o pátio para chegar até ela. Levantando-se para me receber, Q se encostou em meu peito como uma criança molhada. Com uma toalha, enxuguei com carinho suas feições doces, as covinhas molhadas, o cabelo sujo, as orelhas vermelhas e o pescoço angelical — Ah, meu coração! —, passando depois ao seu bichinho de estimação, que me bicou e arrulhou defensivamente.

O riso de Q fez vibrar os pingos de chuva que salpicavam o guarda-chuva de óleo.

— Você faz cócegas, garotão.

— Que tal entrarmos?

— Não — disse ela com um muxoxo. — Olha só... Estou sangrando. — A pele se rompera em sua mão, e uma mancha vermelha começava a se formar onde uma farpa intrépida se instalara.

— Conheço a cura para isso. Posso?

— Cure, então.

Baixei os lábios até a palma da mão dela, lambendo o corte com a ponta trêmula da minha língua, com um dos olhos a observá-la de soslaio. A palma daquela mão tentou se fechar num punho e depois relaxou. Ela enrubesceu antes de deixar escapar uma série de palavrões em alemão ou alguma outra língua dos Bálcãs, fingindo raiva.

— É o remédio favorito dos índios Cherokee. Saliva masculina.

— Seu selvagem — exclamou ela, beijando minha bochecha esquerda, na ponta dos pés, um aroma de menta e tabaco em seu hálito.

— Seu pescoço também está sangrando.

— Sério? Seu bobo. — Ela me empurrou com um riso rouco, libertando-se em seguida dos meus braços e do meu coração. — Homem abominável!

Ai, minha amada Annabelle, é ela quem você me prometeu? Será a chegada dela sua partida? Quem é ela para você, para mim, para nós, para sua morte, para sua permanência comigo? Estarei fadado a ser sua salvação ou ruína?

Cambaleando, eu a segui de volta à minha sala. Mal prestei atenção em S, preocupado com a imagem de Q enroscada em meu sofá, molhada como um gato afogado. O pombo alçou voo, desconfiado, da estante para a escrivaninha e para a poltrona, e depois para meu quarto, de onde voltou deixando, na passagem, seu cocô esbranquiçado cair sobre o tabuleiro de xadrez.

— Você estragou nosso jogo! — exclamou S.

— Você só se importa com seu jogo de xadrez e consigo mesmo, marido! — repreendeu Q, procurando seus cigarros. Ao encontrá-los molhados, sua raiva aumentou.

— Vou convidar Pi-Jin para passar esta noite conosco. Está decidido — disse ele, me encarando com a confiança de alguém que raramente é contrariado. — Hoje, às seis em ponto. Não é formidável, minha cara? — indagou.

Ela guinchou em resposta.

— Trate de me arrumar um cigarro ou algo assim. Estou congelada, não dá para ver?

— Não sou seu criado — retrucou S —, e você deveria parar de fumar, entre outras coisas.

— Ah, você é o virtuoso, hein? — exclamou Q, atirando-se contra S, que desviou-se de seu caminho com agilidade.

Aparei-a, quase a cair, em meus braços intrometidos.

— Em que posso lhe ajudar? — indaguei, sem saber o que estava errado.

— Garotão, você não tem o que preciso. Ele está escondendo os cigarros! É ele que tem que pagar. Saia da minha frente. — Pegando um tinteiro, Q atirou-o em S, errando o alvo, porém derrubando minha coleção de livros de História. O tinteiro de jade, incólume, caiu no tapete chique.

A crise amainou quando alguns eunucos, sem aviso, como costuma ser a regra por aqui, surgiram e a levaram embora, enquanto S se encolhia todo em sua cadeira diante do tabuleiro. Em seguida, queixou-se de um jeito meio arrependido e choroso, sendo generoso em relação à esposa, mas crítico quanto a si mesmo.

— Um dia — falou — tudo isso vai acabar. Não a terei mais. E não sei o que vai ser de mim.

Esta é a história que ouvi da boca de S: Q era uma noiva-menina cheia de vida que chamou a atenção de S logo no primeiro encontro, quando foi apresentada a Vovô após a volta do pai de sua missão no exterior. Ninguém ficou mais enamorado do charme natural e da beleza excêntrica de Q do que a própria viúva-herdeira, que se considerava juíza de todas as artes e tradições e que diariamente se cercava de figuras talentosas e artísticas. Do círculo íntimo da viúva-herdeira fazia parte um famoso cantor de ópera de Pequim, de nome Yu Fang, um sujeito diminuto que fazia papel de mulher (o canto e a dança eram a marca do raro comércio de homens), conquistando os corações dos mecenas de ambos os sexos. Outro favorito seu era um renomado calígrafo, cujo estilo de caligrafia a viúva-herdeira imitava com bastante sucesso.

Qiu Rong, porém, representava o novo, sendo trilíngue e branca, a última característica vista como *gui*, o que significava nobre, em oposição a escuro e inferior. Toda a nobreza chinesa empoava o rosto e o pescoço com talco de modo a parecer "pálida como jade", expressão mais valiosa do que o valor da pedra em si. Q também possuía talento musical, tocando o órgão *phing*, que o pai importara de Frankfurt.

Ela tornou-se a favorita das companheiras diárias da viúva-herdeira, enchendo com música seus dias. A viúva-herdeira chegou mesmo a patrocinar uma *soirée* para todas as esposas dos diplomatas no Palácio de Verão por causa de Q, que atuou como intérprete entre as convivas, para orgulho da matrona.

Foi no auge de tanta euforia que Vovô decidiu que S deveria se casar um ano antes do previsto, conforme exigia a lei manchu dos matrimônios reais. Ele, S, empreendeu uma breve busca por uma noiva para arredondar o número de suas imperatrizes, a primeira, a segunda e a terceira consortes, entregando o quarto posto a Qiu Rong, a despeito de a moça não ter sangue puro e ser adotada em vez de pertencer ao clã manchu. A viúva-herdeira assumiu o encargo de defender o casamento contra seus detratores, como sinal de que a rainha-mãe era moderna em seu raciocínio e progressista em seu exemplo, embora deixasse claro que pessoa alguma jamais haveria de discutir o pedigree de Q fora ou dentro do palácio. A única coisa que a viúva-herdeira mencionou foi a expectativa de que o casal produzisse o herdeiro de máxima alvura para o trono, reduzindo assim o tom escuro da pele de S e acrescentando maior pureza à tradição Qing, que, segundo acreditava a viúva-herdeira, se manifestava claramente pela cor mais pálida da pele, em oposição ao moreno mais queimado da ancestralidade Han, inferior, comum à maioria dos cidadãos chineses, seus súditos.

O próprio imperador ficou mais que feliz, pois não só lhe agradava ter a loura de olhos azuis como consorte, como também considerava bem-vinda a ponte que Q estenderia para cruzar as frias margens entre ele e a viúva-herdeira, a quem temia desde a mais tenra idade, e que o sujeitava a muitos e torturantes atos disciplinares sempre que uma insubordinação ou delito tinha lugar. Em um dado período, entre os sete e os oito anos, S tremia sempre que se achava na presença da viúva-herdeira. Q, em resumo, haveria de ser a luz do sol que degelaria toda a rigidez dessa fachada fria, aquecendo os aposentos desolados de S com seus raios dourados.

Os meses iniciais do matrimônio deles foram de música e conversas — conversas até muito depois do raiar da aurora e passeios às margens dos lagos e lagoas. Ela ocupava praticamente todas as noites dele, inclusive aquelas alocadas à primeira, à segunda e à terceira imperatrizes, sendo as duas últimas uma dupla de beldades gêmeas oriundas da província sulista de Fukien, escolhidas pela beleza e pelo talento em caligrafia, talento este que conquistou o coração da viúva-herdeira, bem como pela capacidade de cantar melodias de ópera Hing Hua. Logo, porém, certa luz começou a se apagar em Q, e o tédio se infiltrou na vida do casal. Os lagos pareciam secos, apesar da água cristalina; as lagoas, cheias de boas lembranças, pareceram azedar. Q tornou-se insone, passando as noites acordada e os dias a dormir, abandonando as trivialidades de várias cerimônias da corte, com ênfase na Homenagem ao Nascer do Sol para Vovô, o que lhe valeu ser afastada do círculo íntimo da matrona, o que, por sua vez, contribuiu para uma crescente negligência por parte de Q, comportamento que cada vez mais a viúva-herdeira atribuía à sua origem bastarda. A rejeição pouco reduziu os desvios de Q, que precisou recorrer àquilo que S agora era obrigado a esconder.

— Hoje à noite às seis — disse S em um tom seco, alçando-se da cadeira e arrastando os pés pesados a fim de sair à caça de sua amada Q.

CAPÍTULO 18

Dançando em minha cabeça, estando eu acordado ou sonhando, não havia nada senão Qiu Rong, minha fugitiva imperial, não desta terra, mas da minha alma em sentido amplo, aguardando para ser invocada e domesticada.

Ah, aquelas pernas abertas, aqueles tornozelos virados para dentro. A lembrança de um sinal aos poucos veio à tona, logo abaixo da orelha esquerda, ao longo de uma veia azul. E o sorriso... igual ao de Annabelle, por direito todo meu.

Teria minha Annie entregado seus traços aos cuidados de Qiu Rong? Será que meu antigo amor cederá espaço, enfim, ao novo?

Tomei um banho de banheira. Para entorpecer meus apetites, bebi uma dose de puro malte enquanto voavam à minha volta os fantasmas do passado, o aroma de cabelo úmido, de Annie e de Q, e a fragrância de ervas estivais.

Ao chegar à residência real, S me recebeu com entusiasmo, ostentando um sorriso misterioso. Q, minha implicante de plantão, não estava presente, embora seus risinhos e suas gargalhadas cristalinas se intrometessem entre nós, vindos de um pomar contíguo, num esconde-esconde iridescente, porém contido e discreto.

Um vazio me levou a beber com S, brinde após brinde, ignorando um jantar de caranguejo no vapor, patas de urso cozidas, coelho assado e gordos gansos refogados, para mencionar apenas alguns pratos. O desânimo entorpeceu tudo à nossa volta, mas não meu desejo feroz.

Doses extras de uísque finalmente me deram coragem para perguntar a S o motivo da ausência de Q.

— Não é a noite dela aqui, segundo a regra do palácio — entoou solenemente S. — Esta noite pertence à minha primeira consorte. Q, por ser a quarta, minha última imperatriz, tem poucos direitos ou honrarias por isso. Mas vou poder impor mais minha vontade depois do nascimento de um herdeiro da minha primeira imperatriz, seguindo o conselho de Vovô. Foi o acordo com o qual concordei quando obtive permissão para tomar Qiu Rong como consorte.

— Curioso.

— Com efeito. O que você vê aqui não é o que é. Poucas coisas aqui são fruto da minha vontade, salvo Qiu Rong, e agora você — disse ele com um suspiro. — Suportei um bocado para ter você aqui para ela.

— Para ela?

— É grande a melancolia dela. A vida palaciana não tem sido fácil. A você — brindou ele, erguendo o copo antes de tornar a enchê-lo com o conteúdo da minha garrafa. — Mil taças de vinho não embebedam de forma alguma esse anfitrião.

Retribuí de pronto com o verso final da famosa e altamente louvada máxima de autoria de Li Bai, um poeta da dinastia Tang:

— "Dez mil volumes empalideceriam diante da profundidade da minha gratidão."

— Você é muito erudito. — Depois de esvaziar novamente o copo, S me desafiou para um torneio de poesia e consumo alcoólico.

— Gin Shi, você e eu?

— Rimas e métricas?

— Estilo e polidez.

S chamou Cabeça Boleada, escondido atrás de um biombo de madeira.

— Criado, nos traga mais vinho e quatro tesouros.

Um batalhão de eunucos surgiu, alguns deles trazendo mais pratos de comida fresca, outros, jarras de bebida fina, e outros mais carregando uma mesa de escrever oblonga, um tinteiro de jade, rolos de papel de arroz e montes de pincéis de pelo de lobo. A tinta de arroz foi moída circularmente no tinteiro por In-In, o melhor do palácio, com mãos tão macias quanto pés de passarinho, garantindo, assim, a fluidez mais sedosa. Resmas de papel foram alisadas e dispostas ao lado de uma régua de jade.

O vinho de Shaoxing deve ser servido unicamente em louça de porcelana muito fina e tomado lenta e cuidadosamente. Com autoridade imperial, porém, S virou a jarra de barro e sorveu um gole enorme antes de entregá-la a mim para que eu fizesse o mesmo.

Um torneio de composição de poemas veio em seguida, cada qual produzindo com seu pincel uma composição pior que a outra, um chorrilho de poemas cômicos, sonetos e congêneres, desde máximas semi-inspiradas — "Um poeta ébrio mergulha fundo em um rio caudaloso e pondera se é chuva ou não o que vem de cima, do alto" — até frívolas trivialidades — "Três monges se sentam lado a lado banhando-se ao sol; seis cabeças balançam da direita para a esquerda sem despertar sequer um suspiro do vento."

Corria tinta e voavam pincéis, enchendo rolos de papel de arroz. Jarras foram vertidas e copos esvaziados, enchendo a barriga dos tolos. Foi então que a musa da poesia tomou-nos, ambos, de assalto.

Assombrado, bêbado e absorvido no próprio júbilo, tem-se a tendência de agir de maneira criativa. Aprisionado, qualquer um é capaz de alcançar a lua, de subir os degraus estreitos da escuridão: muitos poetas anteriores haviam perecido ao cair de pontes e rochedos, seu heroísmo louvado por outras almas com similar inclinação. Esse estado de consciência visionária se parecia com um estado de transcendência, comum a monges e poetas, e pressupunha um vislumbre da ilha da bem-aventurança prometida por Guanyin, uma divindade que habita a flor de lótus.

S se retirou, porém, logo voltou cantando árias da ópera de Pequim e, de forma bastante competente, fantasiado de mulher num traje longo com cauda, gesticulando com delicadeza e se deslocando com leveza.

Estranho? Sem dúvida. Alarmante? Nem um pouco.

S podia ter sangue nobre e ascendência augusta, mas não passava de um estranho espécime da minha espécie, uma nova lasca arrancada do bloco decrépito e podre; loucura e peculiaridade eram gêmeas idênticas, inseparáveis. Ele desabrochou pleno e maduro, como um pavão abrindo a cauda em leque para exibir a plumagem.

Concentrado, S se aproximou de mim, cantando em tom grave e rouco e executando uma dança provocante conhecida como flor de lótus flutuante, com os pés deslizando para a frente, os dedões se tocando, os calcanhares deslizando como um bicho-da-seda, enquanto o restante do corpo permanecia imóvel. Sua mão fingiu ser um leque poroso quando ele torceu sutilmente o pulso, provocando uma brisa silenciosa. A letra escapava com esforço dos lábios franzidos, borrados de vermelho. Dor e angústia — a lembrança lírica de uma viúva em relação ao marido morto — se expressavam pela ruga entre as sobrancelhas recém-pintadas no formato esbelto de duas folhas de salgueiro. Lágrimas genuínas escorriam pelo rosto entristecido quando ele trincava os dentes e cerrava os lábios, pronunciando cada uma das pesadas palavras da viuvez, entoando um réquiem que se encerrou com sua lenta queda para a frente, na tentativa de agarrar meu joelho esquerdo com os dedos trêmulos, como se quisesse apegar-se ao fantasma daquele herói operístico esmagado sob uma pedra que rolou da Grande Muralha, obra de seu próprio ancestral.

S permaneceu nessa posição bem depois de emitir a última nota e de cessarem meus aplausos. Então, debilmente ergueu a cabeça, encarando com cautela o meu olhar, e pronunciou a última frase da ária de forma cantante:

— Não a leve embora. Ela é tudo que tenho e tudo que jamais terei na minha vida e na próxima. Por favor...

Como a língua mandarim não faz distinção entre *ele* e *ela* na pronúncia, quando essas palavras foram ditas por S, supus, erroneamente, que ele estivesse dando início a um novo verso musical, o arremate dos gestos anteriores — a queda, o choro, o puxão no meu joelho — ainda pertencentes ao último ato solo, interpretando o *ela* como um puro *ele* e não uma nova *ela*, uma fênix sintática repentinamente ressurgida.

Como não percebeu qualquer reação da minha parte, S balançou meu joelho um pouco mais, dessa vez gritando:

— Você aprecia minha Qiu Rong, não é?

— Não, não aprecio!

— E ela aprecia você. Eu vi. Os beijos, os abraços dela. Isso não significa nada. Ela é toda minha, sabia? Vou conquistar essa garota rebelde, espere para ver. Percebi o jeito como ela olha para você... *Garotão*, que absurdo. — Seu rosto se contorceu numa careta. — Você acha que eu não posso ser um garotão, não é? Vou lhe mostrar.

— Do que está falando?

— Posso matar você com esse palito de prata — disse ele, pegando um pauzinho e fazendo uma pausa para examiná-lo.

— Mas não vai me matar!

— Criado! — gritou S.

Cabeça Boleada se apresentou, fazendo uma reverência diante de S.

— Traga Qiu Rong até aqui para cumprir suas obrigações matrimoniais. Agora mesmo — ordenou S.

— A primeira imperatriz está pronta para o senhor. Não é a vez de Qiu Rong — disse o criado, de cabeça baixa. — Ordens de Vovô.

— O imperador sou eu, não está vendo? — indagou S, parecendo bem pouco imperial: a maquiagem estava borrada e lhe escorria pelo rosto, uma das sobrancelhas virara uma folha de parreira.

— Preciso consultar o chefe dos eunucos. A ordem estabelecida não deve ser alterada — retrucou Cabeça Boleada com mais uma reverência.

— Você não vai falar com ninguém. Saia já, seu rato inútil! — Pondo-se de joelhos, S se atirou sobre o eunuco e botou-o para correr da câmara de jantar, deixando In-In de pé atrás de uma coluna de mármore, sua sombra encolhida. — Eu também posso ser um garotão — disse S, retirando-se a passos arrastados.

Contando com o apoio do ombro do meu In-In, eu não estava menos desajeitado. O comprimento de um longo corredor me pareceu desfocado. Lanternas penduradas cintilavam como olhos monstruosos chamejantes de ódio acompanhando nossa passagem.

S adentrou seu quarto, modesto em tamanho, sem graça em decoração, mal-iluminado por castiçais de velas que pendiam do teto. Foi, apressado, até uma das extremidades do aposento, onde havia uma cama em forma de barco debaixo de um mosquiteiro vermelho. Bruscamente ergueu a barra do mosquiteiro, mas nada encontrou. Examinou, então, o outro lado da cama, inclinando-se sobre a cabeceira. Dali, com um gritinho infantil de medo, pulou uma figura magra, frágil e levemente corcunda, com o cabelo solto e ombros ossudos, nua em pelo, o que fazia com que parecesse pálida e tenra sob as luzes que vacilavam com o ondular do mosquiteiro.

— Me perdoe, Eminência, por misericórdia — choramingou pateticamente a garota.

— Criada vulgar, como ousa vir aqui para usufruir meus favores sem a devida permissão?

— Mas essa é minha noite. Afinal, sou sua primeira consorte. — Estremecendo, suplicante, e cobrindo o peito quase infantil, a menina agachou-se diante do enraivecido S.

— Me diga quem a deixou entrar aqui! Diga, ou vou arrancar todo o seu cabelo — disse S, estendendo a mão para a cabeleira solta e agarrando um punhado de mechas, que puxou com força, provocando na moça um grito de medo e dor.

— É a vontade de Vovô. Foi ela que arquitetou tudo. Você não pode me culpar por querer...

— É tudo culpa de Vovô — repetiu S, o rosto contorcido numa careta, os lábios pronunciando as palavras de forma arrastada. — Nada tem a ver com o fato de você ser devassa e gananciosa.

— A culpa também é sua!

— Como ousa me acusar de alguma coisa? — O impasse foi o suficiente para que S parasse de puxar seu cabelo a fim de ouvir o que ela tinha a dizer.

— Você... Você não fez sexo comigo uma única vez desde nossa noite de núpcias. Sou tão feia assim? Será que Qiu Rong é tão mais bonita, para ocupar todo o seu tempo?

— Como ousa falar de mim, falar dela, nesse tom?

Pegando uma folha de palmeira para matar mosquitos, S açoitou com selvageria as costas nuas, o peito, as coxas e as nádegas da moça. A folha sibilou no ar, cada golpe pontuado pelo choro amedrontado da garota.

A cena quase me inflamou o bastante para que eu pulasse em defesa da donzela em perigo, quando a consorte petrificada, percebendo que não havia sinais de um reverso da própria sorte nem de um amolecimento no pulso másculo do marido, fugiu correndo pelo corredor como uma criança assustada.

— Como eu detesto essa garota! — exclamou S, trincando os dentes. — Um dia, tudo isso há de acabar. — Afundou, então, o corpo franzino na cama de madeira, afastando o mosquiteiro com um gesto lânguido e uma expressão vazia no olhar. — Vou fazer dela uma mulher. Tome isso — falou, enfiando a mão sob o travesseiro e dali tirando uma bolsa de seda amarrada com barbante, que entregou a mim. — Agora, vá buscar Qiu Rong. Essa noite é noite de felicidade da carne e do sangue, de legado e herança. Essa noite você há de ver isso. Quero que você testemunhe minha masculinidade. Não sou o que ela diz. Sou capaz de cumprir meu dever. Vou cumprir essa promessa. O Império Qing terá seu próprio herdeiro, deste homem e de nenhum outro. Cabe a mim preservar esse legado. Cabe a mim prolongar a dinastia.

— Você não deveria ter açoitado sua imperatriz — retorqui, furioso, e investi sobre S, de bruços, que com o cotovelo esquerdo me atirou longe com facilidade, exibindo um vislumbre de sua arte guerreira.

— Você não tem ideia do que sou obrigado a aguentar. Agora, se apresse — insistiu S, jogando a bolsa de seda ao meu lado. Prontamente fui ajudado por In-In, que me mostrou o caminho para a residência de Qiu Rong, a vários pátios murados de distância.

— Para que serve essa bolsa de seda? — indaguei, me apoiando em In-In, como se ele fosse a bengala de um cego.

— Ela contém lingotes de prata, oferendas matrimoniais de Ru Fan, para sua entrada no quarto — explicou In-In numa voz baixa e grave.

— Entrar em que quarto? — A bebida alcoólica, boa ou ruim, dançava em minhas entranhas.

— O quarto dela.

— Por que você não pode levar essas oferendas enquanto descanso meus pés? — Meus joelhos estavam bambos e minha cabeça, zonza, quando nos aproximamos de uma escadaria de pedras. — Estou exausto.

— Não tenho permissão para entrar em seu nome. Essa missão é sagrada e secreta — explicou In-In, me puxando pelas mãos. — Apenas aqueles no topo da hierarquia e dignos de confiança têm permissão para desempenhá-la.

— O que deve ser feito, além da entrega da bolsa de seda?

— *Bei dai.*

— Carregar um saco?

— As imperatrizes são carregadas nesse saco por um eunuco escolhido para aceitar favores do imperador e têm permissão para se enfiarem sob as cobertas em seu augusto leito.

Uma tropa sombria de três guardas noturnos armados com lanças e adagas passou por nós em silêncio. Dez metros adiante, eles bateram em um gongo de bronze — um, dois, três: três batidas que indicavam o adiantado da noite.

A residência de Q logo surgiu à vista sob uma lua pálida. Era uma casa elegante com um jardim na frente e circundada por uma varanda coberta da qual *guan hua*, o prazer de admirar flores, podia ser desfrutado pela moradora e *pin cha*, a satisfação de tomar chá, podia ser oferecida a suas visitas.

Um cãozinho saiu correndo e pulou para farejar a mão de In-In, quando este bateu à porta, anunciando nossa chegada. In-In, que aparentemente o conhecia, tirou algo do bolso e atirou para o animalzinho, que se afastou satisfeito, mastigando com voracidade. Provavelmente se tratava de um osso do banquete, ignorado e não consumido.

— Quem é? — Pude ouvir a voz de Q, embora tenha sido sua criada, uma moça chamada Lin-Lin, a responsável por abrir a porta, botando a cabeça para fora a fim de conduzir uma inspeção.

— Viemos até aqui para levar a imperatriz ao imperador — respondeu In-In.

— Como assim? Não é a noite da patroa... E o que ele está fazendo aqui? — indagou Lin-Lin, me estudando com o olhar.

— É o desejo do imperador que Pi-Jin carregue sua noiva.

— Por acaso ele voltou a fumar ou beber?

— As duas coisas.

— E ele? — perguntou Lin-Lin, apontando o dedo para mim. Àquela altura, eu me apoiava debilmente numa coluna, a fim de não desabar.

— Eles estavam banqueteando juntos. O imperador, num acesso de fúria, expulsou a primeira, devolvendo as oferendas à sua patroa. É um favor. Por favor, vá logo acordá-la.

— Por favor, uma ova. Ele quase não faz mais nada para ela.

— Quem disse isso?

— Patroa. Ela está inquieta, fumando mais a cada dia.

— Tome, leve isso para ela e a prepare — insistiu In-In, entregando a bolsa de seda à criada —, ou o imperador, do jeito que estava quando o deixamos, vai acabar subindo pelas paredes.

— Veja — falou Lin-Lin, chamando a atenção de In-In com uma expressão de repulsa. — A bolsa tem bordado o nome da primeira imperatriz.

— Chega de falar bobagens — retorquiu In-In de um jeito seco.

— Então, espere. — Lin-Lin fechou a porta, por onde saiu uma leve fragrância, que bem podia ser ópio, que todos os ricos e poderosos fumavam como um de seus passatempos prediletos.

— A prata já foi entregue, o que fazemos agora? — indaguei, inspirando o ar ameno, a miragem de um bordel de estrutura estreita ondulando em minha mente.

— Agora esperamos que ela se apronte, e depois o senhor a carrega até nosso patrão. — Segurando minha mão direita, ele beliscou a rede de nervos entre o polegar e o indicador. Uma pontada de dor aguda subiu até meu ombro, me obrigando a balançar a mão para me livrar da dele.

— O que foi isso?

— Um truque de acupunturista. Uma única pressão nesse centro nervoso faz sua mente ficar alerta e seus pés novamente firmes.

— Vamos lá, Pi-Jin — disse Lin-Lin, abrindo a porta principal para mim. — A imperatriz está pronta para entrar no saco.

Entrei cambaleando, sob a luz fraca e em meio a uma fumaça densa. Q estava sentada nua no chão, a roupa embolada em torno do corpo e um cachimbo pendendo do canto da boca. As coxas eram longas, a pele lembrava jade, e os ombros eram desnudos e ossudos: o sonho de um retratista de naturezas mortas. Os seios pareciam pêssegos, com os mamilos arrebitados. O cabelo, solto, descia em cascata por sobre um dos ombros, escondendo o lado esquerdo do colo. A fumaça subia em espiral, contornando-lhe o rosto e subindo até sua testa, demorando-se, então, entre as raízes do cabelo, tal qual feno de verão ardendo num incêndio avassalador.

— Já viu o bastante, garotão, ou devo permanecer assim para você? — indagou Q, soprando uma baforada em minha direção e se virando para me encarar, com as coxas se afastando enquanto ela falava.

Ah, Eva evanescente, minha sereia púbere. Mais um momento de verdade e eu seria condenado segundo as leis palacianas ou pela mera consciência de um leigo.

Talvez por causa do vinho ou de uma leve inspiração do O, mas esse Pickens aqui não sentiu, no momento, nem medo nem remorso, pois Q estava ali para que eu tomasse posse dela. Era a recompensa empenhada, aquele pavilhão prometido tremulando ao vento no horizonte estreito. Meu desejo foi cair de joelhos e me sujeitar à morte certa e eterna apenas por uma lambida do suor que gotejava em seu seio esquerdo, mas, antes que pudesse passar do pensamento à ação, a criada fechou com um tapa as coxas de Q e lhe arrancou dos lábios o cachimbo, deixando a patroa a rosnar de raiva:

— Você será punida, criada inútil!

Sem se importar com os impropérios da patroa, Lin-Lin se agachou a seu lado, erguendo-a pelo braço.

— Está na hora de aceitar os favores do imperador. Entre no saco.

No chão, jazia o saco aberto, cuja boca havia sido desamarrada.

— Favores? Quero ver se ele consegue que seu *diao zi* endureça o suficiente para mim. Do contrário hei de cortá-lo fora da próxima vez que ele me provocar.

— Não ligue para essas bobagens. Não se deve levar a sério o que ela diz. Não é sua intenção ferir ninguém. Ela só está meio zonza. Por favor, não fale para ninguém do estado em que a encontrou, tutor Pi-Jin. Se eu soubesse que ela seria convocada, jamais a teria deixado fazer o que lhe apetecesse — explicou Lin-Lin, enfiando no bolso de minha vestimenta um saquinho da dita erva.

Como um ladrão, botei Q sobre o ombro e saí cambaleando pelo caminho que o lampião de In-In iluminava para mim. A maciez de Q aquecia minhas costas; seus gemidos abafados rimavam com meu ritmo. O destino me tentou a cada passo que eu dava, me empurrou. Como eu ansiava por fugir dali aos saltos, levando o espólio saqueado, desaparecendo daquele palácio e usurpando o que era dele como se fosse meu — meu por desígnio celestial, predito por aquela pira de chamas urgentes de verão por onde o amor inicial provocou uma fagulha, que foi alimentada e incandesceu.

Sob uma lua baixa no céu, o palácio era glacial, embora o calor pairasse imóvel no ar da meia-noite. O soberano, deitado de costas, hirto e imóvel, a boca murmurando salmos budistas para acalmar os próprios nervos, o mosquiteiro nebuloso escudando seu medo e vergonha. Lanternas vermelhas loquazes foram acesas, afetando uma alegria festiva. S, porém, parecia encarnar o papel de um moribundo, tremendo de medo ante sua iminente partida.

Todos os criados haviam desaparecido. Eu poderia, com um só golpe, derrubar as lanternas nas paredes e botar fogo no quarto por meio do mosquiteiro em chamas, encurralando o déspota na própria cama, cercado por uma fúria escaldante, encerrando seu fiasco antes mesmo que começasse.

Pousei com delicadeza meu fardo maleável aos pés da cama espartana, de modo que ela, em nome da etiqueta, pudesse, nessa posição, rastejar humildemente para baixo da colcha fria do marido. A cena não lembraria a ninguém um encontro carnal harmonioso, mas, sim, um furtivo assalto a um cofre.

Q mexeu-se de leve quando desamarrei o saco.

— Por que demorou tanto Pi-Jin? — queixou-se o soberano, em cima da cama. — Por acaso já deu sua provinha?

Sua acrimônia não demandava resposta.

Fui deslizando o saco e desnudando o corpo esbelto de Q. Languidamente, ela se recostou no leito, os olhos semicerrados, a cabeça pendendo para o lado, parecendo um narciso atordoado.

S apontou para um biombo:

— Sente-se ali atrás e assista.

Com meu último olhar para ela, fez aquele impulso brotar novamente. Seria preciso apenas investir qual um leopardo sobre S e sufocá-lo até que morresse, perplexo, sob a própria colcha.

Discrição, Pickens.

Afundei-me no assento que me fora designado atrás do biombo laqueado e ridículo. No escuro, observei por entre as rachaduras do biombo S se erguer, deixando à mostra seus atributos, para cobrir a passiva Q. Ele sacudiu os ombros da moça até acordá-la, e gritos abafados foram trocados.

Q lutou para ficar de pé, encarando o corno descortês e estapeando-lhe o rosto.

— Criança covarde. Olhe para você. Quer ser um garotão? Onde está seu HOMEM? Não estou vendo nenhum, e você? — Baixando a cabeça, ela fingiu fazer uma busca na região abaixo da cintura do imperador.

Dessa vez foi ele que ergueu a palma nua da mão, desferindo um par de tapas vigoroso no rosto dela e fazendo voar o cabelo louro sedoso, quase a derrubando no chão.

— Como ousa me bater! — gritou ela, cobrindo o rosto com ambas as mãos. — Não sou uma de suas outras prostitutas, seu bêbado imundo.

— E você, *yan gui*, seu hálito fede a ópio — rebateu S com uma careta, chamando-a de viciada. Ele a ergueu como se fosse um peixe acuado e a jogou sobre as cobertas amarfanhadas antes de assaltá-la com investidas furiosas, enquanto proferia impropérios de uma variedade régia. — Você é uma fêmea inútil! Não serve senão para isso! Onde está...?

— Se você precisa perguntar...
— Vou castigá-la... Você há de sangrar até morrer!
— Se souber como se faz... — provocou ela.
— Cadê sua coisa? — indagou ele, fazendo uma pausa para investigar, olhando entre as coxas erguidas e inquietas.
— Até um touro cego é capaz de encontrar o buraco da sua vaca — bufou Q, deixando que ele procurasse um pouco mais. — Por que está fazendo isso? Para impressionar seu tutor?
— Não, para mostrar a você o que tenho!
— Não tem muito, nem aí nem em outro lugar qualquer, acredite.
— Sua prostituta bastarda!
— Do jeito como você gosta.
— Não me provoque!
— Você está fazendo papel de bobo tentando conseguir aquilo de que não é capaz.
— Você não quer que eu a faça gerar um herdeiro para poder se tornar legi... Ai!
— Por que não pede a Vovô para lhe mostrar como se faz? Ela conhece muitos truques. Conhece truques suficientes para ter engravidado quando era uma reles concubina do palácio.

O imperador de repente se detém, ainda deitado sobre o ventre nu de Q, resfolegando.

— Precisava pronunciar o nome dela? Veja o que fez. Perdi a força.
— Por que está choramingando de novo?
— Por quê? Não posso...
— Não é pecado nem crime.
— Mas eu adoro você.
— Sei disso.

Com cuidado, Q o virou para que ele ficasse imóvel a seu lado. Com carinho, enxugou suas lágrimas como faria qualquer mãe, cheia de afeto e ternura. Quando S se acalmou, ela o montou e ele estendeu os braços para ela. Uma luta se seguiu, enredando ambos na prisão do mosquiteiro, tornando impossível para essa testemunha de um olho só entender tudo, salvo por um vislumbre ocasional de membros desnudos e uma imagem parcial de corpos, lembrando uma brincadeira de rolar no feno entre dois parceiros infantis e inexperientes nas questões de macho e fêmea, em que o macho se exercita por necessidade e em troca de uma dose patética de prazer doloroso. O mosquiteiro em pouco tempo foi rasgado e arrancado do teto, desabando em todo o seu volume sobre o cabelo solto de Q. A amazona se sentou sobre as costas nuas de S e puxou o longo cabelo do marido, inclinando sua cabeça para trás enquanto perfurava com o olhar meu coração partido.

Ela se livrou, com um movimento dos ombros, dos vestígios do mosquiteiro, revelando as costas, esbeltas e em formato de V. Com o olhar ainda pousado em mim, virou o marido de barriga para cima e se sentou em seu rosto. Cavalgou-o, então, com delicadeza, como se o cavalo sob ela trotasse numa trilha macia, os seios em botão se arqueando e o cabelo balançando a cada movimento.

Durante a cópula, ele deixou escapar uma sequência de gemidos abafados, como uma ode ao leito. Ela soltou um rosário de exclamações espasmódicas, não muito diversas de um estalo de língua, uma risada ou um gritinho.

Não se tratava de preliminares sofisticadas, frutos da criação germânica de Q, nem de uma encenação banal, mas de algo saído das páginas de um livro ignóbil, chamado *Yin Gong Yan Shi*, um manual desenhado à mão com posições de coito e perversões sexuais havia muito apreciadas por imperadores e igualmente valorizadas por suas concubinas. Na biblioteca de Yale figurava um raro exemplar, com o qual copiosamente me entretive durante os dias ensolarados de junho, julho e agosto, bem como de todas as estações intermediárias enquanto me achava abrigado em minha bolha em Connecticut.

S estava literalmente envolvido em um ritual, cuja legenda poética bem poderia ser "homem sedento bebe de fonte adocicada". Montada em seu imperador, com o traseiro colado em seus lábios ansiosos e a cabeça inclinada sobre o órgão modestamente intumescido, Qiu Rong não executava outro ato que não aquele, dileto de qualquer homem, conhecido como "moça virtuosa toca uma flauta rija de bambu".

Oh, a gulodice de um e a inanição do outro!

Cavalgante e cavalgado assim prosseguiram durante longos minutos antes que Q erguesse a cabeça de sua tarefa, os lábios molhados e o rosto suado, e esticasse a mão para alcançar algo sob o travesseiro do imperador, dali retirando o *ru yi* — uma vara de jade da grossura de um punho e polida à perfeição, o *vade mecum* budista do imperador — para introduzi-lo com força e precisão em seu ânus, provocando um grito estridente de prazer por parte do monarca deleitado. Seu intumescimento cresceu e depois murchou quando Q retomou seu ritmo e o introduziu mais fundo em seu alvo. S gemeu em soluços *staccato*, dobrando os joelhos e implorando à sedutora para que reanimasse seu cetro indeciso. Tal ato de desespero, porém, não fez senão aumentar a ira da tigresa, que desmontou o fugitivo, tornou a virá-lo e montou-o por trás, como faria um cão vadio com uma cadela no cio, sua vara de jade em ação.

Jamais, em todos os meus anos sórdidos, me deparei com tamanhas fagulhas e fogos em erupção. Contorcendo-se sob a esposa, S era jogado de lado, de cabeça, para lá e para cá. Aos poucos, seus gemidos de dor se reduziram a muxoxos chorosos e protestos abafados de amor e carinho. A chama das velas bruxuleou uma derradeira vez; a cabeceira e o pé da cama deixaram de estremecer e ranger. Tudo se aquietou.

— Me leve para casa agora, forasteiro pervertido! — disse Qiu Rong, alçando-se da carcaça inerte do imperador, dispensando o robe de seda que lhe dei para cobrir o corpo e jogando na minha cara uma oportuna toalha para lhe enxugar o suor.

— E ele? — indaguei, olhando para S, que permanecia deitado de barriga para baixo, com os braços abertos e a boca espumando como a de um sapo morto.

— Ele não vai morrer. Está no céu, se é isso que quer saber — respondeu Q enquanto me fitava com seus vivos olhos azuis. — Mas eu não estou, como pode ver.

Sem aviso, atirou-se em meus braços, soluçando e beijando meus lábios, minha boca. Ai, meu coração símio se degelou e dissolveu ante monstruoso sobressalto! O sabor salgado daquela língua invasora, a delicadeza daqueles seios macios...

— Me leve para casa antes que eu arranque o coração do pervertido. Ele não precisa de esposas e, sim, de amantes vindas da Europa, com toda aquela dissipação palaciana. Estou sufocando aqui. Só você pode me salvar...

— Não diga mais nada!

— Me leve para longe daqui, quanto mais longe melhor — pediu ela, recostando-se em meu peito, com os braços macios me envolvendo os ombros, deslizando os lábios por meu pescoço, arrepiando todos os pelos do meu peito e intumescendo meu sexo ansioso. Eu poderia tê-la possuído, toda nua, à luz fraca e rubra das velas, com total impunidade. Afinal, as travessuras do marido já haviam azeitado o caminho e esquentado aquele forno estéril até a temperatura máxima. Bastava agora, de posse do meu ferrão demoníaco, erguê-la docemente no ar e afundá-la com cuidado em meu colo para que o céu fosse meu e a bem-aventurança, dela.

Em vez disso, eu a meti com delicadeza dentro do saco que a aguardava e a pousei sobre meu ombro, tomando o rumo de seu quarto sem In-In, que fugira assustado pela insurreição na alcova. Somente quando já deixara para trás os aposentos do imperador, indaguei sobre o motivo do seu desejo de fuga e refúgio.

— O motivo? Será que não vê? O ar que respiro aqui é fétido, pútrido. Não sabe que nasci para ser uma princesa livre de amarras? Meu pai me mimou muito. Permitiu que eu aprendesse japonês e dominasse a arte dos arranjos florais quando moramos em Tóquio, onde ele era embaixador, mesmo que isso fosse tabu, pois o japonês era considerado o idioma de nosso inimigo e seus costumes, bárbaros. Cheguei mesmo a receber um certificado de louvor... Você sabia que não se deve pôr crisântemos no vaso onde já existam outras flores? Isso compromete sua pureza.

"Na Áustria, seu posto seguinte, meu pai encomendou todos os meus vestidos ao melhor costureiro de Viena durante os quatros anos em que morei lá. Os anos mais felizes da minha vida. Como eu adorava Viena!

"O primeiro-secretário do meu pai, sujeito teimoso, peão do inimigo, reprovava todo esse mimo. Outro, um dissimulado membro da corte, chegou mesmo a escrever em segredo cartas para esta, sugerindo a remoção de papai como traidor da cultura e dos costumes manchus. Mas papai não lhes deu ouvidos. Na véspera de nossa partida, ele me permitiu organizar um baile de despedida para meus amigos estrangeiros, mesmo com os protestos de mamãe. Como amei aquela noite! Os convidados de todos os setores da sociedade vienense, lindamente vestidos, a música vibrante da orquestra..."

Foi nessa altura da história que tropecei na escada do palácio Tai Hong.

— Pare de me sacudir assim! De todo modo, jamais me esquecerei do momento exato em que surgi na escadaria daquela residência suntuosa, imponente e sofisticada. Centenas de pessoas me aguardavam no salão de baile, entre elas papai e mamãe, meus amigos, os amigos dos meus pais... Todo o corpo diplomático estava presente. Até o rei deles me mandou uma lembrança: uma tapeçaria bordada retratando o Danúbio Azul, que atravessa o perímetro de Viena. Como adoro aquela cidade.

"Quando perguntei ao meu pai por que ele me permitira fazer tudo aquilo, sua resposta, com grande tristeza, foi que no momento em que voltássemos à China todas as minhas ideias e desejos caprichosos teriam de ser esquecidos para sempre, porque ninguém haveria de tolerá-los aqui. Papai deu aquela festa para mim arriscando perder seu cargo e ser rotulado de traidor da própria nacionalidade e de sua ancestralidade manchu. Tudo aconteceu precisamente como ele previu. Todas as coisas que fez por mim, todo o seu amor, mesmo não sendo meu pai biológico. Fui colocada nos braços de sua esposa logo após meu nascimento por uma condessa estrangeira de origem desconhecida, maculada por um comerciante chinês. Minha mãe biológica era jovem e me entregou aos cuidados de ambos antes de morrer de hemorragia no hospital Union. O porco do meu pai chinês sumiu sem deixar rastros, provavelmente para se esconder em alguma pocilga *hutong* com um cachimbo de ópio, à espera de alguma outra jovem de pele branca para lhe roubar a inocência e ingenuidade. Eu gostaria de saber quem ele é, mas jamais tentei encontrá-lo, por medo de que meu nobre pai me castigasse."

— Alguma vez seu pai adotivo lhe falou das circunstâncias do seu nascimento?

— Apenas uma vez, quando ainda morávamos em Tóquio. Lady Dominic, a esposa do embaixador português, me chamou de mestiça em japonês, e meu pai naturalmente não entendeu, porque jamais aprendeu essa língua, embora fosse fluente em alemão e inglês e falasse um pouco de francês. Quando lhe traduzi as palavras de Lady Dominic, papai ficou furioso e quis revogar o convite que já lhe mandara para a comemoração do aniversário do imperador. Mamãe, de tão nervosa, teve dor de cabeça durante três dias, recusando-se mesmo a falar comigo, sinal indubitável de que eu jamais deveria mencionar novamente o assunto. O orgulho manchu de paternidade não era coisa que se ousasse abordar, e pensar em si mesma como estéril era o ponto fraco de mamãe. Agora que fui praticamente abandonada aqui, debaixo das velhas árvores desse palácio gelado, proibida até mesmo de ser visitada por meus pais, com um marido fraco como o meu, o desejo de procurar meu pai biológico não para de me assombrar. Você me ajudaria?

— Com que finalidade?

— Me tirar desse lugar.

Antes que eu pudesse responder, a porta do pátio se abriu e a criada Lin-Lin surgiu como uma aparição.

— É você, Lin-Lin? — indagou Q. A moça assentiu. — Estava escutando o que dizíamos?

— Ouvi apenas sua voz, mas não as palavras — respondeu Lin-Lin, de olhos baixos.

— Criatura mesquinha! Está mentindo outra vez, não é? Me leve para dentro agora.

A criada recebeu o saco de seda, colocando-o sobre o ombro, antes de bater a porta na minha cara e dizer em um tom seco:

— Adeus, sr. Pi-Jin!

CAPÍTULO 19

O solstício de verão aconteceu no dia seguinte. A sala de aula foi fechada a fim de que S, o filho do céu, pudesse se prostrar em oração diante de seus antepassados no santuário ancestral, agradecendo-lhes pelo bom ano encerrado e por um novo ano a começar.

Concubinas e eunucos do palácio estariam restritos a um cardápio vegetariano enquanto evitassem o sol venenoso, e todas as secularidades impuras seriam suspensas, com exceção daquela que viria a assolar minha morada.

O dia já ia nascer, havia uma semiescuridão, e meus sentidos se achavam aguçados e lúcidos, ainda mergulhados em um sonho contínuo, no qual pensamos em ocorrências genuínas como se fossem sonhos, com o sono atuando como agente responsável por romper a ordem sequencial.

Barbeei-me, rapidamente enxugando o filete de sangue rubro no lábio superior, culpa da minha mão trêmula, antes de molhar o rosto com uma generosa dose de Clubmen, a pungência evidente de masculinidade almiscarada. Envolto num robe de seda oriundo de Kioto com uma borboleta gigante bordada nas costas — cujas asas se estendiam até alcançarem meus braços, levando quem me observasse de costas a não ver seu dono, mas um monarca metamorfoseado movido à vida —, tomei o primeiro chá do dia, que In-In preparara e levara até meu quarto. Inspirando lentamente seu aroma de jasmim, olhei pela janela para o ponto onde minha amada angelical logo se materializaria, se não para aliviar a dor de meu ser animal, ao menos para arrematar o arco de meu sonho ininterrupto. Como o sonho, meu humor disperso era pastoral em tonalidade, suavemente pastel, permeado por um silêncio em que não havia canto de pássaros nem sussurro matinal de folhas, despido do som dos passos apressados dos eunucos, que há muito tinham deixado os muros do palácio para acompanhar o imperador até o santuário celestial. A humanidade se dissipou no interior dessa consciência planetária, exceto por aquela mínima carícia dos pés do animalzinho de estimação de minha amada, a pátios e mais pátios de distância, embora não mais longe que a duração de um suspiro. A chuva de verão açoitava os pátios ondeados, e as gotas grossas lembravam as palpitações do coração pulsante do *di hua* — um exemplar mítico da flora considerado capaz de levar qualquer localidade, pequena ou grande, à prosperidade ou à miséria — e do meu também. Foi por esse caminho coberto de pétalas, sem ruídos, por entre os bambuzais pesados de chuva, que ela veio, de pés descalços e cabelo molhado.

Ouvi uma troca apressada de palavras no piso inferior. Após tal fato, In-In foi posto porta afora na chuva, retomando o caminho antes trilhado por ela. As folhas se mexeram e pedúnculos e galhos estremeceram e cederam, como fariam os portões de uma fortaleza encantada. Em consequência, o contexto do sonho em questão não se desfez.

Ela subiu, decidida, os degraus, esbarrando comigo no momento em que eu descia a escada estreita e sinuosa: um momento fugaz, mas de uma eternidade interminável. Vestia um *qipao* vermelho, uma roupa sedutora que abraçava suas formas púberes e mamilos travessos. Cheirava a terra molhada, folhas pisadas e suor dormido. A luz da manhã realçou a curva delicada de sua testa, as covinhas assimétricas nas bochechas e os longos lóbulos das orelhas que empalideciam contra a pele sardenta de sol. Momentaneamente surpreendida pelo encontro, ela foi assaltada pelos sintomas costumeiros que denunciam uma jovem apaixonada: um suspiro interrompido a meio caminho, lábios entreabertos, uma expressão doce nos olhos amendoados e um rubor revelador lhe colorindo as faces.

Pus os braços em seus ombros delicados.

— Comporte-se, seu gorila. Temos trabalho a fazer — disse ela, esquivando-se da prisão de minhas mãos. — E que cheiro pavoroso é esse em você?

Antes que eu conseguisse baixar os braços para detê-la, ela passou por mim, subindo até o último degrau, deixando-me como única alternativa observar suas costas, os quadris de menino e os dedões dos pés virados para dentro. Eu podia ter me atirado sobre ela, possuindo-a vorazmente vez após vez naquela escada, mas o momento passou, embora o mesmo não possa ser dito quanto ao meu dolorido desejo.

— Posso saber o que significa isso? — indaguei, mal conseguindo manter uma postura ereta e ajustando a faixa em volta da cintura, escondendo com dificuldade certa protuberância.

Ela se sentou, inclinada, nos degraus superiores, os cotovelos pousados no patamar e o vestido molhado realçando curvas e coxas, com as pernas finas apartadas e as panturrilhas nuas em exposição.

Ali, diante de meus olhos gulosos, estavam seus pés descalços balançando à beira de um degrau, as solas cheias de lama, os dedos salpicados de grama. Pés para gerar prazer, pés para gerar tortura: um paraíso erógeno, provedor de fantasias obsessivas. Como eu ansiava por chupar cada um daqueles dedos, do grandão ao mindinho. Terei acaso mencionado que ela sofria de sindactilia, com o segundo e terceiro dedos dos pés grudados por uma membrana carnuda? Isso, contudo, só os tornava ainda mais suculentos. Os pés, vale dizer, não eram apenas meros adereços funcionais, mas, sim, condimentos sensuais para o ato do amor nessa cultura inclinada à perversão, preferencialmente amarrados, pois quanto menores mais sedutores. Um pé aprisionado numa cinta, arqueado para se parecer com o casco de um cavalo, era poeticamente potente, e o andar titubeante daí resultante, um objeto de fantasias lúbricas para qualquer chinês.

— Por que diabos você está encarando meus pés? Sente-se aqui e cubra-se, garotão — disse Q, dando uma palmadinha no carpete à sua esquerda e interrompendo meu devaneio.

Obediente, me sentei no lugar indicado, minhas pernas encurralando as dela, e puxei a parte frontal esquerda da minha camisola de dormir de modo a me cobrir. Francamente, eu estava farto daquela história de garotão. Num instante, ela podia se entregar por completo à emoção transparente e no minuto seguinte comportar-se com a vulgaridade de um órfão mercenário extorquindo esmolas próximo ao porto de Boston. De pronto senti alívio quando vislumbrei de relance sua axila macia, coberta por uma penugem encaracolada, visível quando ela ergueu um braço metido numa manga curta e o pousou sobre meu ombro.

— Agora ouça, garotão — provocou. — O palácio inteiro é uma cidade fantasma: todos foram para o santuário. Temos coisas a fazer — disse, enterrando os dedos delicados em meu braço ao mesmo tempo que cruzava as pernas finas e compridas. — Hoje é o dia — sussurrou de maneira sugestiva em meu ouvido. — Vamos fazer uma visita ao hospital Union. Tem de haver um registro, se não da minha adoção, ao menos da morte da minha mãe. Estive lá uma vez. O lugar é administrado por médicos estrangeiros, e enfermeiras estrangeiras vigiam todas as alas.

— Qual seria minha utilidade? — indaguei, sentindo sua proximidade abalar meus nervos.

— Você é um deles — respondeu Q com uma convicção que lhe esbugalhava os olhos. — Tem fala doce. E é bonito. As enfermeiras velhas de lá vão revelar qualquer coisa a você.

— Fala doce? — perguntei, fingindo espanto.

Ela assentiu, com os olhos emoldurados por cílios longos, fitando o chão, como se fascinada pelos próprios dedões. Pude ver, então, seu perfil, bem como o minúsculo sinal no centro do lóbulo esquerdo da orelha.

— Quão bonito? — indaguei, adotando o mesmo tom adulador.

Ela assentiu uma segunda e uma terceira vez e baixou mais ainda a cabeça, exibindo uma nuca sombreada onde os cabelos, por baixo, eram de um louro claro. Como ela era frágil! Eu quase podia quebrar em pedaços aquela coluna esbelta com um tapa bem-aplicado.

— Muito bonito.

Ela virou o rosto, a ponta do nariz encostando-se a meu ouvido, e ergueu uma madeixa do meu cabelo, prendendo-a atrás da orelha e soprando outra, com um hálito que cheirava a tabaco, para afastá-la do meu olho esquerdo. Meu couro cabeludo se arrepiou sob tal brisa, e minha cabeça ficou tonta como se tivesse sido tocada por dedos tentadores, enviando mil pequenas carícias para as têmporas em brasa.

— Quão doce? — insisti de um jeito lânguido.

— Doce como mel! — A travessa torceu meu nariz com força entre as juntas dos dedos, torcendo-o com crueldade, enquanto com o outro punho me direcionou um belo soco. — Doce assim, seu tolo.

— Onde foi que você...? — Um fluxo quente fez arder o septo do meu nariz, tingindo de vermelho meu lábio superior. Apertei o nariz com as mãos em concha e o sangue escorreu por entre os dedos.

Q corou de pena, seus olhos pueris se enchendo de preocupação.
— Ah, sinto muito. — Minha criança indefesa tapou os lábios como se sentisse dor. — Eu só estava fazendo o jogo russo de foice e martelo.
— Agora você vai ter de... — avisei numa voz anasalada.
— O que eu faço agora, meu pobrezinho?

Antes que ela terminasse de falar, minhas patas escarlates largaram o nariz ensanguentado e a pegaram pelas axilas cabeludas, erguendo-a e plantando seu traseiro no meu colo suspiroso, seu monte vaginal a um mero punho de distância do meu membro pouco modesto. Caso se mexesse uma única polegada ou deixasse escapar uma risada, teria me ofertado um presente de Deus que poderia durar 15 dias, ou talvez para sempre. Mas o céu teria de esperar... Embora eu não pudesse fazê-lo.

Minha menina ficou ali imóvel, montada sobre minhas coxas ingovernáveis, examinando a mim com uma atenção impenetrável, característica perversamente privativa apenas dos jovens. Seus olhos amendoados se entrefecharam como se fossem um só; o nariz arrebitado, tão arrebitado quanto o de sua ancestral A, se crispou em frustração e os lábios se entreabriram.

Definitivamente satisfeita, ela empurrou meu queixo para cima e depois levantou a parte da frente do vestido de seda para limpar os vestígios de sangue, enquanto me dava mais um beliscão no nariz, dessa vez para estancar a hemorragia.

— Você é um homem malcomportado. Merecia sangrar até morrer por me fazer essas perguntas bobas.

— Hummmm. — Antes que eu conseguisse abrir a boca, ela pousou os lábios sobre os meus, silenciando as palavras que eu diria; mais um toque daqueles lábios macios e eu me desmancharia todo, mas ela não viria a repetir o gesto. Quase desmaiei, mas logo empertiguei meu corpo pecador e escorreguei as mãos pela sua cintura, descansando-as, afinal, nos quadris estreitos. Como eu detestava agora quadris roliços e fartos, densamente estruturados como os de minha mestra original, a calada sra. D, e de algumas outras da mesma cepa que vieram depois.

Agarrando-a com mais firmeza, enterrando as unhas na maciez de suas nádegas, puxei seus quadris para mim, tendo como alvo sua protuberância inferior — aquele derradeiro penhasco do qual se atiram os homens. Ela deixou escapar um *ah!* — uma manifestação tênue a meio caminho de uma decisiva exclamação, sinônimo de mansa rendição. Eu apertava aquelas nádegas, preparado para mais um golpe mortal — não dela, meu —, quando Q afastou o cotovelo magro para o lado, como o braço de uma catapulta, e desfechou um tapa estonteante no meu rosto, fazendo com que minhas bochechas balançassem e meus dentes me mordessem os lábios. Sangue novo começou a jorrar do meu nariz já ensanguentado.

— Seu traste, veja o que fez agora. — Ela praguejava de um jeito encantador. — Fique quieto. Estou tentando impedir que você sangre até morrer. Era espantoso assistir aos seus cuidados logo após desferir um tapa de partir o queixo. Dessa vez minha hemorragia jorrou sobre a alvura do vestido dela.

Ela manteve apertada a ponta do meu nariz entre os dedos com a finalidade de estancar o sangramento, o que, desde que a deixasse entretida e ocupada, não me incomodava em absoluto. Apoiei-me num degrau mais alto e lhe dei uma espécie de sacudidela, afastando seu traseiro um tantinho ínfimo da minha pele e permitindo que sua concavidade mergulhasse diretamente no meu membro. A cada movimento eu sentia um abjeto despertar no fundo do coração.

Conforme eu a sacudia um tantinho mais, deixando que meus dedos dos pés fizessem seus truques cinéticos, ela girava a cinturinha fina. Esse movimento circular apenas aumentava em mim o calor — me vi novamente prestes a desmaiar. Meus olhos enevoados vislumbraram uma fogueira sombria no interior da Nova Inglaterra ardendo com um chiado caprichoso.

Ela enxugava meu sangue com uma das mãos, apertando meu nariz com a outra e me sufocando. Fechei a boca, parando totalmente de respirar. O delírio daí resultante era de querer morrer, provocando o surgimento de uma miragem alucinatória: em meu colo estava minha Annabelle, não Q.

Tal imagem levou a uma repentina interrupção da tarefa em curso. Olhei à volta, sentindo uma veia latejante inchar na minha testa. Eu não iria ceder a uma ameaça do *mi amor* com meu forno aquecido a ponto de fervura, arruinando aquilo pelo qual eu tanto ansiava e estava tão próximo de alcançar.

— Se você for pego fazendo isso... — disse Q, sem reduzir seus movimentos circulares.

— Fazendo o quê? — perguntei, retomando o balanço em meu colo, arfando na expectativa do objetivo que se avizinhava.

— Isso — respondeu ela, afundando o traseiro e me deixando sentir sua maciez e o calor vindo da sua gruta, do outro lado de uma fina roupa de baixo. Minha rigidez se acentuou, erguendo-se obliquamente para executar seu assalto direto, dolorosamente mais ansioso a cada instante: foi ali então que atingi aquele estado delirante no gozo do qual não nos apegamos a coisa alguma. Tudo à minha volta, acima e abaixo de mim, conspirava para atingir essa finalidade. Conforme minha ânsia crescia, fui dominado por uma sensação de letargia que se espalhou por todas as células, por todos os pelos e poros do meu corpo.

A distância, ouvi Q dizer:

— Por favor, vá comigo... Ao hospital... Me ajude.

— Irei!

Deslizando uma das mãos em concha por sua cintura e baixando-a até a nádega, enfiei um único dedo depravado, o médio, em sua fenda entreaberta, mergulhando-o com firmeza no desconhecido, o que nela provocou uma dolorida convulsão, detonando em mim um grito mortal quando dei vazão a um dilúvio monstruoso que encharcou a parte frontal do meu robe.

Com o olhar vidrado, observei uma forma esbelta escorregar do meu colo exausto, corando, provavelmente, e disparando escada abaixo, me deixando sozinho a morrer naqueles degraus.

CAPÍTULO 20

Após me limpar e tomar um café da manhã farto, com pão doce, pão de milho com manteiga e linguiça de carneiro, excepcionalmente preparados pelo meu jovem cozinheiro maravilhoso, secretamente apareci, envergando terno e chapéu, num portão ermo a leste, onde me aguardava uma liteira com quatro carregadores. Atrás da cortina estava minha parceira púbere, acomodada no assento acolchoado, bem-penteada, usando pó de arroz e vestida com uma roupa de caça que incluía calças de safári e botas até os joelhos. Seus olhos, pousados nos próprios joelhos, não me encararam, e em seu rosto havia um rubor que nem mesmo o pó branco era capaz de disfarçar.

— Por que demorou tanto? — indagou, semicerrando os olhos para enxergar pela janelinha do veículo.

— Café da manhã e banho — respondi, enquanto ocupava meu lugar e a examinava dos pés à cabeça. Aquelas coxas esguias debaixo do figurino masculino me excitaram; ela as fechou com firmeza como se entendesse meu olhar.

Do lado de fora da cortina, o chefe do quarteto emitia ordens, e nossa carruagem partiu célere por baixo de um arco lateral; o principal era reservado aos eleitos e a ninguém mais. O calor em meu coração me animou a estender minha garra, ansioso para tocá-la.

Ela afastou aquela mão impertinente com um tapa de seus dedos cheios de anéis, e uma pedra de jade cortou minha pele.

— Comporte-se — exigiu com rudeza, grudando-se à parede da liteira.

Depois de passarmos por três ruas margeadas por salgueiros, ela cedeu e repousou, suspirando, a cabeça em meu ombro. Peguei-lhe as mãos quentes entre as minhas, suadas; ela enterrou ali as unhas, ferindo de leve minha carne. Depois de percorrermos em silêncio algumas avenidas arborizadas, ela inclinou seu pescoço de cisne e avidamente beijou minha boca ansiosa, descansando uma das pernas compridas em meu colo.

Ao meio-dia — uma senhora com os pés enfaixados poderia ter, facilmente, chegado mais rápido do que o nosso quarteto bípede! — paramos sob a marquise do hospital Union. Um recepcionista de origem indiana que usava um turbante pôs para correr os pobres pedintes antes de nos cumprimentar com um sorriso de dentes alvos e brilhantes.

Em meio a uma aglomeração de enfermeiras e médicos que abarrotavam o corredor de paredes brancas, Q me seguiu, como faria uma criança acompanhada de um pai ou tio. Além daquela fortaleza, do lado de fora dos muros marrons, ela não passava de uma criança indefesa.

Fomos recebidos com cortesia pelo administrador do hospital, um jovial compatriota da costa do Maine, de Blue Hill, para ser exato, um lugarejo peninsular ao sul de Bangor, onde um dia nadei num lago pedregoso na companhia de alguns garotos da região. O coronel Putnam, administrador do hospital, soldado aleijado na Guerra da Espanha, recusou-se a me mostrar o arquivo subterrâneo do hospital mesmo depois de eu ter sugerido minha ligação tácita com o coronel Winthrop da representação americana. O maldito perneta não tirava os olhos cobiçosos de minha acompanhante sentada no corredor, que eu meramente apresentara como uma senhora de grandes posses cujo interesse na linhagem de um amigo, inventado, levaria, quando fosse conhecida a identidade adotiva, a uma possível doação futura. O homem cedeu apenas após plantar um beijo molhado nas costas da mão de Q. Seus lábios horrorosos se demoraram ali de maneira um tanto imprópria para um primeiro encontro, ou fosse aquele outro encontro qualquer. Os feitos curativos de Q no homem coxo provocaram uma profunda pontada em meus genitais, mas mantive o silêncio, embora intimamente gritasse: "Lamba a mão da minha noiva ruborizada mais uma vez e..."

Porém, permaneci calmo. A vida é marcada por erros.

Descemos uma escada empoeirada, com Putnam bamboleando ao lado de Q com uma chave de ferro na mão e um volume óbvio enchendo-lhe a calça traiçoeira. Precisou se apoiar em Q três vezes na descida de três lances curtos, rejeitando minha mão prestativa.

— Esses documentos deveriam ter sido destruídos, mas eu os conservei — disse Putnam com um suspiro, destrancando um arquivo enferrujado rotulado por reinado dinástico e datado segundo o calendário ocidental.

Antes de nos deixar examinar o velho conteúdo, nosso combatente Putnam mencionou sugestivamente as carências das alas apinhadas e o estado deplorável das acomodações da enfermagem. Q franziu a testa diante das insinuações e na mesma hora se desfez de 15 taéis de prata. A posse de tais moedas acendeu uma centelha nos olhos do sujeito.

O exame do pouco produtivo mês de abril de 1885 produziu dez nascimentos nas mãos da parteira M. Mead. Naquele mês, o hospital passara por um surto de peste, que afugentara as futuras mães da maternidade. Entre os bebês listados estavam um par de gêmeos de um casal francês, o parto cesariano da esposa de um comerciante alemão feito por um cirurgião cujas iniciais eram M.H., e três meninos consecutivos, filhos de prolíficos engenheiros ferroviários russos. Depois dos três meninos, vieram quatro meninas, três de pais londrinos e uma de um veterinário de Yorkshire. Não havia registro de qualquer criança de origem manchu ou chinesa.

— Onde está meu nome? — indagou Q.

— A senhora é...? — A testa oleosa de Putnam franziu com espanto antes que seus lábios aos poucos produzissem um sorriso.

— Não, ela não é — respondi enfaticamente.

— Mas toda essa prata e o fato óbvio de ser mestiça... A senhora só pode ser...

— Isso não prova coisa alguma — insisti, teimoso.

Mal terminara de falar quando Putnam se prostrou de joelhos:

— Vossa Excelência! — exclamou, agarrando a mão de Q e, abjetamente, beijando-a repetidas vezes. Por entre os caninos, ele disse: — Há muito sou um admirador das suas origens nobres. Jantei certa vez com seu pai. A senhora era muito jovem na época, tinha seis ou sete anos e acabava de voltar de uma visita diplomática ao império do Japão. Foi no banquete que seu pai oferecia anualmente.

Eu tinha acabado de receber alta do hospital militar em Manilha e fora nomeado para o meu posto atual. Que grande anfitrião era seu nobilíssimo pai. Que anfitriã adorável a senhora se mostrou ao lado dele, recebendo os convidados naquele inesquecível dia de primavera quando os espinheiros se encontravam em plena floração e as borboletas se deliciavam com seu néctar.

— O senhor estava lá? — perguntou Q, aparentemente seduzida pelo charme e pela falha lembrança do homem. Teria ele, de fato, comparecido àquela festa? Ou estaria falsificando o incidente e o encontro acidental para ganhar terreno no coração da minha rainha?

— Sim. Cheguei mesmo a apertar sua mãozinha. Por um breve segundo eu a confundi com uma menina japonesa.

O sujeito do Maine borbulhava como uma lagosta na panela.

— Sério? — Q parecia mais encantada do que nunca.

— A senhora estava usando um quimono japonês extremamente delicado...

— Isso mesmo! Era o meu predileto, ainda o tenho. Então você esteve mesmo na festa... Que maravilha.

Então ele estivera na festa. Como também estiveram outras mil pessoas! Eu queria lhe dar um chute no traseiro, mandando-o lá para cima, mas provavelmente ele lembrara a Q uma figura paternal, pois ela se abaixou, como não teria feito qualquer outra imperatriz, e ajudou-o a se levantar de sua reverência.

Putnam endireitou sua perna de pau com uma sacudidela e arrastou Q consigo, atravessando o aposento penumbroso até um canto cheio de teias de aranha. Numa prateleira escura, procurou e encontrou um volume encadernado.

— A Confissão de Margo! — exclamou o sujeito, empolgado. — Uma cara enfermeira que mais tarde faleceu. Com frequência o que não está registrado se encontra relatado por Margo, que Deus a tenha. Ela sempre quis ser poeta, sabe?

Ele abriu o livro e buscou as páginas dedicadas a abril de 1885. As primeiras anotações eram relatos secos dos dias movimentados da redatora do diário, onerada com a responsabilidade de chefiar uma ala no hospital Union. Depois, porém, vinha o registro pertinente:

Nesta noite sombria, fui acordada quando o nosso jovem médico bateu com uma força surpreendente à minha porta frágil. Embora eu tivesse acabado de sair de um turno de 13 horas, com os pés doloridos depois de ficar tanto tempo em pé e de correr para lá e para cá, pulei da cama. O jovem médico me disse que tinha um caso urgente de uma moribunda, dessa vez uma das nossas, a filha de um pastor da igreja congregacional.

Corri com a rapidez que meus velhos pés permitiram e atravessei o corredor. Não se imagina como corremos aqui, de cama em cama, de ala em ala. O Union só é tranquilo quando visto de fora: não há calma aqui, salvo entre os que já se foram, lá na ala dos fundos.

A sala de triagem estava cheia. Clérigos armados vigiavam o portão principal do hospital, e mulheres de aparência taciturna piavam como pássaros matutinos e andavam de um lado para o outro entupindo os corredores. Em meio a tudo isso, vi um homem alto e bonito, o pilar da nossa congregação, e a querida H.

Na maca, uma jovem estava coberta de sangue, sangue que encharcava suas roupas. O pai vinha atrás, amparando a esposa aflita, uma mulher bonita, mas de pouco charme. Meu rosto amargo pareceria impróprio por se tratar de alguém em desespero, mas ela o merecia. Certa vez me olhara enviesado e me dissera palavras grosseiras depois que desmaiei nos braços de seu marido durante uma manifestação grandiosa destinada a condenar o ocultista chinês Wang Dan, que sequestrara a filha única do reverendo H. Estávamos protestando, também, contra a representação americana e a corte real manchu por pouco terem feito em termos de intervenção nesse assunto de vida ou morte.

Enrubesço enquanto escrevo este relato, pensando no reverendo H. Ora, éramos amantes, amantes unidos por acidente e solidão. Esta cidade é capaz de deixar qualquer coração oco.

Naquela manifestação específica, ao meio-dia, enquanto ele acabara de sair do nosso encontro revigorado, eu ficara zonza e pálida depois do exercício que me deixou coberta de suor, daí meu desmaio em seus braços, testemunhado pela esposa azeda. Ela me desarmou com sua língua ferina ao avisar: "Da próxima vez, desmaie nos braços de outro."

Mas já falei o bastante sobre mim e H. Os boatos davam conta de que a filha de H não só havia sido sequestrada pelo ocultista chinês, como também estuprada e engravidada por ele...

Ao ler essas palavras, quase desmaiei.

Poderia ser esse H, inicial de Hawthorn, o progenitor de minha querida Annabelle? Será que aquela jovem paciente na maca, conforme relatado pela pena de Margo, era minha própria alma gêmea?

Minha Annie sangrando, minha Annabelle ferida! Estremeci como uma peneira que balança enquanto obrigava meus olhos úmidos a continuar fixos nas fileiras escritas a tinta. Embora Q e o administrador deficiente do hospital estivessem próximos e lessem as páginas tão avidamente quanto eu, tive a impressão de estar sozinho com aquele relato vital elaborado por uma enfermeira pecaminosa.

E durante o tempo que antecedeu a noite acidentada no hospital que aqui descrevo — meses invernais e sombrios —, H sofreu muito, sozinho no isolamento do seu sótão. Tornou-se um fugitivo do delírio e da depressão. Jamais voltou a ser quem era, por maior que fosse a minha ternura e o meu amor. Nas poucas vezes que me procurou, como sempre fazia em tempos de provação e incerteza, me pareceu perdido, não com relação à nossa intimidade, mas com relação à sua alma.

Tornou-se vingativo, matutando a respeito de consequências infelizes — a gravidez da filha. Fixou-se em expurgar a semente ruim de Wang Dan do jovem corpo dela, de tal forma consumido pela angústia que até chegou a sugerir que eu acabasse com aquela vida bastarda, arquitetando um plano para drogar a menina pela mão de um herborista devoto, membro da congregação, e arrastá-la até a cripta sob a sua capela para que eu limpasse seu útero com uma faca ou algum instrumento cortante. Com amargura rechacei seu pedido. Mas hoje, quando vi a filha de H quase morrer na mesa com as dores do parto, me perguntei se essa decisão havia sido correta.

O jovem cirurgião conseguiu fazer o que precisava, conduzindo com destreza uma cesariana, salvando, assim, mãe e filha. Antes que a mãe tornasse a abrir os olhos, o destino da recém-nascida já estava decidido: declarar-se-ia que nascera morta e esse segredo jamais seria revelado à mãe. A criança viria a ser entregue a ninguém menos que o meu velho amigo, príncipe Qiu, cuja esterilidade há muito o privara de gerar uma prole. Esse arranjo não apenas resolveria os problemas de H, que nada sabia sobre a identidade dos adotantes, tendo conhecimento apenas de que o bebê seria bem-cuidado, como também desfaria o nó da intriga política internacional. No entanto, durante muito tempo depois a culpa me consumiu, até que não pude mais me conter.

Em um momento de fraqueza, mandei para a jovem mãe um recado secreto, esclarecendo todos os fatos a respeito de sua filha...

Com isso, senhoras e senhores, minha danação se completa e o círculo da maldição de Annabelle se fecha. Não existe inferno ardente o bastante para o rufião que sou. Como você, minha Annabelle, pode ter me iludido tanto, me deixando a pender de uma corda tão fina e emaranhada? Como pode ter me desencaminhado assim no caminho da paixão e da luxúria?

Enquanto nossa liteira rangia sob a claridade que se esvaía, contei à filha que você deu à luz — você, que tanto amei, a quem tanto busquei, perto e longe — sobre o pai, aquele rebelde que a gerou.

Eu previra uma reação irrefletida, mas Q encarou tudo como um fato da vida, fosse ou não mito, sem culpar pessoa alguma, sem vituperar contra ninguém. Era aberta como um céu límpido, conformada como um mar em calmaria.

— Você é um louco, não é mesmo?

Assenti.

— Está feliz por ter me encontrado?

Voltei a assentir.

— Preciso encontrar meu pai — disse ela, como se falasse consigo mesma, antes de encostar em mim de olhos fechados.

Quando a escuridão caiu sobre a silenciosa cidade de Pequim, me dei conta de que Annabelle era meu comandante e eu, seu navio. Ela me levara até ali, mas por que motivo?

Ah, Annabelle, o que me cabe fazer com sua herdeira abandonada, amando-a tanto como amo?

CAPÍTULO 21

Durante dias, definhei em um humor sombrio. A bruma me cercava mesmo nos dias mais ensolarados de verão, e todas as sensações e sons pareciam abafados e rombudos. Eu me sentia desligado de tudo que me mantinha inteiro, vivendo numa concha, sem ninguém, sem nada.

Tal estado piorou por conta da ausência de Qiu Rong, a filha do meu fado. Como ansiava por ela, embora com um novo tipo de amor que brotara em mim, um tipo desconhecido, não nascido da luxúria, mas de origem paternal, talvez.

Toda a sua sedução anterior se transformou num baú de lembranças de encanto infantil, percebidas não por um olho pervertido, e sim pelo olhar de um pai amoroso, porém possessivo. Eu sentia pena daquela criança abandonada, lamentava a ausência de sua mãe. Na bruma, um caminho se delineou. No céu plúmbeo, um raio de sol abriu passagem.

Ninguém jamais estivera, como eu estava agora, nessa margem longínqua de tempo e apogeu de espaço, servindo de ligação entre o homem e o céu, atuando como um fio condutor entre o real e o etéreo, a luz e a escuridão. Assim, sou o vidente, escolhido para atender ao chamado celestial.

Não era maluquice nem loucura. Eu a encontrara, a filha perdida da minha amada morta, sem um mapa, sem lampião ou tocha de algum ocultista. Tudo que me conduziu ao meu achado foi meu amor lamentável e improvável, o ar e a água que nutriram esse interlocutor esfarrapado, nada além disso.

Quando voltou, ainda no solstício de verão, Qiu Rong se aproximou com um balanço no andar, enquanto a calma continuava a imperar no palácio. Ela veio atravessando um túnel de silêncio a largas passadas, minha princesa de jade, a barra da roupa roçando os tornozelos abstêmios. Os quadris me pareceram mais cheios e os ombros mais roliços, sem dúvida em consequência da alimentação rica do ócio: sete dias assistindo à ópera com a viúva-herdeira e sua régia *entourage*. Seus olhos estavam mais escuros e fundos, com ansiedade e angústia. Será que você também foi assaltada pelo amor, minha criança?

Parou por um instante, o pescoço de cisne inclinado em adoração, o rabo de cavalo louro balançando sobre um dos ombros. Então, de um salto, entrou correndo pelo meu átrio santificado, a postura como a de uma corça, antes de se atirar em meus braços símios e trêmulos. Impiedosamente me deixou trôpego com seus lábios sedentos e sua língua quente e tremente.

Em murmúrios entrecortados, disse: "garotão horrível", me engolfando sem pudor. Calado, abracei-a, minhas mãos traiçoeiras acariciando aquelas nádegas de ninfa, minhas unhas em desespero incapazes de se furtarem a afundar em sua pele jovem e sedosa. Ela mal me chegava ao peito e o cabelo cheirava a mato de verão e folhas frescas da manhã. O pescoço exalava um suor dormido e tinha uma fragrância vulgar.

Com cuidado, eu a levantei, encostando seu rosto em meu ombro, como faria um pai com a filha adormecida. Meus dedos dos pés subiram céleres os degraus rangentes, meus passos sutis, como os de um ladrão, ecoando levemente por toda a *villa* vazia... In-In barganhara uma folga para cuidar de um criado idoso e doente em sua aldeia. Com delicadeza pousei Q na minha cama vazia, aconchegando-a sob o mosquiteiro branco.

Estava prestes a ir pegar um chá quando ela me agarrou pela mão e indagou:

— Você me ama, não ama?

— Não faço ideia — sussurrei com a voz trêmula.

— Então, não vá embora — pediu, despindo-me do pijama e atirando-o aos meus pés, para em seguida enfiar meu cetro em sua boca trêmula.

CAPÍTULO 22

Meu pupilo imperial vestia um terno verde, presente de casamento de Q ao noivo dois estéreis anos antes. Obra de um alfaiate alemão, amplo no peito e cintado, o paletó tinha lapelas estreitas, fazendo o monarca parecer um lorde do continente em seu figurino arrematado por um par de sapatos de biqueira.

— Tenho assuntos importantes a discutir. Podemos almoçar em seu escritório? — Foi tudo que ele disse antes de nossa aula de geometria. Essa era uma das disciplinas favoritas de S, vindo logo depois de "introdução à política parlamentar", matéria que só recebera aval depois de uma longa rodada de aprovações e desaprovações conduzida por vários conselheiros imperiais invisíveis e após três mudanças no título.

O imperador pareceu muito animado quando lhe mostrei os desenhos que fizera em meu tempo livre de um lago circular de lírios, quadrados de tijolos, triângulos de telhados curvos e a bússola octogonal taoísta, vinculando o aprendizado à realidade. Esfregou as mãos, como se visse tais objetos pela primeira vez.

— Está querendo dizer que todas essas ciências são inerentes àquilo que me cerca bem aqui, debaixo do meu telhado?

— Mais do que isso. Seus ancestrais foram mestres em desenvolver coisas que desde então vêm sendo imitadas por todos que vivem no estrangeiro.

— Cite uma delas.

— Os canhões têm como origem os fogos de artifício chineses. As bússolas, também, vieram da China e hoje apontam para o norte em todos os navios. Existem muitas outras coisas.

— Como o quê? — Os olhos de S brilharam com uma intensidade típica da juventude, o tipo de brilho somente possível quando o sol da manhã reluz com todo vigor.

— Macarrão, que os romanos tomaram emprestado e transformaram em *pastascciuta*.

— Verdade, o comércio daquele monge chamado Marco Polo. Qiu Rong me deu alguns livretos explicando suas viagens. Foi seu primeiro presente para mim entre os muitos que ela trouxe das terras de além-mar visitadas pelo pai diplomata. Esse tal Marco, embora não muito célebre, me pareceu ser um grande contador de vantagens, que se gabava de ser amigo da corte, embora não houvesse registros de sua presença ou relatos de seu envolvimento em quaisquer atividades da corte. Pesquisei em todo lado, passei dias na ala do tesouro buscando provas do que ele afirmava, e qualquer delas teria me deixado satisfeito, mas não existe uma sequer. Assim, ele deve ser uma fraude, tendo escrito livros sobre terras onde provavelmente jamais pôs seu pé romano, contando histórias que decerto ouviu daqueles que as inventaram quando bêbados nos navios que um dia passaram ao largo do nosso território. Contos de fada. Ele é, na minha opinião, uma fraude. E você, o que me diz sobre o macarrão?

— Também eu li o que ele escreveu em sua língua romana original.

— E se impressionou com ele?

— De forma alguma. Também achei que ele dourava um pouco a pílula, apenas com a finalidade de fazer com que outros acreditassem nessas histórias.

— Dourava um pouco a pílula... — repetiu meu pupilo, rindo de forma ostensiva. — Como no caso desse macarrão que supostamente ele importou para a própria terra, macarrão que qualquer um que dispuser de farinha pode se propor a fazer. Ninguém, nem mesmo o mais tolo dos homens, comeria trigo ou cevada crus em lugar de moldá-los fosse lá como fosse. Tudo que digo é que esse homem é uma fraude: os romanos não precisavam aprender a fazer macarrão com nossos ancestrais, assim como nossos ancestrais não precisaram aprender isso com nativos de outras terras, com outras raças.

— Lamento ter abordado esse assunto.

— Não, eu peço desculpas. Não tive a intenção de ofender.
— Estamos tendo um debate acadêmico.
— Então vamos comer macarrão no almoço para pôr fim a esse debate.

Sua raiva, como se viu depois, não fora detonada por quaisquer boatos a respeito da visita secreta ao hospital com Q, visita essa que eu duvidava que ele desconhecesse. O que eu sabia a seu respeito era que ele escolhia suas batalhas, conforme ditavam seus humores e caprichos.

Enquanto aguardava a refeição, escrevi um poema para Q, a menina de quem eu sentia falta, a menina que eu desejava.

O lago está seco
Exceto pelas próprias lágrimas.
A árvore está morta
Exceto pelas próprias raízes.
Pingando...
Apodrecendo...
Morrendo...
Desejando...

Um versinho da dinastia Soong do norte, conciso e quase feminino, porém Pickens em cada detalhe, destilando pieguice.

O time de chefs e copeiros que, de hábito, acompanhavam Sua Augusta Majestade em seus suntuosos almoços, foram dispensados quando chegou a hora. O almoço costumeiramente incluía cem pratos tradicionais manchus e comidas que eram símbolos de status, a maioria delas servida como oferenda sacrificial, como se o imperador fosse uma divindade que necessitasse de orações e oferendas diárias. Todos esses pratos — gansos gordos, pele de porco frita, carpas frescas *et cetera* — deviam ser preparados na hora, e as porções não consumidas ou semiconsumidas caberiam a determinado criado ou funcionário como presentes que não podiam ser recusados, deviam ser comidos, concedendo ao presenteado um tácito reconhecimento de hierarquia a ser medido dia a dia e visto por todos, já que essa lista de doações era rotineiramente registrada no *Daily Gazette*, o diário da corte.

Depois de dispensar o séquito tradicional, restou-nos o serviço de In-In, incumbido de trazer uma bandeja com duas travessas de talharim com gengibre acompanhado de dois pedaços de peito de pato nadando em caldo de galinha.

Em meio aos sons ruidosos da ingestão das iguarias, S começou:

— Estamos com uma enorme carência de recursos, informou-me o palácio Neiwufu, o que costuma ser a maneira deles de me obrigarem a aumentar os impostos provinciais e taxas territoriais. Mas como posso fazer isso se não desconheço a fome que assola minha terra ancestral manchu, a peste que adoece o sul e as enchentes que inundam metade das fazendas no litoral sulista, bem como as guerras na região sudeste na divisa de Burma e do Laos? — disse ele, enrolando os compridos fios de talharim em volta de seus k'uai-tzu antes de levá-los à boca, engolindo de forma bastante delicada e de boca fechada. Um arroto foi suprimido de modo a não interromper a frase seguinte: — Preciso estender suas obrigações de modo a incluir a supervisão do Neiwufu, aquele covil de ladrões, com um aumento do valor do seu salário — esclareceu, enfiando sob meu nariz um pedaço de papel autenticado com um lacre vermelho. Um total de seis mil taéis, o suficiente para remunerar um secretário ministerial na corte, equivalente ao segundo grau de autoridade, a saber, o patamar de Mu Yan.

Qualquer indivíduo sob o sol, isto é, sob o sol manchu, teria entregado o próprio primogênito em troca de tamanha fortuna, fosse ele membro da elite letrada e alguém que houvesse saltado obstáculo após obstáculo para atingir a proeminência, ou simplesmente um homem comum com dez bocas para alimentar... Mas não esse sujeito aqui. O dever de supervisionar esse grupo de imbecis equivaleria a um suicídio. Lembrei-me da história da concubina, com o corpo violado e o bebê arrancado à faca do ventre ensanguentado. Se o Neiwufu não me matasse, logo eu desejaria estar morto; só a proximidade do pessoal do Neiwufu, que sobrevivia à custa de enganação e safadeza, deixaria qualquer pessoa sã coberta de desconfiança e dúvida.

Um funcionário altruísta desaparecera da própria casa apenas 13 dias depois de assumir esse cargo de supervisor. Outro morrera de cansaço e de mazelas inexplicáveis somadas à idade avançada. Mas o imperador não fez menção a nenhum dos dois.

Quando levantei a questão, ele assim justificou:

— Você é diferente. Não é um de nós. Não tem muito a perder. — "Além da vida?", pensei. — Não da maneira como qualquer dos meus súditos teria.

— Sou diferente como?
— Você é estrangeiro, e sua representação diplomática fica logo ali atrás do muro.
— Isso não me deixa mais seguro.
— Você terá tantos guardas quantos julgar conveniente.
— Não vim aqui para isso...
— Mas veio, e estou necessitado dos seus serviços.
— Preciso refletir a respeito.
— Você terá plenos poderes — acrescentou S.
— O poder não é...
— Isso é uma ordem, senhor — retrucou S com voz firme. Depois de uma pausa, acrescentou. — E terá Qiu Rong à disposição para ajudá-lo.

Prostrei-me de joelhos, aceitando a honra que poucos mereciam ou desejavam.

CAPÍTULO 23

Estava eu aconchegado sob minha colcha de seda, nutrindo pensamentos íntimos sobre encontros justificáveis e a sós com Q nos dias por vir, quando uma vela na cabeceira vacilou sem vestígios de brisa, sua chama de súbito extinta como se algum dedo resoluto houvesse decidido apagá-la.

Na escuridão, minha mão foi repentinamente torcida como se uma garra potente lhe torcesse a palma; outra puxou meus dedos, provocando uma dor lancinante.

— Pelo amor de Deus! — exclamei, levantando da cama de forma perigosa, tentando me desvencilhar desse invasor invisível, me debatendo no chão, praguejando e implorando ao mesmo tempo, como se estivesse, com efeito, na companhia de um inimigo. Tal comoção inevitavelmente despertou meu fiel criado, que subiu a galope as escadas, empunhando um lampião e indagando:

— O que aconteceu com o senhor, patrão?

Gritei, sacudindo a mão direita, ainda segura por aquela força invisível.

— Solte-me, demônio maldito!

— Está vendo um fantasma, senhor? — perguntou In-In. Imperturbável, ele girou o lampião por todo o aposento, ao mesmo tempo que cuspia em minha direção e batia com força os pés no chão. Senti na pele seu cuspe frio. — Fora, fantasma. Fora daqui, ou queimo você até que morra.

Balançou, então, o lampião com veemência, enquanto tornava a lançar uma grande cusparada em cima de mim, cusparada essa que aterrissou em minha testa, instalando-se sobre uma de minhas sobrancelhas.

A dor só fez piorar quando a mão invisível torceu meu braço atrás das costas, me empurrando para uma posição de joelhos, enquanto a outra mão invisível golpeava com selvageria minhas nádegas com uma palma ossuda e gelada, me atirando da esquerda para a direita como se eu fosse um pobre sacristão.

Meus pedidos de clemência cessaram. A mão fria me açoitara bem na frente do meu criado eunuco. Que afronta!

— Seja você quem for, não tenho medo, fantasma diabólico — falei, pronunciando essas palavras enquanto era balançado como um fantoche e estapeado como um idiota. Meu eunuco, In-In, também não se mostrou minimamente temeroso. Pôs-se a fazer o que, de acordo com seu melhor juízo, seria o mais eficaz. Erguendo a barra da sua vestimenta marrom e com os pés afastados, deixou escorrer um fluxo de urina quente, molhando a mim e o chão.

Meu inimigo invisível exclamou "Que nuvens cubram seu caminho" e fugiu depois, sem deixar rastros, fazendo bater a janela.

— Sua urina? — indaguei, deitado inerte e arfando com gratidão.

— O monge da aldeia me ensinou isso. O mais puro deve ensopar o mais maléfico. — Enquanto ele amarrava o robe, foi possível ter um vislumbre de sua masculinidade desfeita. Nenhuma árvore, apenas um prado, plano e firme.

— Você ouviu a voz dela? — indaguei.

— Não. Que voz? — Pousando no chão o lampião, In-In pegou um cobertor para me enxugar.

— Uma voz de mulher. Ela falou em manchu.

— Foi? — perguntou calmamente In-In. — Deve ser a imperatriz Jen, a que desce da pintura na parede da câmara da ternura. Ela se enforcou com sua faixa de seda — sugeriu o criado, passando os olhos por meu quarto, como se visse vestígios dela. — Sua aparição sempre traz maus presságios. Da última vez, nossa ponte de pedra mais antiga ruiu sobre o lago dos salgueiros. Era a ponte favorita de Vovô no palácio de verão. A tragédia não foi a queda da ponte, mas os dez jovens eunucos que passavam num barco sob ela terem morrido esmagados e afogados.

— Leve-me até o mural. Preciso ver o rosto dela.

— Mas estamos no meio da noite.

— Precisamos fazer isso, enquanto seu rastro ainda está quente. Vamos logo — insisti, me vestindo apressado. Farejei certo fedor ou deterioração, um quê do outro mundo, como se algum cadáver fresco tivesse sido exumado, não de maneira intencional, mas pelas mãos de ladrões; uma umidade densa, fantasmagórica e podre.

Desci as escadas correndo, atrás da figura infantil de In-In, que lembrava um fantasma à luz fraca do lampião. A escuridão era total: vez por outra um relâmpago, bem além dos muros do palácio, acendia o céu, causando medo; cães ladravam como se fizessem parte de uma ruidosa sinfonia prosaica, sombria e grave numa terra destituída de sapos melodiosos, cigarras insones e rouxinóis rancorosos. Passamos por um arvoredo de pessegueiros carregado de teias de aranha, entramos num bambuzal encharcado pela bruma noturna, atravessamos algumas pontes que rangeram ao serem perturbadas por nossos pés e então apressamos o passo pelas trilhas tortuosas de cascalho.

— Onde fica essa câmara do fantasma? — indaguei, resfolegando.

— No palácio dos fundos — revelou In-In. — Não está vendo as linhas?

— Que linhas?

— São o rastro do fantasma.

Estiquei o pescoço, apressei o passo e percebi um desenho com aparência de um percevejo, como se a mão vacilante e sardenta de um autor de aquarelas idoso tivesse usado tons brilhantes diluídos pela noite. O desenho circundava os telhados do palácio dos fundos, a morada dos palacianos rejeitados: centenas de concubinas fadadas a envelhecer e morrer dentro dos muros do palácio, onde passavam suas vidas curtas aguardando os sucintos dias de glória em que o imperador e senhor, nominal e legalmente marido de todas, se encantasse com seus dotes femininos o bastante para resgatá-las da desgraça, concedendo-lhes o dom de um filho gerado em seus úteros soturnos. Algumas, com efeito, tinham seu momento ao sol, ao serem notadas por um imperador irreverente, mas tal atenção podia muito bem ser uma faca de dois gumes, causando-lhes a morte, quer por envenenamento ou por enforcamento: envenenamento providenciado por uma imperatriz ardilosa; enforcamento pelas mãos de um eunuco conivente — os superiores servis superavam em poder sutil até mesmo o próprio senhor da terra.

Em busca daquele bando de percevejos fugidios, subi num muro alto seguindo o lampião-guia de In-In. Besouros e mosquitos cercavam a malfadada moradia. Ao longo do muro coberto de hera, o eunuco me guiou pela mão, passando por janela após janela até encontrarmos uma porta cuja fechadura foi aberta com uma chave providencial que pendia, entre outras, de sua cinta.

A porta se abriu a contragosto e entramos numa sala de chá. Uma nuvem de ar gelado mordiscava nossos pés como uma série de línguas sibilantes, e a cadeia de percevejos ilusórios se partiu gerando o caos, espalhando-se e escalando murais, janelas acortinadas e aquarelas pálidas em pergaminhos e molduras. De repente, os insetos voltaram a se juntar, dessa vez pousados sobre a pintura a óleo, enquadrada e emoldurada, adquirindo a forma da senhora retratada, antes de sumirem dentro dela, sem deixar rastros nem ruídos. À claridade do lampião de In-In, a tela voltou a ser o que era: o retrato de uma senhora cadavérica de origem estrangeira, dentuça e tristonha.

— Retrato da duquesa de Viena, um presente da imperatriz Qiu Rong para a viúva-herdeira, dos dias de sua infância naquela terra estrangeira — explicou In-In.

— Por que o retrato está nesta câmara?

— A viúva-herdeira abominou-o e o despachou para cá para ser visto pelas mulheres do palácio.

— Por que todos os percevejos sumiram na moldura? — indaguei.

— Olhe lá para cima — disse o criado menino, erguendo o lampião.

Ali, debaixo de um telhado em arco, vi uma viga no teto ostentando figuras de pássaros fênix e dragões.

— Está vendo o sulco?

Lembrava uma cicatriz, áspera e desgastada em torno da circunferência da viga.

— "Viga da Morte" é como a chamam. Três enforcamentos nos quatro anos em que moro aqui, no mesmo lugar e quase sempre à noite, na primavera: surtos de angústia, beleza desbotada e glória ignorada. Entra ano, sai ano, o único jeito de escapar do palácio é subir nas cadeiras empilhadas naquela mesa de chá. Basta um chute... — In-In deixou a frase no ar como se antevisse o próprio fim.

— O que tudo isso tem a ver com o fantasma? Com os percevejos?

— Os mortos aqui na verdade não estão mortos. Alguns deles vivem graças aos traços do desenhista na parede, outros choram por entre as frestas dos azulejos, e outros ainda, no festival da limpeza dos túmulos, foram vistos pendurados nessa viga, como crianças se divertindo num balanço — respondeu In-In, apontando o lampião a fim de iluminar todo o comprimento da parede.

Os murais que circundavam o aposento retratavam uma cena cotidiana no interior do palácio dos fundos, com as mulheres palacianas se dedicando a todo tipo de atividade doméstica: bordando, lavando louça, moendo pedras, usando pincéis em pergaminhos para expressar desejos de longevidade e boa saúde e, numa delas, alimentando um soberano de pouca idade, o único rosto infantil presente no desenho. Exteriormente, as expressões eram todas de contentamento e as posturas confiantes; interiormente, havia tédio e morte.

— Seus espíritos fantasmagóricos buscam consolo nas figuras pintadas. Por coincidência, cada um dos mortos guarda uma semelhança impressionante com um rosto no mural, que, dizem, foi amaldiçoado desde o início. Dizem que eles procuram seus sósias vivos para que morram, um por um, aqui mesmo nesse cômodo. Ninguém sabe quantos mais hão de morrer sob esse teto.

— Uma câmara de fantasmas? — indaguei com suavidade.

— Embora perturbador, ninguém cogitou a destruição da câmara ou a troca do revestimento da parede.

Com ternura alisei com as pontas dos dedos o papel amarelado.

— O que está traçado é predestinado. É melhor deixar que o mal encontre o caminho, abrindo passagem — disse ele.

— Quem lhe ensinou vidência, meu jovem? — indaguei.

— Nasci com o dom. Ele teria me transformado em um ótimo quiromante ou monge, mas a vida do palácio me convém muito bem: vive-se nas sombras. Mas esse sumiço de percevejos é a primeira vez que vejo. Já vi fantasmas saírem de seus próprios retratos, mas jamais como criaturas que temos por aqui.

— Existe alguma maneira de entrar na tela como fizeram os percevejos? — perguntei.

Pegando o lampião de In-In, percorri a extensão do mural apontando a luz para as quatro paredes em busca de um buraco, uma fresta ou sulco, por mais estreito que fosse, por onde entrar ou penetrar.

— Patrão, precisamos ir embora.

— Não, eu tenho que...

Caí de joelhos, contemplando atentamente o retrato da duquesa vienense no qual os insetos iridescentes haviam tentado encontrar um ninho.

Seriam eles o espírito incendiário daquele fantasma petulante que entrara voando por minha janela, invadindo minha morada? O que o fantasma pretendia transmitir? Seria uma tragédia iminente ou bons ventos no futuro?

— Apague a chama, patrão. Precisamos nos apressar. Os guardas noturnos estão aqui — alertou In-In, correndo para se postar ao meu lado e soprar a chama do lampião.

— Por que os guardas estão aqui?

— Para perseguir o fantasma noturno e garantir a tranquilidade do palácio. Nosso lampião deve ter-lhes assustado, fazendo com que viessem mais cedo.

Dito isso, ele me obrigou a passar por uma janela nos fundos, antes que o lampião de um guarda nos flagrasse.

Seria esse meu *gui su*? Minha tumba, onde, se ali eu morresse, minha Annabelle voltaria à vida? Ela desaparecera por completo desde que eu descobrira a verdade. Não me perguntem por quê. Talvez fosse o raciocínio equivocado dessa alma deturpada, uma resposta a um anseio insuportável, anseio merecedor da morte, pois apenas a morte poderia pôr fim a tudo, sem a qual eu padeceria para sempre. Ou, quem sabe, durante o ínfimo segundo enquanto me ajoelhei diante da tela da duquesa vienense, uma fragrância antiga tivesse penetrado em minhas narinas, permeando aquele túnel interior, estonteando-me a cabeça. O que senti podia ser nauseante, um tantinho nojento para narinas refinadas, mas mesmo assim caro e familiar à minha plena consciência. Era um aroma diverso de qualquer outro aroma, exclusivo de minha Annabelle.

CAPÍTULO 24

Aquele dia não podia ter começado de forma mais atabalhoada. Primeiro, despachei uma liteira de quatro carregadores enviada para que eu assumisse meu novo posto de inspetor interno do Neiwufu, preferindo percorrer a pé a distância de quatro pátios de minha casa até lá. O veículo me havia sido enviado por ninguém menos que o chefe da instituição, o decano do covil de ladrões — descrição injusta para um homem impotente no comando de um diabólico posto avançado. Yen Su era um erudito que possuía dois defeitos incongruentes: dedicação e honestidade. Pode-se carregar um ou outro, mas não os dois.

A governança sempre fora um cargo de fachada, um bolso vazio, como era chamado. Ao cargo era destinado pouco poder e quase nenhuma autoridade. O sistema de corrupção e suborno era complexo e delicado, andando sobre a própria engrenagem, de modo que o ocupante de tal posto governava menos do que era governado.

Ao me encontrar com Yen Su, uma inclinação de cabeça foi a única formalidade que me permiti. Até uma simples cerimônia do chá foi refutada, por mais singela que fosse. Yen Su era um homem manso de olhos inquietos, sempre em busca de algo, dono de uma corcunda onerada por um peso invisível. Sua dicção era laboriosa e seu tom, humilde. O uniforme estava puído, e as botas chegavam a mostrar indícios de remendos com pontos grosseiros. Sujeito frugal e tímido, não deixava, porém, de ser fútil e pouco respeitado, na melhor das hipóteses, o que, de imediato, conquistou minha solidariedade.

— Há muito eu o esperava — saudou-me com sinceridade. Desculpou-se excessivamente. O tempo todo, seus olhos passeavam de um lado para outro, como se vigiasse a sombra de seu mestre bonequeiro atrás de uma cortina diáfana.

Uma olhada em seu dossiê me revelaria mais tarde o motivo deliberado da sua nomeação: um homem escolhido a dedo, com um parentesco de nono grau com o chefe dos eunucos, um testa de ferro. Yen Su era um agente infiltrado intencionalmente a fim de acalmar as ondas para os ladrões da pirataria em terra firme. Por mais manso que parecesse, no entanto, ele logo viria a ser o agente da mudança e uma pedra no sapato de seu exterminador; a vingança do manso, poder-se-ia dizer, já que no final aquele derradeiro grão de humanidade, o orgulho, sempre acaba virando o barco. Tal foi o caso em questão entre nós.

O encontro inicial estava previsto para ser apenas um chá para três — Yen Su, Q e eu —, a fim de examinar os registros de compras e despesas. Mas eis que já tentando se intrometer entre nós surgiu a presença incômoda de um eunuco de médio escalão, Gong Sing, que insistiu em permanecer ao longo de todo o processo. Quando percebi suas vibrações de hostilidade e o despachei, o não homem de cabeça de hipopótamo ousou cuspir em minha direção antes de sair pisando forte e resmungando impropérios. Então, naquele momento, exerci a primeira prerrogativa do meu cargo oficial: dez açoites de vara numa bunda nua.

Passamos três dias lendo os arquivos, enclausurados dentro da câmara sufocante, lado a lado, em total imersão em nossos próprios aromas; tal intimidade exacerbada era um prerrequisito para que decifrássemos cegamente os rabiscos propositalmente ininteligíveis. Logo foi possível concluir o que havia de errado. O palácio, por mais opulento que fosse, estava ficando sem recursos, à beira da bancarrota, já mergulhado na insolvência.

Eis a simples aritmética: o contexto doméstico inchado, abrangendo impressionantes dez mil residentes, estava gastando mais do que a renda disponível, na proporção de um para dez. Nesse ritmo, os azulejos de ouro dos telhados palacianos teriam de ser arrancados para irem a leilão apenas a fim de manter mais uma estação de consumo irresponsável.

A coluna esquerda do balanço, o ativo — impostos e tributos perenes — parecia impressionante, incluindo milhões de taéis de prata e tesouros de joias raras. Ao examinar essa mesma coluna, era possível detectar várias deduções em diferentes patamares e níveis do império, todas elas explicadas vagamente em notas, anotações e cobranças com arcaicas referências a dívidas e empréstimos acumulados, reforçados ainda por caixas e mais caixas de contratos de empréstimos e confissões de dívidas, tudo devidamente assinado com o próprio lacre do imperador. Alguém que procurasse alguma pista e indício se deteria nesse detalhe régio, e muitos antes de mim provavelmente o fizeram, mas não este estrangeiro aqui, que não guardava afinidade alguma com a sacralidade de tal símbolo de supremacia. Folheando os amarelados contratos de empréstimos, em pouco tempo descobri os vestígios de trapaças: as páginas encerradas com o lacre do imperador jamais combinavam com as páginas precedentes dos ditos documentos, fosse em cor, fosse em textura. Era evidente que a maioria dos contratos fora falsificada e fraudada, sendo as páginas portadoras do lacre de S pertencentes a questões sem qualquer relação com esses assuntos, páginas assinadas pelo jovem governante diariamente na condução dos negócios rotineiros da corte. A velha prática de numerar as páginas onde se encontravam apostos os lacres foi abandonada muito antes. Não era possível dizer que outros importantes documentos foram assinados e autorizados dessa forma. Causam arrepios tanta negligência e perfídia.

Inevitavelmente, a receita se reduziria a um filete, à semelhança de um rio exaurido, portentoso de início, mas acabando por secar na travessia dos desertos que drenam as planícies. Quem examinasse o curso em declínio limitar-se-ia a assentir, não para concordar com tal discrepância, mas por temer a exaustiva extensão e as tortuosas falácias. Mas esse era apenas um lado da insensatez; o outro não era menos sinistro.

A coluna da direita listava despesas e aquisições. A soma extrapolara a da esquerda, dos ativos, por tamanha margem, que tudo deveria ter ruído de vez muito antes. Os registros supérfluos eram desleixados e as falsificações, evidentes e singularmente proeminentes, item esse sucintamente rotulado de "taxa de captação", acrescida ao preço dos produtos adquiridos.

Uma inquirição verbal feita a Yen Su merecera uma menção cheia de tato que dava conta de que o chefe de compras, um eunuco afeminado com ombros roliços e lábios carnudos, explicara que tal taxa datava de antes do reinado atual, e por isso estava acima de questionamentos ou investigação. Ordenei, portanto, mais uma rodada de açoites com vara, que esse hipopótamo suportou em silêncio, embora o sangue escorresse por seus calcanhares sem meias, molhando os dedos curvos de seus pés.

Segundo os manuais de procedimento da corte, essa recusa só poderia resultar em uma inquirição por escrito, que Q rascunhou e eu devidamente avalizei e arquivei na câmara de documentos do Neiwufu, ato que consumiu não menos de três horas. Outros três dias se passaram sem que houvesse qualquer explicação ou justificativa. Quando saí apressado para o pátio do aposento, a porta foi fechada e um bilhete, pendurado na maçaneta para avisar que o responsável se ausentara para cumprimentar o imperador, motivo que ninguém seria capaz de censurar ou pôr em dúvida, já que duvidar disso seria como duvidar dos religiosos, e duvidar dos religiosos era uma heresia cometida contra o santuário dessa corte celestial na terra.

Q, minha imperatriz de rabo de cavalo, que sempre assim se penteava quando se concentrava com devoção em questões que lhe demandavam total atenção, se incumbiu dessa tarefa junto à câmara do historiador da corte, não encontrando o nome desse funcionário. Encontrou, porém, um bilhete conciso oriundo do depósito de armazenamento da corte que indicava o uso por dito funcionário de um barco de pesca de dez pés de comprimento, equipado com varas de pescar e redes.

O homem simplesmente saiu para pescar, por ordem de Li Liang, o chefe dos eunucos.

A corte podia estar flutuando à deriva em nuvens de inércia e o palácio patinando no abandono, mas não faltavam escribas nem bardos para registrar os acontecimentos corriqueiros que aconteciam em todos os buracos de rato do oficialato. Era obrigatório que o palácio fervilhasse de escribas, acadêmicos de grande erudição que passavam seus dias botando no papel tudo que acontecia. Podiam parecer sem poder, e, por mais espinhosa a tarefa, essa erudição de alguma forma prevalecia, independentemente de localização geográfica. Em parte se tratava de um dever, o dever de permitir que o mundo visse através de seus pincéis — que registravam tais fatos para a posteridade e para a perpetuidade, sabendo muito bem que nenhum homem em sã consciência jamais chegaria a ver o que precisava ser visto — e em parte se tratava de pura erudição. Esses indivíduos podiam ser figuras anônimas, lentas, esgueirando-se junto às paredes e carregando no ombro uma sacola contendo os quatro tesouros do cavalheiro erudito — pincéis, um tinteiro, rolos de papel de arroz e um pesado lingote de tinta que um criado com essa função específica moeria à mais plena satisfação —, porém, eram as únicas criaturas ali com um mínimo de respeito próprio e dignidade. Eram homens de letras sobre os quais repousavam a honestidade e a veracidade do império. Esses homens viviam sendo ameaçados com açoites pelos desejosos de apagar certo registro ou certo curso de eventos postumamente alterado, embora tais açoitamentos, ou ameaças de açoitamentos, raramente amedrontassem essa classe de indivíduos franzinos. Com certeza esse era o caso desde a primeira história dinástica, quando se dizia que ousadia e coragem eram atributos dos poetas e filósofos, e não dos generais mercenários ou ditadores, por mais celestiais que fossem.

Qual a razão dessa loa repentina? Sou apenas mais um deles, pincel na mão, verdade no coração. Sempre a verdade; é o que resiste, o que dura.

Com um pequeno esforço, Q nos levou para uma excursão até um pequeno lago onde o funcionário responsável pelos documentos supostamente estaria pescando naquele dia chuvoso. O lago exigia um barco tranquilo, mas não um pescador negligente. Um homem menos valoroso teria desistido quando o tempo fechou, mas aquela visão me deixou ainda mais curioso e colocou lenha em minha ardente fogueira.

Havia pegadas úmidas vindas da margem, bem como trechos de mato, dentes-de-leão e bem-me-queres pisados, apontando dedos silentes para um mistério a ser desvendado. Não surpreenderia ninguém que o sujeito tivesse sido morto de um jeito ou de outro, mas se afogar no lago não seria uma escolha sábia. Vovô não a apreciaria muito. Mais gente teria de morrer devido à sombra do medo que viria a pairar, motivo por que ninguém ousava morrer no interior da Cidade Proibida. Alguém andava brincando de esconde-esconde ali.

Ao meio-dia, entrei discretamente no escritório de Yen Su, decano do nada, autoridade de coisa alguma, e o encontrei dormindo, roncando em sua poltrona. Minha intenção era puxar seu bigode, acordando-o, mas seu eunuco deu um passo à minha frente e balançou o homem até despertá-lo. A ignorância de Yen Su se revelou incomparável. Ele sequer se lembrou do nome de seu subalterno, embora tenha me ajudado, obtendo o endereço da residência do funcionário na Cidade Tártara.

A porta da câmara de documentos podia ser arrombada. Q sugeriu que o fizéssemos — formávamos uma dupla e tanto, a bela e seu odioso ogro. Mas o que estava trancado não podia ser destrancado, visto não se tratar de carvalho ou mogno: era aquela boca que precisávamos abrir para que os segredos dela brotassem e as fraudes pudessem ser rastreadas.

Fui atrás de um riquixá do lado de fora dos obscuros portões da ala oeste, partilhando a viagem com minha cortês Q. O rapaz do riquixá, de cabeça raspada e peito nu, nos confundiu com emissários pertencentes à representação diplomática e barganhou pagamento dobrado: o estrangeiro era um homem do diabo, que merecia pagar tributos diabólicos naquela metrópole. Viver nela exigia tolerância. Paguei em dobro e em troca insisti com o rapaz que se apressasse não pelas ruas amplas, mas percorrendo as vias secundárias e longínquas em meio à dilapidação e à ruína que imperavam naquela cidade decadente.

A Cidade Tártara: o enclave residencial dos nobres manchus. Cada avenida era margeada por mansões cercadas de muros altos, espinheiros e choupos. A residência do meu atual investigado era um exemplo de beleza e opulência. Ficava a três casas de distância, num trecho arborizado, do domicílio de um comerciante de armas francês, um tal monsieur de Segur, que Q reconheceu de uma visita anterior, sendo o solteirão Segur o arroz de festa de qualquer evento social do grupo restrito de expatriados.

Atentamente examinei a casa do funcionário encarregado dos documentos. Que bela compensação por um emprego que pagava um salário anual de trezentos taeis de prata, que, embora não deixasse de ser uma remuneração substancial, mal daria para pagar o telhado desta mansão. O muro era feito de nefrita, oriunda de montanhas distantes, e o portão em arco ostentava duas colunas imponentes, que um dia já haviam sido os troncos de antigas sequoias, flanqueadas por dois serenos leões de pedra esculpidos com talento e realismo extraordinários. O muro verde cheio de segredos permitia que vislumbrássemos algumas peônias em botão e víssemos parcialmente um lago onde flutuavam flores de lótus. Uma batida à porta não recebeu resposta.

O riquixá serviu de escada para ajudar a escalar o muro. Com a conivência de uma árvore próxima e um salto ágil, aterrissei do outro lado, sem fazer ruído, como um gato do vizinho. Era um fato raro encontrar uma mansão sem um elegante criado indiano, de turbante e postura ereta; mais raro ainda era aquele silêncio, aquela ausência de criados apressados ou cães latindo.

A porta principal estava escancarada, o aroma de incenso fluindo de seu interior. Um empurrãozinho depois, eu estava dentro da casa. Recebeu-me um homem morto, pendendo de uma corda presa a uma rebuscada viga do teto. A língua ficara pendurada para fora e a corda cortara o pescoço abaixo da mandíbula. O sangue ainda estava fresco, escorrendo do pescoço quebrado e descendo pelo peito coberto por uma camisa branca, mas a vida já se fora: a serenidade é adquirida no caráter definitivo da morte. Sob seus pés havia uma cadeira virada e um círculo de incenso a queimar, cercado de cinzas.

A impressão era de um ritual de partida de um homem em desespero: o círculo de incenso representando o ciclo de vidas, permitindo que alguém entrasse em outra novamente num incessante círculo para engrandecer a própria alma. Esse ritual, porém, exigiria muita premeditação e, decerto, jejum, pois não seria possível fazer a passagem para o além carregando consigo o que foi desdenhado para ser abandonado nos intestinos e nas vísceras. Nosso encarregado dos documentos aparentemente consumira um bocado de carne no almoço ou no desjejum; parte dela vazara em sua camisa, evidenciando os resíduos de linguiça de cordeiro salpicada com pimenta vermelha em meio às manchas de sangue do morto. O sangue sob as unhas mostrava que houvera luta, e aquela porta escancarada confirmava tal dedução. Em nenhum suicídio genuíno haveria uma porta destrancada, abrindo caminho para uma possível interrupção a meio caminho do fim. Disso eu sabia: já havia tentado um punhado de vezes.

Tentei impedir que minha menina visse a cena abjeta, mas Q se esquivou da barreira que montei com meu corpo.

— Ele está morto. Finalmente! — exclamou ela, dando uma volta em torno do cadáver.

— Por que "finalmente"?

Ela pôs de pé a cadeira tombada e, subindo nela, inclinou-se para examinar os olhos do homem, semicerrando os seus.

— Ele era bom em afanar minha remuneração mensal, roubando um décimo da minha cota. Precisei ameaçar machucá-lo para ter minha cota de volta.

— O que está procurando?

— Dizem que a retina de um morto fixa a imagem da última pessoa que ele viu.

— Descobriu alguma coisa?

Q franziu a testa, pondo a ponta da língua para fora.

— Não, nada.

— Quem gostaria de vê-lo morto?

— Muita gente — respondeu ela, cuspindo no chão. — Essa corda nunca esteve muito longe do pescoço dele — prosseguiu, girando o morto como se fosse um gancho de carne num açougue, antes de descer da cadeira. — Ele sabia demais.

Ser eunuco era uma missão de vida, unindo criado a patrão até o derradeiro suspiro deste. Muitos, com efeito, acumulavam grande riqueza e até mesmo grande poder, mas raramente conquistavam o privilégio de usá-los. Eram os cordeiros sacrificiais, escolhidos por seus clãs e acolhidos por recomendação de um eunuco do palácio com o qual tinham parentesco de sangue.

Certa vez, olhei de relance uma página do diário de In-In sob seu travesseiro quando ele se ausentou para cuidar de um criado enfermo, um tio distante em sua aldeia natal. Ali ele escrevera uma frase que tudo esclareceu: "Uma pérola, quarenta hectares de terra fecunda; duas pérolas, a glória eterna para todos, exceto para mim."

Pérolas, nesse contexto, não guardavam relação com joias, mas com os tesouros dos homens. In-In tinha, numa rara revelação de sua verdadeira identidade, se gabado de ter um tio, o irmão caçula do pai, nascido da terceira esposa do avô octogenário, que alcançara o oitavo grau de oficialato na terra natal porque In-In servia na corte. Isso, porém, não chegava aos pés do posto augusto que ocupava o primo do chefe dos eunucos, o de inspetor geral do comércio de sal em sua província, levando-se em consideração ser o sal o ouro branco do mar infinito, posto que remunerava tal primo com a impressionante renda mensal de dez mil taéis de prata, três quartos da qual paravam no bolso do tio.

Uma busca rápida nos aposentos vazios da casa do morto nos revelou apenas uma única prova que, a princípio, me escapara à vista.

— Que roubo mais deslavado este! — exclamou Q, apontando para um pergaminho de seda pendurado na parede do quarto, dedicado não ao funcionário em questão, mas a Yong-Le, o amado imperador da dinastia Ming, por quatro famosos calígrafos. — Eles continuam a ser os únicos quatro estilos imitados e copiados pelos mais obstinados aprendizes centenas de anos depois da morte de seus criadores — explicou Q, pulando do banco e cuidadosamente retirando o pergaminho de um prego enferrujado. — Foi dedicado ao imperador Yong-Le no quarto aniversário de sua ascensão, uma comemoração muito comentada nos anais dos eventos da corte, ofuscando o brilho de todas que vieram depois. Até Vovô continua a mencioná-la como parâmetro até hoje. "A quarta teve isso e teve aquilo", diz ela quando se refere ao evento. Milhares de pessoas foram convidadas, entre elas generais e autoridades e, mais importante ainda, pintores e calígrafos, poetas e até algumas poetisas. Era um lindo dia de outono. Arrumaram-se longas fileiras de mesas em pátios enormes, e milhares deles foram instados a molhar seus pincéis e abrir os rolos de papel de arroz para escrever seus poemas. Esse pergaminho de quatro estações, com as pinceladas de cada artista nos caracteres respectivos, foi a gema mais reluzente daquele dia, e cá está ela nas mãos imundas de um ladrão.

— Com isso vamos acabar com toda a podridão do Neiwufu — declarei. — Voltemos ao palácio para lacrar a câmara do tesouro e realizar, imediatamente, uma busca no local.

— Por que a pressa?

— Quando a notícia se espalhar, eles tentarão encobrir seus rastros.

Q sacou uma providencial adaga e com ela cortou a corda dependurada, provocando a queda do morto.

— Jamais deixe um enforcado se enforcando. Seu fantasma há de nos assombrar a todos.

O sol começou a se pôr, e a cidade de Pequim era uma única sombra cinzenta a empurrar adiante a multidão que se dirigia para o sul antes que os portões da cidade se fechassem. A pontualidade do fechamento dos portões era notória. Os que ficassem trancados do lado de dentro seriam torturantemente inspecionados e trancafiados em prisões como ladrões ou agitadores. Essa regra não abria exceções para operários ou associados da corte. Até o decano do poderoso Neiwufu não estava isento de tais procedimentos, a caminho de casa em sua liteira. Foi sob o portão da vitória que o interceptamos. O erudito decano não ficou sequer minimamente impressionado com a morte do subalterno, preocupado apenas em não perder o gongo final: o primeiro era de aviso, o segundo anunciava o fechamento dos portões e o terceiro e último informava que ele seria trancado. Então a noite seguia com a cidade lacrada.

Sem pensar, ordenei-lhe que regressasse ao palácio para caçar o assassino.

— Assassino? — repetiu ele, franzindo a testa. — Que assassino?

— O homem que deu a ordem para que ele se enforcasse.

Sua raiva foi repentina e surpreendente.

— Como ousa dizer essa palavra obscena e acusadora na minha cara? Aqui está a chave para a câmara dos documentos, algo que sempre mantive junto ao meu peito; algo que você deve ter cuidado para não usar inadequadamente. Vocês têm uma noite, e uma noite apenas, para encerrar esse assunto ou acusar o morto; depois disso, toda essa conversa horrorosa e infundada de assassinato deve cessar quando eu retornar pela manhã.

E assim se foi o homem atormentado, deixando apenas poeira em seu rastro.

CAPÍTULO 25

Não me surpreendeu o fato de que a notícia da morte chegasse antes de nós. Quando alcançamos o portão externo do Neiwufu, uma dupla de oficiais da corte nos aguardava, tendo nas mãos uma ordem da Vovó em pessoa exigindo nossa presença imediata em seus aposentos.

Vovó estava debruçada sobre a escrivaninha, empunhando um pincel com o qual treinava caligrafia num pergaminho, na companhia de seu encarregado da tinta, Li Liang, o chefe dos eunucos. Tendo alçado voo da modesta posição de mulher palaciana — havia mais de quinhentas delas —, sabia-se que chegara a dominar, feito raro, a nobre arte da tinta e dos pincéis, com uma queda especial por desenhar caracteres tais como *longevidade* e *harmonia*, talento que ela partilhava generosamente com admiradores e visitas. O uso do pincel era, tanto para ela quanto para outros, um *tai chi* mental destinado a relaxar nervos tensos e ossos doloridos, equivalente a uma xícara de vinho de arroz morno ou a uma caridosa baforada de ópio.

Sem interromper a atividade em questão, Vovó disse numa voz estridente e penetrante:

— Soube do enforcamento daquele funcionário. Vocês não precisam me incomodar com os detalhes. Lamento que ele tenha posto fim à vida. Ouvi dizer que andam xeretando nos escritórios e câmaras do Neiwufu e essa teria sido a causa que levou o homem à sua morte infeliz. Sabem o que estão fazendo?

Quando pediu licença para responder, Q foi devidamente apressada por Vovô, que pousou seus olhos amendoados sobre minha pessoa e prosseguiu:

— Digam-me, o que estão tentando fazer? Perturbar os ninhos de todos os pássaros daqui?

— Estamos meramente agindo por orientação do nosso grande governante — respondeu Q, com timidez.

— Também fui informada disso. As palavras dele não devem ser levadas ao pé da letra. Ele tem dias bons e dias ruins, você já devia saber. Quando a conheci, você era muito mais esperta, ouviu meu conselho para ajudá-lo, para servir de ponte entre mim e a corte dele. Por isso a fiz imperatriz, esperando que me desse um monte de herdeiros. Mas não, você mudou de cor qual um camaleão, agindo segundo os próprios caprichos, que, de início, encantaram a todos. Então, começou a desviá-lo do bom caminho, sabendo que ele era ingênuo e tolo. Por acaso a culpei? Não, eu deixei que vocês fizessem o que bem queriam. Só me resta observar e esperar pelo melhor e pedir aos ancestrais que me deem sabedoria e me iluminem.

Vovô mergulhou seu pincel no tinteiro, antes de voltar a desenhar no pergaminho, apondo um ponto perfeito para concluir o verso do poema da dinastia Tang que copiava.

— Mas o homem não cometeu suicídio — insistiu Q.

— Está vendo? — exclamou Vovô com irritação. — Lá vem você de novo com sua língua forasteira quando já encerrei a conversa. Por acaso seu pai adotivo não lhe ensinou educação naquelas bárbaras terras estrangeiras?

— Ensinou, sim, Vovô.

— Não é o que parece. Agora me diga: por que alguém haveria de querer matar aquele desgraçado? E por que você há de querer culpar outra pessoa quando não se descobriu qualquer fundamento para tal afirmação?

— Ele não deixou bilhete algum falando em se matar, e a porta da sua casa estava escancarada. Também havia sangue sob suas unhas, embora não houvesse arranhões na sua pessoa, o que sugere uma luta com os que pretendiam vê-lo morto.

— Tolice, sua boba! — Vovô pousou seu pincel e golpeou a escrivaninha com o punho frágil, fazendo saltar o tinteiro e a folha de papel de arroz. — De onde você tirou tamanhos absurdos? Primeiro, você acusa o Neiwufu inteiro de roubar. Agora chama todo mundo de assassino? Ninguém aqui é assassino, salvo vocês dois. Suas perguntas empurraram o homem para a morte. Vocês dois são os assassinos! A tolerância de um homem tem limite. Vocês não lhe deixaram saída.

— Só pedimos para ver os livros contábeis e os arquivos.

— Livros contábeis e arquivos? Vocês não sabem que esses livros e arquivos contêm segredos palacianos essenciais? Como deixar que esse mero estrangeiro tenha acesso a esse conteúdo confidencial? Logo o mundo todo estaria sabendo — disse Vovô, lançando um olhar gelado em minha direção.

Aquela bruxa velha não media palavras!

— Ele apenas está agindo por ordem do nosso governante, monitorando o Neiwufu a fim de descobrir o motivo para esse déficit enorme. Esse palácio está quase na bancarrota, gastando muito acima da renda que recebe. Estudei na Áustria a ciência da matemática e me envolvi na contabilidade da embaixada do meu pai. Quero ajudar nosso imperador a se inteirar de coisas que podem ou não ser culpa de alguém, de modo que esse palácio tenha uma saúde financeira melhor.

— Baboseira! Sua instrução estrangeira pode ter sido boa, mas você a está usando de maneira errada. Nosso jovem imperador não há de se sair melhor graças à sua instrução. Eu diria que sua influência acabará por prejudicá-lo. Quanto ao déficit dessa corte, boa parte dele tem a ver com os gastos que você faz livremente, com *seus* cavalos e suas motocicletas estrangeiras. A culpa deveria começar a ser assumida do alto. Você deveria parar de gastar. Antes, me dava presentes. Agora, sequer pensa nessa velha que tudo fez para conseguir que você entrasse nesse palácio.

— Foram suas críticas amargas que me afastaram.

— Palavras amargas são apenas palavras que expressam a verdade. São amargas e cruéis porque tento ensinar sabedoria que lhe entra por um ouvido e sai pelo outro, falha essa que decerto faz você enfrentar o azedume da minha ira. Será que não sabe que o imperador, afinal, é meu filho? Aquele coração mole mal desmamara da minha sabedoria quando você apareceu para afastá-lo de mim, embora eu desejasse o contrário.

— Farei o máximo possível para corrigir esse erro — disse Q, penitente.

— Você já disse isso várias vezes. Quebra com facilidade todas as suas promessas, envergonhando a si mesma uma vez após a outra. Tenho olhos e ouvidos. Sei da sua visita ao hospital Union e de outras coisas. Estou de olho em vocês dois; é melhor tomarem cuidado.

— Sim, Vovô — assentiu Q, fazendo uma reverência respeitosa.

— Essa investigação precisa parar imediatamente — declarou Vovô, voltando à caligrafia.

— Mas e quanto à morte desse homem? Alguém o matou!

— Provocar a própria morte é um meio de obter paz e desassombro. Não há novidade nisso. Essa conversa de "assassinato" tem de parar já. Darei à família dele um bom dinheiro para consolá-los e uma placa homenageando-o eternamente. Ele não morreu em vão, mas pelo bem do palácio. Foi uma morte honrosa, autoimposta ou não, uma morte valorosa, algo que você ainda precisa aprender a entender. Chama-se dedicação, dedicação absoluta. Agora preciso me retirar. Vocês estão dispensados. Basta de investigação até receberem ordens vindas desse aposento.

— Mas veja isto aqui — insistiu Q, produzindo o pergaminho confiscado na casa do morto. — Este é o pergaminho mais precioso, vindo do imperador Yong-Le. Estava pendurado na parede nua da residência desse eunuco que a senhora diz ter tirado a própria vida.

— Está vendo agora? Ele *realmente* tinha um motivo para se enforcar. Era um ladrão.

— Ladrões não faltam por aqui.

— Basta desse assunto. Isso é uma ordem — concluiu Vovô, acenando com as mangas amplas. O chefe dos eunucos nos observou sair, com seus olhos frios e imperturbáveis, um marido *de facto* para a velha e débil viúva-herdeira, confiável a ponto de ser impune, o que dava ao homem, ou melhor, ao semi-homem, total licença para abusar e malversar, suas palavras expressando os pensamentos dela, seus atos, veículos para satisfazer as necessidades da patroa.

A morte do responsável pelos documentos não perturbou minimamente nosso imperador, embora a notícia tenha provocado um tique nervoso em sua bochecha esquerda. Ele procurou o cachimbo e tirou uma pitada de ópio da bolsa de veludo que mantinha na mesinha de cabeceira. Apenas depois de encher os pulmões com uma longa tragada, ergueu os olhos para nos encarar com uma expressão pensativa por entre a nuvem fortificante de fumaça.

— Não parem agora — falou —, ou a morte virá atrás de nós. Vocês têm essa noite para examinar os livros. Decerto tudo estará lacrado quando o dia amanhecer. — Depois de mais uma tragada, ele prosseguiu: — Sabem o que descobri? — indagou de um jeito impulsivo. — Um primo meu vem sendo secretamente preparado. Uma outra corte está sendo montada, um palácio nas sombras. Basta cortarem minha garganta e tudo será deles. Cada centímetro da minha existência será destruído. — Ele suspirou e depois deu mais uma longa tragada. — Encontrem provas para mim, provas de desvio de tributos e atributos para me prejudicar... para prejudicar esse trono. Vocês sabem que não sou filho dela. Isso não passa de uma ilusão, um castelo de cartas que pode facilmente ruir e virar pó.

— Mas Vovô nos proibiu de continuar a investigar.

— Vovô! — Os olhos do imperador faiscaram com uma emoção ardente. — Aquela bruxa velha! Ela mandou que enforcassem o responsável pelos documentos. Mandará varrer vocês da face da terra. Se hesitarem, se falsearem sequer um passo, estamos acabados.

— Você está agindo como um louco! O que deu em você?

— Vejam — disse o imperador, tirando um pergaminho de sob o travesseiro e deixando-o cair no chão. Letras negras se destacavam na sua alvura.

Era um mandado de recomendação vindo da câmara da sua mãe adotiva, câmara essa chamada de Gabinete Acortinado, recurso obrigatório em reinos onde os imperadores eram jovens, e, em termos poéticos, descrito como um gabinete escondido por uma cortina e situado atrás do trono. Neles, a mãe do imperador podia sussurrar conselhos e alertas nos ouvidos atentos do filho de tenra idade sem ser percebida. Foi sob um arranjo administrativo desse tipo que a corte em questão se estabeleceu após a morte prematura do falecido marido imperador de Vovô. Os sussurros da viúva-herdeira tinham peso constitucional e eram registrados nos arquivos da corte com importância similar à legislação soberana.

Essa diretiva específica ditava que o jovem imperador, devido a seu espírito vacilante e temperamento fragilizado, fosse aconselhado a receber uma série de visitas de médicos importantes durante o ciclo lunar seguinte, época considerada curativa, segundo cálculos astrológicos de sacerdotes da corte. A ordem fora dada conforme julgaram conveniente os conselheiros e ministros fiéis. Os médicos foram escolhidos e convidados por um comitê exclusivo presidido pela mãe adotiva do imperador, cujo coração amoroso nutria preocupação com o filho, o único e supremo governante sob o sol.

— Algumas visitas de médicos? Por que está preocupado com isso? — indagou Q, devolvendo o pergaminho ao marido.

— Explique a ela — disse S, inclinando a cabeça em minha direção.

Depois de pigarrear, dei a Q a seguinte explicação em tom grave:

— Toda vez que um mandado de recomendação é emitido, tem início o prelúdio de um golpe. Um dia, é a visita de um médico, no outro, a imposição de um tratamento com ervas. No terceiro dia, mandam você para um hospício. Foi assim que aconteceu em um reinado de menor importância durante a gloriosa dinastia Tang, quando um jovem imperador, na vigência da administração de um Gabinete Acortinado, foi capturado no decorrer de um golpe sem derramamento de sangue, não como prisioneiro propriamente, e sim, como paciente sob os cuidados da mãe.

— Por que Vovô haveria de encorajar uma coisa dessas? Por minha causa? — perguntou Q, sentada na beirada da cama do marido.

O governante balançou a cabeça em negativa e tragou mais uma vez, aparentemente na tentativa de facilitar o fluxo das palavras.

— Sou eu, como sempre. Desde o começo. Ainda me lembro da primeira vez que ela me deu um tapa na cara. Foi na noite seguinte à minha "adoção". Ela, como você sabe, dera à luz um filho, mas o perdeu quando ele tinha 14 anos, porque, segundo dizem, sua saúde era frágil. Antes de se completar um dia da morte dele, fui arrancado do seio de minha mãe. Tarde da noite, quando eu ansiava por mamar novamente e gritei o nome da minha mãe, ela me esbofeteou com força e crueldade. Meus lábios ficaram inchados durante dias. Toda vez que eu chamava pela minha mãe biológica, ela ameaçava jamais me deixar vê-la outra vez, e eu jamais voltei a vê-la. Disseram que pegou um vento encanado, morrendo aos 23 anos. Quando ameacei me matar, depois de ouvir essa notícia, Vovô mandou que os guardas me vigiassem o tempo todo. Quando me pegou pintando os lábios de vermelho, me chamou de menina, me acusou de possuir atributos femininos e mandou que me dessem uma surra para que eu fosse curado daquela fraqueza. Ela me taxou de inadequado para o futuro que criara para mim e ameaçou cortar meus testículos e me transformar num eunuco. Isso me libertaria. O que eu desejava com ardor ela pretendeu curar fazendo você e outras se casarem comigo. — S se inclinou à frente para beijar Q na bochecha esquerda. — E você me curou, durante algum tempo. Como eu a adoro! Mas o que existe em mim é incurável, tão incurável quanto meu amor por você. E você só piorou as coisas, fazendo o que ela mais temia: arrasar esse palácio, xeretar e perturbar a ordem secreta que impera por aqui. Porém, essa é a única maneira que tenho de governar essa corte, esse império: limpando a sujeira, acabando com o estelionato. Tenho recebido cartas pelos meus canais secretos dando conta de que impostos e tributos provinciais são aumentados de forma galopante, mas aqui, para mim, os números só fazem diminuir. Avisei Vovô sobre tal discrepância, mas ela não deu importância às minhas descobertas. Ao contrário, me acusou de montar meu próprio gabinete clandestino para desautorizar o dela. O que estou fazendo, porém, é por esse império e por ela, que desconhece isso, pois é mal-informada por aqueles apaniguados ladravazes liderados pelo chefe dos eunucos, Li. Agora, ele emitiu isso aqui. Vocês precisam se apressar, ou a morte virá atrás de nós muito em breve. — Ele inspirou mais uma baforada de ópio, antes de tornar a se deitar na cama. — Agora vão. Preciso descansar... Preciso me preparar para amanhã.

CAPÍTULO 26

Os exemplos de inchaço e gordura eram numerosos, mas todos empalideciam comparados a uma cabra gorda. Nos meticulosos livros contábeis, uma tenra cabra gorda deixara sua bucólica pastagem, no caso, uma fazenda no sopé da montanha. O preço inicial dessa cabra, com cerca de três meses, conforme constava no longo apêndice com anotações anexado aos livros volumosos, era de meras três moedas de cobre, o que já equivalia a duas vezes o preço médio de uma cabra da mesma idade, embora tal aumento tivesse lá suas justificativas razoáveis, já que este animal não pertencia a um rebanho comum. Essa raça especial de cabras atarracadas e peludas apresentava camadas ímpares de gordura ao longo do ventre e em torno do lombo. Seus miolos, quando chupados crus, supostamente enriqueciam a essência do homem, prolongando-lhe a vida. Fábula ou verdade, o mito persistia. Quanto à gordura no preço, porém, esse era apenas o começo.

Essa cabra inócua precisava ser inflacionada primeiramente pelo comerciante fazendeiro que governava a terra sobre a qual ela pastara, acrescentando uma moeda de cobre ao preço original de três. Mais uma moeda de cobre seria cobrada pelo chefe do mercado, o homem que determinava diariamente o preço de tudo, do arroz aos rubis. Então, um novo intermediário misterioso, atuando como agente da corte, acrescentava, a essa altura, mais duas moedas de cobre pela mesma cabra antes de outras três serem acrescidas como taxa de admissão cobrada pelo departamento especializado em inspecionar todos os artigos que atravessavam os portões do palácio.

Pouco antes que nossa cabra pusesse as patas despreocupadas no chão de tijolos da cozinha real, mais uma taxa era cobrada pelo açougueiro da corte pelo ritual específico do abate, que atentava para o derramamento do sangue do animal, taxa em parte necessária porque se exigia a presença de um sacerdote taoísta para abençoá-lo.

Todas as cobranças ao longo desse tortuoso percurso se faziam acompanhar por prova escrita na forma de recibos datados, cuja perfeição não fez senão atiçar a suspeita desse auditor. É justo dizer que o contador morto havia agido com um tantinho de exagero. Depois de uma noite de exame desses registros falsos, ficou claro qual deveria ser o passo seguinte. Uma visita obrigatória deveria ser feita aos comerciantes imprudentes que ousavam cobrar da corte real mais, e não menos, pelo privilégio de servir ao todo-poderoso imperador. A lógica demandaria que uma quantia menor fosse cobrada pela honra e constância dessa atividade diária.

Os números não mentem, mas os contadores, sim. Ver além da teia criada por eles dá um bocado de trabalho. Às vezes, a verdade se encontra apenas a uma folha fina de distância, tão fina quanto o papel que contém a falsificação.

Deixando Q a acompanhar o marido na consulta compulsória com os médicos que faziam fila em seus aposentos, empreendi várias visitas curtas aos mercados para checar *in loco* a precisão de seus registros e livros contábeis.

A fazenda de origem da cabra foi minha primeira parada. A estrada montanhosa era esburacada, e a viagem de carroça foi penosa, consumindo boa parte da manhã. O magro proprietário das gordas cabras se mostrou perturbado e tenso logo que pôs os olhos nesse estrangeiro, mas logo se mostrou prestativo quando me apresentei como comprador, representante dos estrangeiros da cidade, em busca de carne confiável. A Revolta dos Boxers acabara por determinar que todo suprimento de comida destinado aos estrangeiros fosse velho e contaminado, quando não ostensivamente estragado. Dois franceses moradores de Xangai morreram depois de comer *escargots* locais, e mais cinco contraíram intoxicação alimentar ao consumir inócuas rãs no jantar.

O proprietário era um sujeito pragmático. Ofereceu-se para entregar seus produtos diretamente na porta das cozinhas da representação, sem a concorrência dos dedos invasores de intermediários urbanos, assim garantindo a qualidade das mercadorias.

— Mas como será possível evitar a intromissão dos intermediários? — indaguei, fingindo preocupação.

O fazendeiro deu um risinho, cofiando o cavanhaque de bode.

— Tenho como negociar com qualquer um sem que eles se metam no meu negócio. É praticamente o único privilégio de vender com desconto para a cozinha real.

— Vender com desconto?

— O chefe dos eunucos exige um bom desconto para que seus homens na cidade mantenham olhos e ouvidos semifechados e me deixem negociar livremente. É uma atividade constante, por isso não me importo.

— Qual o preço, então, de uma cabra de três meses?

— Eu lhe cobrarei o mesmo que cobro da cozinha real, mas esse segredo terá de ficar entre nós dois. Os tempos estão difíceis. Os boxers continuam por aqui no campo, espantando aqueles que podem pagar pelas minhas cabras.

— Quanto, afinal?

O fazendeiro tirou um livro-caixa da gaveta e apontou um registro marcado com tinta vermelha.

— Duas moedas de cobre por cada cabra de três meses. Porém, preciso lhe dar um recibo declarando três.

— Por quê?

— Para fazer valer a pena.

— Valer a pena para o chefe dos eunucos?

— Precisamente, e eu poderia fazer o mesmo pelo senhor — assentiu o homem. — Assim valerá a pena para o senhor indicar a todos os estrangeiros o caminho da minha fazenda de cabras.

— E se meus auditores vierem até aqui examinar nossas transações?

— Sempre escrituro dois livros, se é que me entende. Todos fazem isso. É o único jeito de comerciar com o palácio. Então, de quantas cabras vai precisar e em que dias deseja que sejam entregues?

— Sou o auditor do palácio. Logo o senhor terá notícias da corte real — falei, mostrando ao sujeito a ordem do imperador. O homem, porém, não demonstrou surpresa nem nervosismo.

— Fora da minha fazenda, bastardo de olhos azuis! Você não me mete medo com seu mandado falso. Ele não vale o cocô das minhas cabras. Pode-se comprar uma falsificação dessas por cinco moedas de cobre. Fora daqui!

O homem chamou seus cães de caça, aqueles animais montanheses de patas compridas, magros e ágeis. Um trio deles pulou em cima de mim, mostrando as presas. Felizmente pareceram intrigados com o paletó perfumado que eu estava usando, reduzindo-o a pedaços com toda a fúria. Eu o despi, atirando-o para o bando, que se engalfinhou por sua posse até não restarem senão tiras esfarrapadas de tecido. Sem paletó, escapei, agarrado à precária portinhola de minha charrete.

Uma parada rápida numa casa de penhor onde me foi possível comprar e vestir um paletó de lã verde, possivelmente de origem austríaca, e eu estava pronto para levar a termo o restante da auditoria, não obstante a irritação em meu pescoço devido à gola apertada.

Em seguida, enfiei a cabeça pela fresta da porta de uma loja de tecidos, cujos balcões se encontravam cobertos de tecidos coloridos. Todo o palácio real, criados e cortesãs aí incluídos, dependiam dessa loja para abastecer e manter seus guarda-roupas. Milhares de fardos de tecido eram comprados ali anualmente. Quando indagado a respeito de um possível desconto na compra de tecido a fardo, em lugar de comprá-lo a metro, com a finalidade de promover uma festa para recepcionar um estadista americano, o proprietário de óculos deu uma tragada em seu cachimbo e estalou a língua.

— Não dou desconto a ninguém. A situação está difícil e piora a cada dia, com esses boxers ainda por aí na mata. Até as senhoras abastadas pararam de visitar minha loja, e estamos na suposta alta estação, o outono, quando seda e cetim cedem lugar ao algodão, à lã, às peles e ao couro. Mesmo as senhoras que se vestem na moda deixaram de aparecer. Eu não podia lhes dar descontos. Quanto mais barato vendo, menos valor me dão.

— E quanto ao desconto que você lhes dá? — indaguei, indicando com a cabeça o imponente muro do palácio, visível a distância.

— Ao palácio? — Ele balançou a cabeça com desdém. — Jamais.

— Jamais?

— Ao contrário, vendo a eles com ágio.

— Mas você não é obrigado a se curvar aos eunucos? Sabe como é, dar a eles um bom desconto para valer o esforço que fazem?

Ele voltou a estalar a língua, divertido.

— Você é o único estrangeiro que realmente sabe como as coisas funcionam por aqui, mas, mesmo assim é um estrangeiro tolo. Esta loja jamais terá de dar desconto ao palácio ou a qualquer outra pessoa. Não existem intermediários para me controlar, nenhum governo local para me cobrar imposto.

— Como assim?

— Essa loja é de propriedade do honorável chefe dos eunucos, Li, e sou seu primo de terceiro grau por parte de mãe.

— Ele é proprietário de alguma outra loja ou negócio?

— Por que está querendo saber? — indagou o sujeito, pondo de lado o cachimbo, repentinamente desconfiado.

Botei a mão no bolso e pesquei duas moedas de prata, pondo-as em sua mão. Ele sorriu e barganhou:

— Mais três moedas de prata, e você não vai precisar me dizer por que quer saber.

Contra a vontade, desfiz-me de mais três moedas — o total das despesas semanais de uma casa de bom passadio para quatro pessoas — e ele logo me deu a conhecer toda a patifaria e corrupção.

— De norte a sul, de leste a oeste, não existe uma loja nessa rua que não pertença ao primo Li, parcial ou integralmente. A loja de caixões foi comprada por ele há cinco anos por setenta moedas de prata; a mercearia, naquela esquina, por noventa, faz seis anos; em importadora e exportadora de chá, que negocia numerosas variedades especiais, ele obteve um quarto do negócio à força e só foi impedido de conseguir mais pelo outro proprietário, o xerife de Pequim; a fábrica de papel, que também comercializa obras de arte, antiguidades e caligrafias era de uma mulher rica, uma viúva que foi obrigada a vender para poupar o filho de ser preso por deixar de pagar um imposto injustamente cobrado dele. A fabricação de papel, não sei se sabe, é isenta de impostos, pois, no espírito de Confúcio, ela encoraja os indivíduos a ler, escrever e a ser civilizados. Por isso, o primo Li inventou um imposto para levá-los à justiça. No final, a fábrica foi vendida a um intermediário, em prol das aparências, que, por sua vez, vendeu-a ao meu primo. Posso lhe contar histórias e mais histórias, nada é segredo. Num dos casos ele chegou a coagir um velho, o proprietário da joalheria, a adotá-lo para que ele pudesse herdar legitimamente do homem.

— Você parece desgostoso com tudo isso.

— Desgostoso? Ninguém está desgostoso. Tudo bem eu contar isso a você, um estrangeiro. Se contar a qualquer outro, porém, não hei de viver por muito tempo. Ele cuidará de mim como ninguém há de querer ser cuidado, se é que me entende. Por que acha que estou aqui servindo a ele, tocando seu negócio?

— Não sei. Por quê?

— Quer mesmo saber de tudo, não? Tome, aceite um licor. — Pegando uma jarra, ele serviu uma dose numa xícara minúscula que esvaziou primeiro antes de me servir outra. Seu rosto se contorceu numa careta, juntando nariz e sobrancelhas peludas. — Essa bebida também veio da loja dele, que fica na esquina. Agora, se alguém é próspero, esse alguém cuida dos seus, mas esse meu primo cuida de nós a seu próprio jeito e maneira.

Outro cálice foi tomado, dessa vez com mais vagar.

— Ele comprou toda a nossa aldeia: as terras para cultivo, os pomares, os templos, os rios, a estrada e até a administração do condado e o xerife. Alugou a terceiros a terra e levou todo o nosso clã para a cidade a fim de servi-lo, segundo suas próprias condições. Alguns de nós são tolos, estão contentes apenas por morarem aqui. São vacas — acrescentou com uma careta. — Não sabem ler, nem escrever, são uns animais. Outros, não. Eu sei ler e escrever. Também vim para cá depois que minha terra foi comprada. Vim para abrir a loja de bebidas, que foi um bom negócio. Eu comprava, vendia, tocava meu próprio negócio, que se expandiu. Trabalhava no atacado, não apenas com cálices e garrafas. Gente de toda a planície do norte vinha me procurar para comprar bebida. Por quê? Porque eu comprava o que havia de melhor, e não batizava com água nem coloria com anilina minha bebida. Então, um dia, um homem morreu na minha loja depois de tomar uma garrafa de vinho de arroz, quente, que era como ele gostava. O sujeito era poeta e pintor, exibia seus trabalhos na papelaria. Costumava vendê-los, porém começou a beber. Simplesmente caiu morto, vomitando tudo que comera naquele dia. O xerife veio bater à minha porta, me acusando de ter posto veneno na bebida do homem. Ele morrera envenenado, porém, eu não tinha misturado coisa alguma na bebida, ela era a mais pura, de melhor qualidade. E sou budista. Não mato gente por tostões. Eu estava para ser condenado à forca quando o primo Li apareceu para me salvar. Que gesto nobre o dele! — escarneceu o sujeito, servindo-se de mais uma dose generosa de bebida.

— Me ofereceu cem míseras moedas de prata pelo meu negócio. Em troca eu seria um homem livre, e ele, o novo proprietário.

Pousando ruidosamente a garrafa na mesa, enxugou a boca na manga ampla.

— Sequer me ofereceu o posto de gerente da loja, a minha velha loja. Eu estava livre, mas ferido. Fui surrado e dependurado durante toda a minha estadia na prisão até assinar a escritura de venda para o primo Li. Eu podia ter usado o dinheiro para comprar terras ou começar outro negócio longe daqui, mas minha mulher adoeceu e o custo dos remédios e dos médicos levou a metade. Foi quando precisei gastar o que sobrou para impedir que meu filho fosse convocado. No final, minha mulher pulou dentro de um poço e o meu filho enlouqueceu, morrendo também logo depois. Toda essa desgraça para quê? Tudo começou com minha recusa em vender a loja de bebidas para ele. Eu deveria ter concordado. Agora, olhe para mim, velho, desesperançado, sem nada para chamar de meu, trabalhando para esse homem. Acaso já viu sua mansão? É maior e mais imponente do que qualquer mansão diplomática e cheia de quadros antigos e pergaminhos. — Depois de uma pausa, ele me encarou, franzindo a testa, curioso: — Você trabalha com a representação diplomática?

Balancei a cabeça em negativa.

— Conhece alguém que trabalhe?

Assenti.

— Por acaso você, ou algum amigo seu, precisaria de obras de arte, tesouros valiosos recém-saídos do interior da toca? — indagou, indicando com a cabeça o palácio.

— Que tipo de obras de arte?

— Qualquer tipo, por uma ninharia. O tipo que não se vê na vitrine de nenhum antiquário. As raridades de antigas dinastias, de autoria dos maiores mestres. — Minha curiosidade fingida aparentemente minorou seu sofrimento e detonou sua argúcia pecuniária. — Eu poderia ser seu representante comprador, poderia ajudá-lo a conseguir os preços mais módicos com os vendedores.

— Quem são os vendedores?

— Com certeza não o palácio, se é que me entende.

— Quem, então?

— Você não precisa saber. Todas as peças serão autenticadas por documentação legal para passarem pela alfândega e serem despachadas. Pode ter certeza de que estará lidando com comerciantes legítimos.

— Quem rouba do palácio?

— Eu não encararia dessa forma, estrangeiro. O palácio é uma balbúrdia. Está mergulhado em dívidas e é preciso levantar muito dinheiro para compensar esses gastos. As coisas andam feias por lá. Cada setor e cada divisão têm suas necessidades e ônus. Todos os impostos e tributos subiram, contudo, isso ainda não foi suficiente para fazer face à demanda, e todo mundo que pode pôr as mãos em tesouros escondidos está tirando coisas de lá para botar à venda. Tem um dito popular por aqui: "Até os cegos conseguem roubar o palácio." Tem outro, bem engraçado, que vocês, demônios forasteiros, sem dúvida hão de apreciar: "O que se há de encontrar dentro das calças de um eunuco?" — A pergunta não me divertiu nadinha. — Diga alguma coisa — insistiu o sujeito com um risinho.

Resolvi aderir à brincadeira.

— Nada?

— Errado — disse ele, balançando a cabeça. — Um lingote de ouro e duas bolas de jade — completou, antes de soltar uma gargalhada estrondosa que culminou numa longa série de espirros. — Não é engraçado?

— Nem um pouco — respondi, me levantando para partir.

— É sério, eu podia pôr as mãos em algumas das melhores obras de arte da nossa história diretamente saídas do palácio. Posso lhe mostrar uma lista do que existe lá para você escolher o que desejar. Veja — insistiu o sujeito, abrindo a gaveta da escrivaninha e orgulhosamente desenrolando um comprido pergaminho escrito à mão e cheio de descrições minuciosas de todos os itens passíveis de serem obtidos clandestinamente no palácio. Precisei apenas me desfazer de mais duas moedas de prata para comprar tal lista de roubos, que recebi daquelas mãos cobiçosas. — Lembre-se — disse ele, embrulhando o pergaminho num pano azul. — O que quer que seus olhos azuis desejem tem preço e pode ser comprado. Existe um punhado de demônios como você capazes de falar nossa língua e saber o valor do nosso tesouro. Você e eu podíamos, com efeito, lucrar um bocado com isso. Eu seria o agente de dentro e você o de fora. Dividiríamos igualmente o lucro. Que tal? Ei, fique mais um pouco.

Antes que o sujeito terminasse de traçar seu esquema, eu já descera as escadas e saíra para a rua movimentada.

CAPÍTULO 27

Q e o marido estavam melancólicos. A consulta com os três médicos para fins de diagnóstico produzira três mazelas distintas, para grande satisfação de Vovô e desânimo do imperador. Qualquer das aludidas doenças, se ele delas sofresse, o tornaria incapacitado antes do final do ano, invalidando seu direito ao poder e exigindo uma aposentadoria precária.

Como reza a sabedoria do ofício médico, é melhor descobrir alguma coisa do que não achar nada. O primeiro diagnosticou um problema mental depois de examinar o rosto pálido, quase exangue, receitando um isolamento sereno, longe do burburinho dos assuntos cotidianos da corte. O segundo não achou nada de errado a princípio, depois de muito sentir o pulso e de enfiar agulhas, embora concluísse mais tarde que se tratava de um caso grave de impotência, passível de ser curado, afirmou, com o fortalecimento dos rins, por meio do consumo diário de um par de rins de porco e exercícios espermáticos toda noite, consistindo de puxões e massagens no saco testicular, adicionalmente estimulado com patas de aranha enegrecidas. O terceiro médico declarou que o monarca contraíra uma espécie rara de lepra da esposa criada no estrangeiro, Q, que havia sugado toda a sua energia masculina. A cura de tal mazela só poderia advir de uma excessiva sucessão de cópulas com as virgens mais puras, unicamente após a primeira menstruação de cada uma, até que essa lepra libidinosa fosse diluída e drenada pelas ditas virgens desditosas, que logo acabariam morrendo da doença. Sem tratamento, a potência do monarca se esvairia, ocasionando, aos poucos, a perda de seus apêndices, que apodreceriam, acabando por infectar o corpo todo, levando a um fim doloroso.

— Lepra estrangeira — repetiu S, com amargura. — Uma novidade médica que só Vovô poderia inventar. Que farsa! Não há de demorar para que a ordem de aposentadoria seja expedida de modo a banir nós todos, você inclusive, com sua lepra americana. — O imperador me encarou com um olhar vidrado e sombrio. — Afinal, o que foi que descobriu que não podia esperar até amanhã?

— A culpa do déficit nas finanças do palácio sem dúvida recai sobre um único indivíduo: o chefe dos eunucos, Li Liang — declarei.

— Essa é uma acusação vaga e grave — retrucou S, erguendo, desinteressado, uma sobrancelha.

— Os preços de todas as mercadorias que entram diariamente nessa corte foram inflados ao extremo, às vezes até quatro vezes.

— Será porque as mercadorias encomendadas são as mais raras e de melhor qualidade?

— Não, majestade. Tudo só pode ser atribuído a um mesmo e exclusivo fato: as mercadorias todas vêm de uma só fonte. Os negócios e lojas são de propriedade de Li Liang, parcial ou integralmente — afirmei, reproduzindo uma lista de comerciantes e negócios, nomes conhecidos que transacionavam diariamente com o palácio.

— Não é novidade que Li Liang seja próspero e proprietário de vários estabelecimentos que são nossos fornecedores. Isso garante que tudo que nos é vendido tenha boa qualidade e que o fornecimento seja constante e sem entraves.

— Porém, ele inflaciona os preços, criando camadas de intermediários e fazendo com que tudo pareça legítimo e correto, o que, por si só, constitui uma fraude.

— Tudo isso pode parecer oneroso para vocês, leprosos estrangeiros — retorquiu S, rindo da própria piada. — Mas pode ser explicado pelo chefe dos eunucos, que é escorregadio como as pedras musgosas dentro de um buraco de estrume. — O imperador fez uma pausa de efeito, dessa vez erguendo a outra sobrancelha.

— Essa menção ele copiou dos jornais populares que lê — murmurou Q. — Os jornais que lhe dou para ler.

— Mais uma ofensa na lista de Vovô, que não será facilmente esquecida nem perdoada, sua boboca impenitente — comentou S com Q, de forma carinhosa, quando ela se aninhou em seu colo como uma gata.

— Ele pode ser uma pedra musgosa, mas é um canalha até o último fio de cabelo — falei, lentamente tirando do bolso a lista de tesouros que comprara do gerente da loja. — Sabe o que é isto? Ao menos deseja saber?

— Decerto. Que outras novidades chocantes pode haver? — Estendendo a mão para o pergaminho, S passou os olhos com indiferença pelos itens ali rabiscados. Examinando o papel com mais atenção, franziu a testa e indagou: — Aqui estão listados os famosos tesouros de nossos ancestrais. Como...

— Eu a comprei no mercado...

— Eles são conhecidos apenas por uns poucos — interveio S, agora sério.

— Por duas moedas de prata.

— Mas por que essa lista circula por aí? — indagou S, irritado.

— Essa é a lista dos tesouros que estão à venda. Você já não possui todas essas antiguidades.

— Claro que possuo. Elas pertencem ao império Qing.

— Não mais. Alguém se apossou de tudo que consta nessa lista. Você, meu imperador, tem o bolso furado. Todos os homens que aqui trabalham são ladrões subalternos sob a chefia de Li Liang. Esse império é seu apenas no nome. Na verdade, o império é dele. A lista me foi vendida pelo seu primo em terceiro grau, um dos muitos que constituem uma família sob seu comando. Todo o distrito comercial da Cidade Tártara é o império dele, que alcança mesmo a alfândega em Tianjin e Xangai. Como sei disso? Porque o primo me contou. Se eu quisesse comprar qualquer um dos tesouros dessa lista, eles também me venderiam a documentação legal necessária para passá-los pela alfândega sem qualquer complicação. Existe uma aliança dessa gangue com as autoridades da alfândega ou com o governo local que pode expedir os documentos mediante pagamento. Parece que todo o império lá fora está conspirando contra você, e seu oponente poderoso é o eunuco no qual você deposita absoluta confiança.

— Agora você descobriu algo que é vital para pegar aquele semi-homem. Vocês, demônios estrangeiros jamais falham, não é mesmo? Quanta tenacidade! — O eufórico imperador deu um beijo na bochecha esquerda da esposa. Dirigindo-se a ela, falou: — Você devia levar meu tutor aos cofres do tesouro essa noite e inventariar o estoque, ou, melhor dizendo, a falta dele. Faça para mim uma lista do que está faltando. Quando for confirmado o roubo, ele será nosso trunfo para enfrentar a onda contra mim. Todos esses diagnósticos falsos e os médicos consultados serão varridos, assim que Vovô descobrir que voltei a ser útil. Isso há de mostrar a ela que sempre tive razão. Toda a horda de eunucos se virou contra mim e, pior, contra ela e esse palácio. Quando ela vir claramente seu novo inimigo, todo o seu desgosto comigo sumirá. O senhor não tem ideia, sr. Pickens, do que isso fará por mim, pelo senhor, por nós. Há de lhe valer a nomeação formal para o posto mais alto do régio conselho. Você e seus herdeiros se beneficiarão para sempre do gozo desse privilégio funcional.

— Fico honrado, mas não estou fazendo isso por meus herdeiros. Não prevejo a existência deles.

— Ainda assim, a honra lhe caberá. Saiam agora, os dois. Ao raiar do dia, um novo sol há de nascer e haveremos de respirar ar puro. Não estou bem, como podem perceber. Trata-se apenas daquela angústia... angústia indefinida. Estou prestes a ser isentado de todas essas acusações, de toda essa frieza e de todo esse descaso...

— Ninguém o trata com descaso — refutou Q, abraçando o imperador, acalentando-o como faria qualquer mãe de um filho assustado.

— O maior descaso é o de Vovô. Tudo porque ela acha que sou fraco como uma garota, que sou inútil e não tenho poder. Por isso está tentando me aposentar. Tenho sido fraco, mas não serei mais. Vão, os dois, e encontrem para mim as provas do roubo. Com isso, poderá ser comprovado que tenho razão em todos os outros assuntos. Agora, vão.

Libertando-se dos braços de Q, que lhe enlaçavam os ombros, S se afastou. O exercício pareceu exauri-lo, fazendo todo seu corpo estremecer e levando-o a buscar o único conforto que conhecia.

— Criado! Traga-me o cachimbo.

A sombra do criado entrou como um fantasma trazendo e acendendo o cachimbo. Esse era nosso ocupante do trono. Essa era a difícil situação dessa alma indefesa, plena de clareza e doce inocência. Isso era o que me unia a ele de maneiras que não consigo descrever, maneiras que invocam nostalgia, saudade, anseios e um vazio no coração: afeto por outro ser.

A força pode ser heroica, porém, a fragilidade é sedutora, e a absoluta fragilidade, ostensivamente enternecedora, pois nessa fraqueza existia uma força que me impelia a avançar e me lançar em sua defesa.

A impotência é um dom em si e por si.

CAPÍTULO 28

Enquanto escrevo, a pincel, este relato, como eu queria uma segunda chance de vivenciar os acontecimentos que se seguiram. Tivesse eu a oportunidade de viver mais uma vez aquela noite, talvez pudesse ver os sinais pulsantes de meus desmandos que desfiguraram a noite escura.

Eu pretendera incluir Q em minha tentativa de inventariar todos os bens preciosos empilhados sob o telhado da Câmara do Tesouro, um prédio avantajado num dos extremos abandonados do terreno palaciano. Em vez disso, o imperador deu ordens para reunir um grupo de mulheres do palácio e malditos eunucos sob a liderança do próprio homem objeto de toda a investigação. Imediatamente, seu ato discreto, posto em prática pelo novo inspetor, se tornou um evento portentoso.

— Não se preocupe, Li Liang não se incomodará com isso — respondeu S, quando voltei apressado a fim de questionar tal decisão. Sua ingenuidade era alarmante. — Os criados seguirão minhas ordens.

Errado de novo, meu soberano. Não vê a que reduziram esse palácio?, tive vontade de gritar. Não vê o covil de ladrões em que ele se transformou? E você não passa de uma paródia do poder, um governante tolo e idiota.

Como eu queria apagar de seu rosto aquele risinho, como se fosse eu o cego que nada via, tateando no escuro dessa terra estrangeira e de uma corte desconhecida. Ainda assim, meu coração se aflige por esse cordeirinho indefeso sobre o cepo.

Para a noite saíram os percevejos e os canalhas, os escondidos e os feios, mutuamente atopetando a câmara noturna abarrotada com os presentes anuais vindos de províncias distantes e nações estrangeiras, oferendas de impérios, de reis e rainhas de outras plagas. Q demonstrou autoridade, organizando os eunucos e as mulheres palacianas em filas e círculos segundo suas respectivas tarefas. A combinação dos dois grupos — as concubinas ignoradas e os semi-homens afeminados — havia muito servia de tema para romances obscenos: homens sós e solitários destituídos de meios e seus contrários, plenamente equipadas com seus truques e trejeitos. Carícias e apalpadelas são naturais, tendo em vista a natureza da existência de uns e de outras. Por menos que tivessem, os neutros se tornaram especialistas incomparáveis e autoridades ímpares na arte de dar prazer a uma mulher com os órgãos que lhe restavam. Vi com meus próprios olhos um jovem eunuco, empregado da cozinha de origem nortista, debruçado sobre uma palaciana mais velha, o rosto entre as coxas da mulher e a língua ágil provocando nela gritinhos de prazer.

A noite podia ser escura no exterior do palácio, mas o interior da câmara estava bem-iluminado por fileiras de velas cerimoniais gigantes e aromáticas. As mulheres do palácio, motores desse lar institucional, se moviam aos bandos entre as prateleiras, inspecionando a proveniência dos bens, verbalizando os rótulos nos presentes para os eunucos, que registravam cada confirmação e, por sua vez, instruíam outros eunucos a informar se tais itens estavam ausentes ou intactos. Esses trios se repetiam ao longo de cada corredor, buscando ordenar o que era caótico, corredores esses que sem dúvida continham tesouros, mas estampavam sinais de abandono e negligência por todo lado: poeira e teias de aranha e, pior, indícios de roubo e estelionato.

Em meio a essa bagunça havia vasos de Versalhes, relógios de Colón, motorzinhos da corte inglesa, porcelana polonesa, pedras preciosas da Alemanha — resumindo, as raridades de longínquos pontos dessa Terra, bens valiosos oriundos de montanhas altas e mares profundos.

E aí reinava Q, minha abelha-rainha, inspecionando cômodo após cômodo, corredor após corredor. Uma criatura artística, nativa ou estrangeira, que possuía um olho sagaz para a pintura, especialmente a da época barroca, e uma predileção pelas aquarelas da dinastia Soong, em grande parte graças ao fato de seu pai adotivo ter sido um grande colecionador da arte de tal período, desde vasos de porcelana a pergaminhos de poesia, bem como tapeçarias de seda e cetim, muitas das quais adornavam as paredes do estúdio privado da jovem imperatriz.

O que se seguiu eu deveria ter previsto, caso tivesse sido contemplado com um ilusório terceiro olho. Os místicos percevejos daquela noite remota decerto invadiram minha aura sem meu conhecimento, surgindo pelas portas destrancadas e abrindo as trancas das janelas desses aposentos empoeirados, criando um vendaval que achou o caminho por trás de um pergaminho pendurado, torto, numa das paredes, fazendo a chama de uma vela próxima bruxulear, lambendo as mangas do vestido de uma palaciana ocupada. Ela balançou freneticamente a mão, na tentativa de apagar o fogo, atingindo com o braço a lombada de um livro nas mãos de um eunuco. O livro, com suas páginas finas e frágeis, imediatamente pegou fogo, e dele voaram fagulhas na direção de uma tapeçaria pendurada na parede, que, por sua vez, rapidamente se incendiou. Dali, o fogo, qual uma serpente furtiva, alçou voo até o teto, incendiando o telhado de madeira e transformando-o em um toldo ardente de chamas dançantes.

Eu admirava encantado uma escultura de Vênus em mármore quando a onda de calor cortou o ar denso, rompendo as teias de aranha tão rápida e palpavelmente como um relâmpago. Os caibros de tempos remotos cederam com fúria sibilante ao serem engolfados pelo fogo, dando lugar ao pânico. Eunucos jogaram para o alto seus livros de registros, acrescentando combustível às chamas que se alastravam; mulheres palacianas guinchavam, tentando afastar as chamas que lhes incendiavam as roupas, as mangas e os cabelos. Um pedaço incandescente de madeira se desprendeu da viga do teto e acertou meu ombro. Fagulhas logo lamberam meu couro cabeludo, queimando alguns fios de cabelo, mas logo morreram sob a palma ardente de minha mão.

Observando de outra perspectiva, poder-se-ia argumentar que o incêndio nada teve a ver com os percevejos imaginários: jamais houvera uma revoada dessas criaturas voadoras, nem nos córregos outonais da Nova Inglaterra, nem no mês de julho em Pequim. In-In não passava de um mentiroso com doçura de espírito suficiente para consolar seu pobre patrão, e o voo noturno dos insetos nada mais foi do que uma visão astral de um homem iludido, enlouquecido por uma insanidade inata e adquirida. Talvez o que se segue seja o que realmente aconteceu.

Apenas um momento antes, tive um vislumbre daquela mulher específica deixando cair o vaso que segurava, com isso derrubando uma vela gigante de encontro à manga de seu vestido, que, num segundo anterior, fora afastada pela mão rápida de um eunuco específico de cara quadrada e queixo prognata, do tipo que desafia a autoridade, do tipo mais propenso a se rebelar, do tipo ambicioso além da conta. Ele não só empurrou o castiçal de madeira gigante, como também o chutou para fora do seu suporte — incrível como a memória é capaz de armazenar todas essas verdades para revelá-las somente mais tarde. Enquanto arquitetava essas sequências, os olhos lamacentos do eunuco me fitaram de esguelha no exato segundo em que Q corria até mim, agitada, com um pergaminho semiaberto nas mãos, para me contar de um achado raro, o original de um poeta lendário que escondera a resposta a um enigma num outro pergaminho, aquele do qual ela era dona.

Não mais do que um segundo depois, uma sombra se insinuou às suas costas, sombra que fechou a porta pesada com um ruído metálico associado ao clique de uma tranca pesada, do tipo que requer duas chaves para ser destrancada. A vela balançou, caindo e assustando a mulher palaciana et cetera e et cetera e tal.

O cenário era simples. Tudo foi muito bem-orquestrado, com um coreógrafo na direção, silenciosamente comandando cada passo e movimento. Talvez a descoberta de Q tivesse sido plantada pelo mesmo mestre invisível, fazendo-a correr para o mesmo aposento em que eu estava. Posicionamo-nos em cômodos distintos, para que dois pares de olhos pudessem manter a criadagem honesta e diligente.

Meu primeiro instinto foi me atirar sobre Q, pegá-la nos braços no instante em que ela viu o fogo queimar a mulher palaciana. Seu movimento para prestar ajuda foi impedido pela correria das outras mulheres, que abandonaram objetos e tesouros que seguravam e se dirigiram para a saída. A primeira a alcançá-la girou a maçaneta interna com urgência. A maçaneta não se mexeu. A segunda saltou sobre a primeira, puxando a tranca, porém, a porta parecia emperrada. A expressão em seus rostos era reveladora — amedrontada, angustiada. Juntas, as duas investiram contra a porta com os ombros, desferindo um golpe poderoso. A porta continuou firme, como deveria continuar.

O fogo agora se espalhara pelo salão como uma maré furiosa, cuspindo faíscas e fagulhas, transformando o lugar num lago de chamas. O calor subiu, fechando narizes e gargantas. Fiz o que pude para proteger Q com os braços, segurando seu corpinho esbelto de encontro ao meu peito, que seus gritos faziam vibrar, abafados contra as minhas costelas.

Algumas mulheres desmaiaram, outras corriam de um lado para o outro, roupas e cabelos em chamas. Um punhado de eunucos, todos jovens e cheios de energia, se alternava para arrombar a porta com jarros e estátuas preciosos. Nada funcionou. O ar ficou mais denso, e o calor mais forte nos assaltava a pele, os cílios e os cabelos.

— A janela! Existe janela aqui? — gritei, mas minha voz foi emudecida pelos destroços que caíam do teto. A única pessoa que me ouviu foi minha Q, que se afastou do meu peito para subir em um banco parcialmente em chamas e de forma rápida arrancar uma aquarela pendurada numa das paredes. Ali, uma janela engenhosa surgiu, trancada por três trincas de ferro.

Foram precisos três homens, isto é, seis eunucos, para partir as trincas de ferro. Q foi a primeira pessoa a ser empurrada janela abaixo. Em seguida, rastejei pela passagem estreita, minhas botas lambidas pelas chamas ferozes. Apenas mais dois eunucos conseguiram sair. O restante foi sepultado lá dentro. Transformaram-se em carvão e cinzas.

CAPÍTULO 29

Tomemos agora de empréstimo um trecho ou dois dos registros do palácio, que com frequência é tão incorreto e fictício que às vezes não consegue evitar sua precisão. O historiador da corte assim escreveu:

> O perpetrador dessa chama do pecado não é outro senão o tutor real estrangeiro, o único forasteiro, incumbido de inspecionar a administração da veneranda corte real. Seus feitos, ou melhor, malfeitos, têm causado até agora o caos entre nós. Um caso de suicídio por enforcamento supostamente também pode ser imputado a esse intruso.
> Assim é que o augusto imperador temporariamente se afastou do trono para tratar das mazelas de seu corpo sacro e espírito sagrado. O tutor estrangeiro está dispensado de seus deveres e obrigações, uma vez que seu contrato de trabalho tornou-se sem efeito devido aos seus desvios e descumprimento do dever. Tal anúncio passa a vigorar de imediato. A imperatriz Qiu Rong, quarta consorte, encontra-se em prisão domiciliar por conta de sua ganância e má conduta. Vários tesouros inestimáveis desaparecidos foram encontrados em sua posse. Dessa forma, ela agora aguarda a perda de seus direitos ou outro castigo.

O medo encolhe um anão, porém, apenas atiça um destemido. Só um tolo se deteria, passado o incêndio, a fim de ler nessa ictérica publicação o próprio destino e a condenação dos envolvidos. Na calada da noite, o pouco que eu possuía foi embalado em um pequeno baú; logo após, tomei meu rumo, passando por um bambuzal convenientemente discreto que levava a uma saída nos fundos. Dali eu embarcaria num riquixá acortinado que me aguardava do lado de fora do portão na ala oeste que fora providenciado por In-In mediante dois lingotes de prata para garantir que estivesse a postos. Àquela altura, minha casa já era vigiada pelos olhos de um pelotão que precisou ser engodado com o estratagema de um lampião aceso no meu quarto, iluminando com luz fraca uma cama gorducha onde se encontrava, a me substituir, um tamborete muito bem-coberto com uma colcha de seda.

Uma porta escondida me permitiu passar do porão úmido para um jardim de peônias, agora atapetado de botões orvalhados. Rastejei pelo berço de flores junto a alguns bambus, seguindo uma topografia mental mapeada precisamente para uma circunstância como essa. Tal rota de fuga seria mais bem-executada em meio a folhas de verão e moitas espessas, enquanto a urgência invernal teria ditado uma via alternativa. Em seguida, as cercas esguias de altos arbustos me levaram a ancorar em um lago de enguias onde puxei para a margem um barco discreto que se achava sob uma ponte entre flores de lótus flutuantes, lama cheia de tartarugas e folhas podres junto ao jardim da pequena mansão de Q.

O tempo todo senti o peso da culpa e da tristeza, além de certa premonição. Meu olho mental era capaz de ver a imagem em perfil de Q, cercada por um caixão de inércia, com o calor do verão congelado ao seu redor.

Rapidamente escancarei a porta laqueada. O aposento em que ela vivia estava vazio, sombrio ao crepúsculo, sem criadas à vista. Adentrei correndo seu quarto. Não a vi de imediato. Na parede, refletia-se a sombra de uma silhueta comprida pendurada por uma corda fina de uma viga do teto, a cabeça baixa, serena, os braços pendendo em rendição.

A tristeza me bambeou os joelhos e enfraqueceu meus braços, porém, ainda assim, precipitei-me sobre ela, erguendo-lhe os pés. O nó acima afrouxou em volta de seu pescoço e ela caiu sobre meus ombros que a ampararam.

Estendi a mão para o cabo de uma faca e, subindo numa cadeira, golpeei a corda com movimentos rápidos. Finalmente ela cedeu, e com delicadeza depositei Q numa cama desfeita. Salvo pelo corte fundo sob a laringe frágil e um pouco de saliva no lábio inferior e nos cantos da boca, ela parecia de todo intacta, tranquilamente adormecida. Guardei a faca e tirei do bolso da calça um minúsculo estojo de couro contendo um palito de prata afiado, com o qual passei, então, a executar a velha arte da Cura da Agulha. Uma picada, uma agulhada, em determinado ponto nervoso sob a maciez do calcanhar de uma mulher a faz se encolher com desejo excessivo e se contorcer para aplicar punição condigna. Não havia seara de conhecimento carnal ou recônditos de fantasia que estivessem além do meu alcance.

Com a agulha improvisada, mirei a ruga vertical acima do lábio superior. O *philtrum*, como também é conhecido, possui filamentos lineares ligados ao cérebro. Supõe-se que o ato de estimular o sulco tenro desperte a vida em seu interior.

A ponta afiada penetrou a pele pálida. Um homem vivo daria um salto com essa dor insuportável, mas nela isso não causou sequer um bater de pestanas, me deixando apenas um derradeiro recurso: a ponta do seu *digitus medius*, ou dedo médio, uma toca secreta dos ventrículos do coração. Caso aquilo também falhasse, eu não sabia o que seria feito de mim.

Forcei a entrada do meu instrumento fino na carne tenra debaixo da unha, logo produzindo uma gota de sangue. Meus dedos foram tomados por um frenesi, girando a agulha, forçando mais fundo sua ponta, tentando invocar a chama residual remanescente naquele corpo inerte. Somente após enfiar toda a extensão do palito ensanguentado, consegui finalmente fazer Q estremecer.

Enlouquecido, prossegui na tarefa delegada ao meu cetro vital, ao mesmo tempo que grudava o ouvido em seu plexo, tentando escutar o coração. Ela estremeceu outra vez, dessa vez arfando com um suspiro havia muito aprisionado. Não demorei a sentir as débeis artérias começarem a pulsar e o peito a arfar, mas Q continuava roxa. Enxugando o muco copioso em seu rosto, fechei com os dedos seu nariz e inflei-lhe os pulmões. Em quatro sopros, ela recuperou a cor. Então arquejou, como se algum bloqueio houvesse se desfeito de súbito, e abriu os olhos grandes, parecendo confusa.

— O que faz aqui, garotão? — indagou num filete de voz, tentando se sentar e com uma expressão assombrada no rosto, como se visse fantasmas. — Rápido, garotão, me tire daqui. Tentaram me matar.

— Quem tentou matar você?

— Os criados! Eunucos. Um bando deles invadiu a casa. Tentaram matar você também? — perguntou, segurando meu rosto com as mãos em concha.

— Ainda não.

— Como soube que devia vir me salvar?

Com cuidado, acariciei o hematoma em torno de seu pescoço enquanto lágrimas lhe desciam pelo rosto.

— Eu soube apenas que precisava vir até aqui e levá-la para bem longe desse lugar.

— Para onde vamos?

— Para onde você quiser.

— Para a casa dos meus pais, então — decidiu ela, levantando da cama, ainda fraca, porém disposta.

Minha Q, minha inocente. Sua pureza apunhalou meu terno coração.

Tirei-a da casa e atravessamos o jardim para chegarmos ao barco balouçante. O silêncio era total. Não seria de esperar outra coisa, sem vigilância e proteção, bem como com tempo suficiente para que ela ali ficasse pendurada, inerte e morta, enquanto os fantasmas residentes rondassem sua presa, até a chocante descoberta pela manhã. Um caso de suicídio seria confirmado e indícios plantados por toda a casa, a notícia da morte encaminhada ao pai adotivo, a quem só permitiriam ver o corpo na hora do sepultamento, cerimônia cercada de segredos no cemitério real.

Que falácia! Antes, porém, que pudéssemos navegar para local seguro, eu tinha mais uma tarefa a cumprir. Deixando Q sozinha na popa do barco, voltei à sua casa, peguei a vela semiconsumida e aproximei sua chama débil da barra da cortina, pisada por alguma bota grosseira. Lentamente o fogo se espalhou e se ergueu, sibilando.

Quando alcançamos a margem oposta desse lago palaciano, as línguas de fogo já eram visíveis, espalhando-se para outras cortinas e panejamentos. Quando carreguei meu fantasma delicado e vivo para a carruagem que aguardava junto ao portão deserto na ala oeste, o som de gongos e a fúria de gritos podiam ser ouvidos ao longe, em volume suficiente para distrair a atenção da sentinela.

Para evitar perseguições, instruí o homem do riquixá a pegar um atalho ao longo de um fosso ermo, longe de avenidas e ruas para chegar à representação americana, parada prevista para que Q cuidasse de seus ferimentos e acalmasse sua alma frágil. Entretanto, o asilo protetor da embaixada não seria obtido com facilidade.

O coronel Winthrop concordou de má vontade em nos abrigar por dois dias, desde que eu fizesse um relatório dos eventos que culminaram com minha partida inesperada. Quando o informei das circunstâncias, o homem quase desmaiou. O sujeito troncudo, de modos mundanos, precisou se apoiar a uma balaustrada até a tontura passar. Seus tiques faciais voltaram a pleno vapor, contorcendo-lhe o lado direito do rosto. Foi, porém, quando a identidade de Q foi sussurrada em seu ouvido por um assessor — um joão-niguém com bons contatos que a encontrara casualmente no verão anterior em um chá de gala no jardim Jing —, que Winthrop adentrou furioso nosso quarto ameaçando nos entregar ao palácio se eu não pegasse a estrada na mesma hora. Passava da meia-noite, vale dizer. Ele não se dispôs a esperar até o raiar do dia, quando as carruagens podiam ser convocadas. Apenas após muitos pedidos por parte da minha frágil acompanhante, o homem nos deixou ficar até o amanhecer. A essa altura, quando o portão principal da Cidade Tártara já se abrira, não só havia sido emitida uma ordem de apreensão dos dois fugitivos traidores, Q e eu, como também circulava a notícia da morte do honorável príncipe Qiu, enforcado — por iniciativa própria.

Quando lhe dei ciência da tragédia, Q empalideceu e perdeu as forças, prestes a desmaiar. Nem mesmo o tom suave com que a fiz saber do ocorrido, bem como as palavras de consolo que acrescentei, foram capazes de acalmá-la. Balançando a cabeça com vigor, ela indagou:

— Por que ele? Meu pobre papai. Por que meu caminho está cheio de morte? Por que você ainda permanece aqui comigo? Por que não partiu como os demais? Sou amaldiçoada. Não há dúvida.

Ela não falava comigo em especial. Parecia se lamentar com outrem, com seu Deus, talvez.

Como eu gostaria de poder respondê-la. Tudo que consegui, porém, foi embalá-la nos braços até que adormecesse, sobressaltada e aos soluços.

CAPÍTULO 30

O mundo exterior podia estar com ventos fortes e tempestade sob o calor de junho, contudo, ali, no interior do nosso casulo, tudo era calmaria. Q e eu encontramos refúgio nas duas noites seguintes numa pequena estalagem de beco, aptamente chamada de Ye Ying Tang, o Ninho do Rouxinol. No futuro eu viria a pensar nela com frequência como uma visão atraente saída das páginas de mitos e folclore.

A estalagem se escondia por trás de um jardim de salgueiros, mal podendo ser vista através de um arco por onde subiam trepadeiras de peônias. Só me chamou a atenção quando, já a alguma distância do portão dos fundos da representação diplomática, o cavalo mongol de repente virou à esquerda, sem precisar do comando das rédeas, levando-nos por um beco estreito, como se pressentisse perigo adiante. No final do beco, surgiu, então, o Ninho do Rouxinol.

Pode ter sido o ruído de homens armados dois quarteirões abaixo que deixou amedrontado o animal ou talvez tenha sido seu instinto bestial inato que o alertou para o perigo iminente. Fosse qual fosse a causa, o cavalo nos levou beco abaixo, trotando com determinação, a despeito das chicotadas e dos impropérios gritados pelo cocheiro, até parar sob um arco sobre o qual pendia um sino. Homero deve ter inspirado o cavalo branco, que usou o focinho para tocar o sino, anunciando a nossa chegada ao dono da estalagem, que, por sua vez, podia muito bem ser um ciclope. Porém, o feito já era suficientemente fantasioso sem a ajuda das fanfarras literais de que eram adeptos os gregos. Entreguei um tael de prata a mais ao cocheiro para que ele alimentasse com mais feno a santa besta. O homem afagou com orgulho o animal e rapidamente agradeceu com uma reverência.

O dono da estalagem era um anão casado com uma mulher totalmente crescida. Ambos nos cumprimentaram como personagens de um show de *vaudeville*. Tudo que lhes restava era um quarto de solteiro, de quina, explicou o maldoso proprietário numa voz infantil.

Q envolvera a cabeça e os ombros com uma echarpe, presente da simpática sra. Winthrop, quando deixamos a embaixada sitiada — echarpe que deixava de fora apenas seus olhos baixos. Murmurei algumas palavras soltas no sentido de apresentá-la como minha filha, acrescentando com meu parco mandarim que aguardávamos a chegada de minha esposa enferma, em recuperação no hospital Union, e que o quarto de solteiro seria suficiente, além de um colchão e uma colcha de cetim para minha filha. O homem foi amistoso e nos conduziu ao nosso ninho encantado que tinha uma janela com vista para o jardim de salgueiros.

— Um quarto de solteiro? — disse Q, assim que fechei a porta. — Ficou louco? Não sou sua filha, e você não há de chegar perto da minha cama. Vai dormir no chão durante o tempo em que ficarmos aqui.

Seus olhos varreram o quarto com desdém, enquanto ela se desvencilhava da echarpe e mergulhava na cama macia, enroscando-se debaixo do cobertor.

Pedi que nosso jantar fosse servido no quarto, já que minha querida filha se achava doente e um pequeno sopro de vento só faria piorar sua saúde frágil. O anfitrião aquiesceu de boa vontade. Q comeu em silêncio dois pratos de macias panquecas de milho e pele de porco crocante, uma obsessão culinária da qual sofrem todos os manchus. Antes que lhe fosse servido o chá, Q bocejou e cochilou, deitada num travesseiro de bambu.

Meus leitores poderiam supor que, com a remoção de todos os obstáculos e com minha avezinha de estimação em segurança em sua gaiola, cochilando com um sorriso em seu rosto maroto, eu me veria livre para reclamar meus direitos sobre a presa que me pertencia — tudo que ocorrera anteriormente não chegara a envolver o derradeiro ato de me enterrar em suas entranhas —, porém, a única coisa em que pensei foi sair porta afora para o corredor e dali para o saguão a fim de encontrar uma garrafa de bebida para me acalmar. O desejo me assaltava as entranhas e os nervos, como uma ponte de cordas balouçantes sobre um rio caudaloso — pecado sem redenção, pesadelo sem fim, exceto pela promessa de alguma bem-aventurança breve.

Atravessei o saguão, iluminado por um candelabro barroco, circundado por um mural de cavalos e pastores indiferentes, que contemplavam de forma singular e silenciosa o solitário intruso naquele grupo. Um grave murmúrio de música de piano permeava o ar. Um duque alemão e sua duquesa sem graça conversavam a uma mesa com um casal de ingleses, um cirurgião e a amante magricela e bem mais moça. Era possível ver os dentes brancos e o turbante de um guarda indiano, mas não os contornos de seu rosto lunar. No canto havia uma mulher sozinha, possivelmente francesa, sentada com a filha púbere — de dez, 12 anos no máximo —, uma brisa fresca entre os cachos castanhos claros opacos, o tipo que se encontra no interior da França, entre os vinhedos, ou nas praias de Nice, com os calcanhares sujos de areia, marcas de bronzeamento maculando as coxas, olhos azuis como o oceano inquiridor, cheirando à nostalgia estival e à luxúria lânguida e imatura. A juventude sempre me atraiu.

Abri caminho desviando de um italiano bigodudo e ocioso com seu cachimbo de jade, emoldurado pela própria fumaça excêntrica, sem dúvida disposto a dar o bote sobre algumas viúvas ricas e mulheres solitárias.

— Sua filha é uma beldade — disse ele, com um brilho cintilando no olhar. — Vi vocês dois quando chegaram à estalagem. Adoraria conhecê-la. Ela me lembra...

Interrompi-o com brusquidão, dizendo:

— Ela está doente, devido ao clima.

Escolhi, então, uma cadeira ao lado da menina entediada e da mãe desacompanhada.

Mas, afinal, eu já não havia colhido um botão tão juvenil e pronto para ser alvo de minha luxúria amorosa? Por que estaria olhando os joelhos de mais uma criança, enquanto a sereia adormecida se encontrava enroscada, frágil e passiva, em minha cama? Estaria eu atrás dessas borboletas dispersas em detrimento daquelas aprisionadas em minha rede? Era de sonho ou de realidade minha fome?

Não demorou para que a menina francesa se virasse e sorrisse para mim.

— *Bonsoir, monsieur* — cumprimentou com meiguice.

— Boa noite — respondi, pouco à vontade. A luxúria nunca se sente à vontade.

— O senhor é inglês? — indagou com mais um sorriso, arqueando a sobrancelha esquerda enquanto cruzava e descruzava as pernas sob a saia. Ai, aqueles joelhos desnudos! Até mesmo cicratizes pude ver num deles.

— Americano.

— Americano. De Nova York? — Levantando-se, ela veio se sentar à minha mesa. — Mamãe e eu somos de Paris. O senhor pagaria uma bebida para mamãe? — perguntou, lançando um olhar para a mãe estoica, que sorriu timidamente para mim.

— Só estou aqui para...

— Ela poderia se sentar aqui, se o senhor desejar.

Bela dupla de meretrizes, não? Neguei com a cabeça, porém, a criança era persistente e se sentou no meu colo.

— Podemos beber juntos. Ainda é cedo.

— Minha filha me espera.

— Um coquetel apenas. Mamãe e eu fomos deixadas por meu *père*, um engenheiro naval que morreu afogado. Precisamos voltar para casa. Nosso navio nos abandonou — disse ela, pressionando as nádegas ossudas em meu colo duro e envolvendo com os bracinhos finos meus ombros, as axilas exalando o fedor de algum perfume barato.

Em minha busca pervertida por jovens frágeis, fui abordado e manipulado por velhos safados, sujeitos mestiços e brutamontes de peito cabeludo. Jamais, porém, havia sido assediado por uma criança a serviço da própria mãe. Seria aquela sua mãe verdadeira, ou tratar-se-ia de mais um conluio conveniente no comércio da carne, um fingimento, muito habitual, de modéstia moral?

Calmamente recusei, levando a garota a revirar os olhos e descer do meu colo depois de voltar a pressioná-lo com as nádegas.

— Pergunte pelo número do quarto de Claudia, quando quiser, *oui*? Se não esta noite, amanhã, talvez, ou depois de amanhã, quem sabe — acrescentou, espanando a barra da saia curta.

Tive de sofrer mais uma ofensa, perpetrada pelo conde italiano, que galantemente pediu um coquetel para a madame pueril e sua mamãe gueixa, antes de me lançar um olhar reprovador. Não me surpreenderia se o conde fosse a engrenagem do trio.

— Deixe o hóspede em paz, Claudia — falou o diminuto dono da estalagem, saindo em meu socorro. Seu cabelo era bem-penteado e ele usava um traje de noite, um smoking confortável, manequim infantil, adequado ao seu 1,20m de altura. — O senhor não deve ser molestado — insistiu, acenando com a mão, autoritariamente, na direção de Claudia e assentindo na minha, antes de ir atender os demais.

Era possível ouvir o som de gongos que entrava pela janela, abafando os murmúrios de um piano lamentoso tocado por um músico praticamente invisível.

A urgência de repente desnudou minha lascívia. Apressado, paguei por uma garrafa de rum de cana-de-açúcar, entornando goela abaixo metade do conteúdo a caminho de meu ninho frio. A bebida caribenha penetrou minhas entranhas ansiosas, santificando o impulso, purificando a meta final. Como eu poderia reduzir a velocidade do meu galope tão próximo de saciar meu mais profundo anseio? Aquela etérea promessa de minha celestial Annabelle estava agora ao meu alcance, apenas a uma fina parede de distância, aguardando que eu a reclamasse.

Atrapalhei-me para pegar a chave com a mão trêmula e abri a porta. À luz suave, deitada em repouso não mais se encontrava Q, mas o objeto terreno do meu desejo, a reincarnação em carne e osso da minha trágica Annabelle. A vela lançava uma luz suave sobre a forma horizontal, o quadril infantil que mal se destacava e um braço sob o pescoço. A cabeça descansava no travesseiro de bambu na mesma pose de Annabelle sob aquela lua de verão tantos anos atrás. Um rubor infantil tingia seu rosto e lhe entreabria os lábios como cerejas estivais. Pendendo de lado vi os seios de pera, cujos mamilos escuros escorregavam para fora da camisola folgada. O outro braço descansava sobre as coxas finas, os dedos compridos parcialmente curvados. A camisola se enrolara nos quadris, desnudando os joelhos ossudos e os calcanhares, os pés arqueados e os dedos curvos.

O rum latejou em minhas têmporas e fez vibrar meu sexo, reduzindo o mundo exterior a uma periferia ondulante. Sequei a garrafa e desabotoei o paletó avantajado, despi a calça pesada e chutei meias e botas com a deliberação estudada de um leão que se prepara para o banquete suculento. Minha cabeça rodava agora com percevejos pretéritos, cada um deles me picando com ferroadas de deleite; meus sentidos foram invadidos pela fragrância pungente de mato temperada com o odor de estrume de vaca, lama fresca e pés sujos, que me transportaram de volta àquela noite enevoada entre os montes de feno. A lembrança era vital para essa empreitada, sem a qual eu não teria um banquete, mas tão somente uma refeição. Isso é o que faz a ponte que em arco liga os vivos aos mortos, o inferno ao pior dos infernos. Haveria de ser minha coroação.

Deitei-me ao lado de minha amada; o prelúdio seria breve. Os olhos da luxúria havia muito vislumbravam tal momento como meta. Com toda a delicadeza de que um monstro é capaz, afastei o cetim branco de sua pele macia e orvalhada, soltando a faixa que lhe cingia a cintura, abrindo o robe e deixando-o deslizar para trás de suas costas. Ela soltou um suspiro, com os olhos ainda fechados, os cílios lançando sombras compridas em seu rosto. Mexeu o ombro nu, o que provocou um leve balanço no seio jovem, durinho e imaturo. Lentamente acariciei aquele botão com dedos trêmulos. Um leve beliscão fez um gemido lhe escapar dos lábios. Com carinho, tomei nas mãos em concha seus peitinhos juvenis, demasiado pequenos para alimentar até o mais mínimo bebê, e suguei-a com meus lábios abjetos e minha língua lúgubre.

Ela aproximou de mim o peito e o ventre nus e com um gemido quase inaudível sussurrou as seguintes palavras fatídicas:

— Há tanto tempo espero por você.

CAPÍTULO 31

— Seu bruto! — exclamou Q, virando a cabeça e encarando minha nudez. — Com quem você estava fazendo amor?

— Com você, minha querida, com você — respondi sonolento, drenado pela sua exuberância.

— Por que estava me chamando pelo nome de minha mãe biológica?

— *Hummm?*

— E você me machucou — acrescentou num tom choroso.

— Minha menininha — falei, arrebanhando-a nos braços, o coração inchado de loucura, violentamente possuindo-a de novo e levando-a a gemer com languidez.

— Você sabe que eu era virgem. Por favor...

Ante essa declaração, estremeci e me desmanchei em jorros até me dar conta de seus fluidos róseos de sangue escorrendo pelo meu pênis e pelas suas coxas nuas e apartadas. Segurei-a firme, cobrindo-lhe o nariz, os lábios, o pescoço e os seios de beijos doces, enquanto lágrimas de gratidão molhavam meu rosto encardido.

Todas as culturas cultuam a santidade da virgindade, que em chinês era delicadamente rotulada de flor de pêssego. Algumas tribos mongóis estendiam lençóis de seda branca debaixo das nádegas da noiva para receber as manchas da noite de núpcias. Caso não houvesse sangue, a noiva era devolvida ao pai, ao qual se cobrava uma multa de três cavalos, embora a mesma cultura também aderisse à poliandria, na qual uma esposa é tacitamente partilhada entre irmãos residentes na mesma tenda.

O sangue da flor de pêssego de Q fornecia pistas escondidas da viabilidade de sua mãe, Annabelle, de forma similar ao sangue visível na clara de um ovo de galinha quando posto contra o sol. Como a marca de uma alma apaixonada, perdida e recuperada através da filha, seu veículo vivo. Prova radiosa de que o que estava perdido agora vivia. Era a virgindade de Annabelle que eu violara, sua flor de pêssego que eu sugara e rompera, seus lábios que eu beijara, seu coração que eu fizera disparar.

Ai, minha querida e amada Annabelle. Como senti sua falta. Agora, nos meus braços, no meu colo, você está inteira outra vez, intacta, incólume.

O que havia à frente não importava. O que havia agora jamais voltaria a ser perdido.

CAPÍTULO 32

A aurora despontava em nossa janela quando ouvi uma batida à porta.

— Senhor, abra a porta, por favor — disse alguém em tom de urgência.

Pulei da cama e abri a porta, deparando-me com a visão do anão e seu criado bengalês de dentes brancos.

— Há guardas reais lá embaixo — sussurrou o dono da estalagem.

— Por quê? — indaguei, protegendo minha bela adormecida dos olhares de ambos.

— Eles vieram com um mandado do palácio para procurar a imperatriz fugida e seu comparsa, um estrangeiro alto de pele branca — respondeu o anão, numa voz cheia de experiência.

— Por que está me contando isso? — perguntei calmamente, embora com o coração na boca.

— O senhor sabe por quê. Eu poderia não saber quem é o senhor, mas a conheço. — Esticando o pescoço, ele lançou um olhar para além da minha cintura. — Compareci a um chá de gala do pai dela certa vez. Estou aqui para ajudar. Não percamos mais tempo.

— Quem trouxe os guardas até aqui?

— Boa pergunta. Alguém lhes deu a dica, alguém que sabe do paradeiro dos fugitivos.

Olhei para um lado e para o outro do corredor.

— O que você acha que pode fazer? — perguntei.

— Ele vai ajudá-lo a pegar suas coisas — disse o anão, empurrando o criado porta adentro. — Depois, eu lhe mostro a saída.

Q, sem precisar ser instada, já se levantara da cama começara a se vestir.

— Qual é o problema? — indagou.

— Eles estão aqui. Atrás de nós. Precisamos ir embora.

— Sua fome foi maior do que a barriga, garotão — disse ela, enrolando-se na echarpe. — Talvez seja melhor nos entregarmos. Podemos implorar misericórdia.

— Não haverá misericórdia nem piedade.

— Isso tudo não passa de uma espécie de fantasia para você, não é?

— Não, estou tentando salvá-la da morte.

— E como sugere que façamos isso? Correndo de um ninho para o outro?

— Temos um destino final.

— Qual?

— A morada de Wang Dan, a pouco mais de cem quilômetros de Pequim.

— A morada do rebelde sedento de sangue?

— O pai que você nunca conheceu.

— Que bem fará esse encontro?

— Podemos ficar por lá temporariamente, e ele tem um exército para nos defender.

— Isso tudo é um pesadelo. Não posso deixar meu marido para trás.

— Pode e deve, se realmente deseja salvá-lo.

Sem trocar nenhuma palavra, nossas coisas foram arrumadas e o baú, trancado. O criado o pegou com mão treinada, e Q e eu saímos do quarto atrás do dono da estalagem, a quem seguimos por um corredor, escada abaixo até um jardim de salgueiros, por uma porta dos fundos. Ali, no beco atrás da estalagem, estava um cavalo esguio e uma carruagem coberta. O dono da estalagem abriu a porta do veículo para nós e fez uma reverência.

— Majestade — murmurou, seus olhos fitando o chão.

— Quem são essas pessoas? — indagou Q.

Foi quando percebi que não estávamos sozinhos. Claudia, a gigolô juvenil, e a mãe empertigada já se encontravam sentadas na carruagem e fizeram uma reverência quando o anão ajudou Q a entrar, reverência que ele retribuiu.

O dono da estalagem me puxou de lado e cochichou:

— Pedi que elas fossem também e fingissem ser suas parentas, quatro pessoas em vez das duas que estão sendo procuradas. Elas podem ir até onde forem necessárias.

A gratidão invadiu meu coração. Raramente sou merecedor de tanta atenção.

Enfiei cinco moedas de prata na mãozinha do homem, que recusou, retirando a mão.

— Já estive uma vez na perfumada casa do pai dela. Jamais terei como retribuir a honra que me foi concedida, contudo, por favor, recompense a dupla que os acompanhará. Sabe, elas não são sequer parentas. Claudia é francesa, sua "mãe", uma viúva russa. As duas têm um teto sobre a cabeça, pagando quando podem, e me ajudam quando tenho necessidade, como é o caso agora.

— Por que você a está ajudando? — perguntei.

— Somos primos distantes, por parte do pai nobre. Presto ajuda, se não pelo sangue, em nome do clã — explicou o anão, com uma palmada na barriga do cavalo. — Agora, vão.

— Aonde estamos indo? — tornei a perguntar.

— Não se preocupe. Não passarão pelos portões da cidade. Desde ontem, há uma multidão de inspetores reais ali. Um barqueiro irá encontrá-los num embarcadouro.

Com a aparência de uma inofensiva família de quatro pessoas, atravessamos sem problemas as ruas de Pequim vigiadas pelos canalhas do palácio. Em cada esquina havia um guarda encapuzado; em cada quarteirão, um inspetor atento.

A metrópole era um anfiteatro conveniente, e o quarteto, um elenco bem-escolhido, no qual eu fazia o papel de pai dedicado numa excursão pelas planícies do norte em busca de um possível comércio de chá, caso perguntassem, com a viúva russa na pele de minha esposa indiferente, de olhos baixos, boca flácida, lábios secos, a quem eu convencera com uma moeda a mais a se apoiar rigidamente em meu ombro esquerdo, enquanto aboletava a menina francesa no colo. Q, minha filha mais velha e rabugenta, viajava envolta em sua echarpe e acomodada no banco de trás sob a proteção sombria do teto da carruagem.

Nosso cocheiro optou por atravessar os becos ermos e trilhas estreitas, a fim de evitar os olhares e a rede do arrastão. O cavalo, belo como ele só, trotava com ritmo calculado, apressado, porém não afobado. Acima de nosso teatro em movimento, uma tempestade ágil se formou, a espreitar, sorrateira, por entre as copas das árvores. Logo os trovões se fizeram ouvir, como um rosário de mugidos de vaca, seguindo-nos rua após rua, de um beco a outro menor ainda, numa perseguição lenta às nossas rodas rangentes, como se pudessem nos detectar no meio daquele labirinto móvel, apontando a exatidão de nosso paradeiro naquela vastíssima paisagem, até o olho onividente no céu começar a nos acertar com gotas de chuva do tamanho de balas de pistola, que batiam sem piedade em nosso teto e no lombo de nosso cavalo. A terra foi varrida por um repentino aguaceiro, o mundo silenciou. Eu podia ver que a apenas duas ruas de distância o chão estava seco e a terra, imperturbável e banhada pelo sol. O espaço que nos cercava, uma via estreita com um templo budista duas esquinas adiante, era claro, sem uma única nuvem acima, mas, por onde quer que a nossa carruagem passasse, um vale de chuva escura nos precedia; não muito, no máximo por cerca de míseros dez metros — o suficiente para que nosso animal jamais pudesse ultrapassá-lo. Em nosso rastro, um rio de umidade cintilava sob o sol que reaparecia.

Foi debaixo dessa mística mescla de chuva e trovões, que se achava unicamente acima de nós, que percorremos tranquilamente a parte ocidental da cidade depois de vencer dois bloqueios inevitáveis — quiosques decadentes cheios de policiais palacianos ensopados, que poderiam estar do lado de fora empunhando suas espadas e parando aquele mesmo veículo, caso não fossem obrigados a buscar abrigo da chuva. Por volta da metade da manhã, alcançamos o extremo da cidade, com seu muro imponente de pedra, chegando a um embarcadouro num pequeno afluente do Grande Canal. O cocheiro nos apresentou um barqueiro antes de partir levando o trágico dueto franco-russo, depois de nos depositar em um barco de casco chato cheio até a borda com louças e pertences humildes — utensílios domésticos e sacos de trigo e de arroz debaixo do telhado crivado de goteiras, onde nos escondemos. O choro de um bebê, filho do barqueiro, coroava com perfeição esse retrato úmido de harmonia familiar: cheiro de comida e bichinhos de estimação (dois pequineses), sininhos balançando e dois filhos mais velhos. Enquanto a esposa acendia o fogo em um fogão de barro para aquecer o almoço, o barqueiro, um chinês de rabo de cavalo e idade indiscernível, avançava com o barco, com o auxílio de uma vara, ao longo das fundações musgosas de um muro da cidade cuja imponência não era capaz de deter a chuva nem os trovões que ecoavam. Deslizando serenamente sobre a superfície ondulada do canal sujo, com a chuva ainda a nos cobrir, o barco abriu passagem sob uma arcada do muro da cidade, saída apenas permitida a certos mercadores ou a mercenários levando uma bandeira verde em sua popa.

Quando desaparecemos do outro lado do muro, a chuva amainou e as nuvens se abriram no céu, deixando-o tão azul quanto uma safira, sem qualquer vestígio dos trovões anteriores ou sinal da umidade. Além daquele muro, o sol vespertino nos sorriu com limpidez e radiância. Até mesmo um bardo de Avon não imaginaria cenário tão teatral.

CAPÍTULO 33

Durante três dias e três noites, nós nos abrigamos no insignificante barco-casa, enquanto nos aproximávamos a passos de tartaruga do extremo mais ao norte em relação a Tianjin. Em meio a lentas barcaças levando cereais, jangadas carregadas de flores e jangadas precárias cheias de repolhos e melões, os dois filhos inquietos do barqueiro se alternavam nos passeios pela margem pedregosa com uma corda a lhes envolver os ombros, puxando o barco enquanto o pai, sentado no convés fumando seu cachimbo, comandava o curso. Quando não estava cozinhando, a esposa do sujeito embalava no deque o caçula da prole, um bebê sem cobertas num berço de bambu.

O sol nascia e se punha, da esquerda para a direita; a lua seguia nosso rastro. Q sofria de surtos febris à noite, que não cediam nem com sopa de peixe, nem com chá verde preparado no fogão pela esposa do barqueiro. Minha imperatriz adoentada não parava de murmurar "Pai... Pai..." em seu delírio. Eu não ousava deixá-la nem sequer por um breve repouso. Seus lábios queimavam, e seu baixo vênus era um inferno termal que ameaçava inflamar não só meu membro como todo o meu corpo. A cópula, na falta de outro tratamento adequado, era o único remédio disponível a bordo daquele veículo flutuante. Era o ar e o sol, Deus e sua deusa invisível. Era o conceito taoísta, o nirvana budista e o paraíso cristão. A verdade habitava bem ali entre o homem e sua mulher. No enlace de corpos, o ideal de Deus foi concebido — era o essencial.

Por falar em veículo, Q, durante aqueles três dias encharcados e vulgares de cópula, não servia como instrumento de si mesma, mas como um subveículo de sua ancestral. Sim, senhoras e senhores, árbitros de minha alma moribunda, em todas as nossas cópulas minha visão se estendia além daquela deitada sob meus olhos para aquele objetivo distante e decisivo. Quando a amava, eu também amava sua gêmea, sua mãe desencarnada: Annabelle.

Durante três dias, não me afastei dela. Por três noites escuras, com a água e o gorgolejar ao nosso lado, ela se enroscou em meus braços. Tivemos de fugir da polícia marítima e houve uma barcaça coletora de impostos que driblamos; talvez tenha havido trovões e tempestades, mas as únicas intempéries que ocorreram se deram sob o teto periclitante e sobre o casco chato do barco balouçante.

CAPÍTULO 34

O Grande Canal cortava as vastas plantações de arroz quase prontas para a colheita. Os arrozais abundantes xeretavam nossos assuntos naquele barco desavergonhado. O campo se ampliou e a terra aplainou; mais salgueiros sussurravam e mais pássaros palravam. Cardumes de peixes jovens seguiam nosso rastro, enquanto cegonhas de pernas compridas e pelicanos patinhavam na água rasa próxima às margens.

A manhã do quarto dia nos saudou com a canção de um pescador vinda da margem, o que acordou minha imperatriz, minha querida Q, que mais parecia a face de uma montanha lavada pela tempestade forte: as bochechas eram rosas em botão, os olhos, lagoas de líquido cintilando sob a luz; o cabelo, um ninho de fios embaraçados que não fazia senão realçar sua beleza imaculada. A canção do pescador não a acordou; meu canto do cisne, sim, quando a montei furtivamente pela primeira e última vez, penetrando-a pelo proibido jardim dos fundos. Todos aqueles dias e noites de paixão só podiam mesmo terminar dessa forma feroz: céu e terra numa só união.

Daquela manhã em diante, o privilégio da intimidade me foi negado por mais razões do que posso imaginar. Achei que havia sido Annabelle quem dera a ordem para me eliminar, embora pudesse ter sido Deus, que todos tememos, ou sua noiva enrubescida, a deusa, envergonhada pelo que teve lugar e o que foi tomado. Devo dizer, pensando bem, que, se me fosse exigido abrir mão de alguma coisa, aquele coito final me bastaria, não só pelo restante da vida terrena, como também por todo o final que precisei suportar.

Naquele dia, Q emergiu de sob o telhado um tantinho mais madura. Havia uma expressão acusadora em seu rosto sempre que olhava em minha direção, quando saímos do embarcadouro e tomamos uma carruagem para a cidadela de Wang, seu suposto pai. Porém, não era reprovação o que via em seus olhos, mas unicamente uma nova luz, uma luz de sabedoria e clareza, uma confiança recém-adquirida e uma força superior, tudo obtido por ter sido tão profunda e ensandecidamente amada.

— Está pronta para encarar seu pai? — perguntei. — Ouvi coisas horríveis sobre ele.

— Qualquer um capaz de amar minha mãe não seria um assassino — retrucou ela.

— Sim, mas que direito temos de vir à sua fortaleza sem convite? — insisti.

— Meu direito de filha — respondeu Q, sem me encarar.

Em meio ao verde dos salgueiros, ao milharal, aos regatos gorgolejantes e aos patos nadando em silêncio, de repente surgiu uma miragem de humanidade. Uma cidadela arborizada se erguia de encontro a um morro suave, cheia de botões de lavanda. Um aroma sutil e excêntrico a precedeu, permeando o ar fresco, emoldurando a cidade qual um jardim, um mar de pétalas, um oceano de cores, vibrante e sazonal.

Q inspirou profundamente, de olhos fechados.

— Como cheira bem.

— Chamam o lugar de "fortaleza do rebelde".

— Mamãe deve ter se apaixonado no caminho para cá, com a Bíblia na mão. Posso vê-la de avental e chapéu brancos, uma borboleta pálida no meio do verde. Posso sentir seu coração ansioso batendo, comparar seu ritmo ao do meu. Tem alguma coisa no ar... Então o senhor do castelo abre seu portão, e o coração dela amolece, para sempre escravizada por ele.

— Por mim também.

— Você nunca chegou a amá-la.

— Amei, sim, através de você.

— Você é um homem grosseiro. Conseguiu arruinar minha visão, meu prazer — disse ela, golpeando-me o ombro com o punho ossudo.

— E se os soldados dele nos botarem para fora? E se ele não quiser me ver? Será que é mesmo meu pai?

— Não há dúvida.

— E se eu lhe dissesse o que você me obrigou a fazer? — indagou Q, maliciosa.

— Você não faria isso, faria?

— Provavelmente colocariam você na prisão para preservar a segurança das mocinhas.

Minhas garras teriam estrangulado aquele pescocinho delgado caso a ponte levadiça não se fizesse ver, sinalizando o fim de nossa jornada. Três soldados uniformizados chutaram terra em nossa direção, impedindo o avanço de nossa carruagem com suas lanças pontudas.

O guarda da ponte levou nosso bilhete de chegada, que eu redigira com os caracteres mais elegantes durante os três dias exaustivos de paixão. Praticamente a única tarefa que realizei e que não me granjeou admiração alguma, apenas um frio estalar de língua da parte de Q. O bilhete dizia secamente que a visita era importante e que a consequência de aceitá-la seria mutuamente vantajosa. Terminava de modo sucinto, identificando o reverendo Pickens, indicando meu posto nos negócios de Deus, na tentativa de me aproximar um tantinho mais desse espécime insano, que, no mais negro dos tempos, era o único raio de esperança num mar de breu.

Meia hora se passou sem que o mensageiro voltasse. Então, uma hora mais decorreu antes que um oficial sisudo do clã de Wang viesse até nós numa mula claudicante.

— Sua excelência está doente e por isso não receberá nenhum visitante. Independentemente de importância ou patente, não será concedida audiência.

Nem bem o sujeito engoliu a última sílaba de seu discurso, Q saltou da carruagem e subiu no lombo da mula, agarrada ao pescoço cheio de veias do magricela.

— Ouça, seu inútil arrogante. Você ao menos sabe quem sou?

— Não, por favor! — implorou o homem sobre a mula.

— Sou a imperatriz reinante do império Qing, em minha expedição real de inspeção de modo a arrancar rebutalhos como você do nosso reino. Apeie-se nesse exato momento e nos faça 12 reverências, ou meu régio tutor estrangeiro lhe cortará fora a cabeça e venderá seu couro cabeludo aos índios americanos. Por acaso você sabe o que eles farão com sua alma? Ferverão seu couro cabeludo e o comerão acompanhado de vinho barato, transformando você na forma animal mais inferior que já se viu e fazendo-o rastejar para sempre.

O homem humildemente fez 12 reverências e com docilidade nos levou ao salão onde presidia o seu senhor na Terra, como Wang Dang se autoproclamava desde o dia do próprio despertar.

A cidadela de Wang era um enclave, separada da planície ao norte por um rio artificial que fazia as vezes de fosso. Um muro se erguia alto para barrar os intrusos e apenas um inexpugnável portão principal permitia a entrada. Acima desse portão tremulavam seus pavilhões, um deles vermelho com um leão a rugir, outro branco, com a imagem de uma anchova, e um terceiro, negro com uma lua branca. Sentinelas podiam ser vistas postadas, à semelhança do que acontecia na Cidade Proibida. Poderiam imaginar que se tratava de uma cidade vazia, contendo apenas soldados, acampamentos militares, canhões e pólvora, mas isso era um equívoco.

O portão levava a um conjunto de três ruas que apontavam para o norte. A principal se chamava avenida Paraíso e não conduzia ninguém a um prédio palacial, mas a um santuário abobadado com uma praça na entrada. Havia até mesmo um balcão de onde era possível admirar a multidão ausente. As ruas eram típicas da região, pavimentadas com pedras cinzentas; as lojas encimadas por bandeiras vermelhas tremulavam ao vento. Crianças usando túnicas brancas e acompanhadas pelos pais corriam tão despreocupadas quanto os pássaros que voavam acima e os cervos e pavões que as cercavam. Serenidade pairava no local, intocada pelo que havia do lado de fora, não mais distante que um quilômetro. Soldados cantavam e marchavam em colunas pelas ruas, patrulhando a cidade; mulheres andavam cobertas por echarpes pretas e se moviam como sombras, carregando cestas de legumes e de verduras. As pipas empinadas pelas crianças eram brancas e estampavam os símbolos da anchova.

Na avenida Paraíso, na companhia do prestativo funcionário, vimos os cidadãos de Wang fazerem uma pausa para nos saudar com uma reverência e dobrar um dos joelhos, mesura decerto tomada de empréstimo a alguma prática de terras distantes. As crianças nos seguiam como costumam fazer as crianças de qualquer lugar quando veem visitantes e estranhos.

— Estão aqui para testemunhar o retorno do nosso Messias? — indagou um menino, puxando com ternura a manga de Q. — É isso?

— Retorno de quem?

— O pai dele, nosso Senhor no céu, mandou buscá-lo. Por isso o Messias Wang vem preparando o corpo e a mente para o inevitável.

— E se estivermos aqui para vê-lo retornar?

— Nesse caso, chegaram cedo demais. Deus ainda não está pronto para ele. Porém, se quiserem, podem contribuir com o dízimo celestial antecipadamente, de modo que os portões do céu se abram quando vocês estiverem prontos.

Q franziu a testa e cochichou no meu ouvido:

— Que lugar é este?

— O único porto seguro para nós.

Quando chegamos à praça defronte ao santuário de Wang, já havia uma multidão de cantores vespertinos de voz pia, os olhares voltados para o balcão, onde um velho batia num sino de bronze marcando a passagem do meridiano. Uma orquestra de instrumentos mandarins tocou uma peça majestosa, sem dúvida alguma imitação de música palaciana, pontuada pelo ressoar de gongos e pelo batuque de tambores de couro de vaca, posicionados lateralmente, como numa cerimônia japonesa. Tudo isso, com efeito, conspirava para criar se não uma atmosfera celestial, um clima profundamente sombrio, inimaginável poucos instantes antes de cruzar aquela ponte levadiça. Entretanto, o que emocionava o coração de um observador não era a falsa imponência daquele espetáculo de *vaudeville*, mas o fervor da massa ali presente, que aparentemente largara o que estava fazendo para acorrer ao coração da cidade e observar a cerimônia cotidiana. Havia em seus rostos uma expressão de expectativa, de ansiedade.

Passando pelo arco de pedra esculpido com imagens de dragões e *chi lin*, criaturas místicas, segui Q, deixando que ela me guiasse. Seu passo era jovial e sua postura, majestosa.

Q caminhava orgulhosa com a despreocupação de uma esposa amada e venerada atrás de quem segue o marido obediente. Seu andar era confiante, seguro de si e, melhor ainda, do cãozinho coxo em seus calcanhares.

No estrado do santuário vazio, um homem se inclinava debilmente sobre o braço do trono, mantido ereto no assento graças a almofadas e travesseiros. Cuspia um bocado de muco numa escarradeira que uma menina de túnica vermelha segurava, levado à exaustão pelo esforço. Outra jovem enfermeira acalmava o homem, afagando com carinho suas costas e lhe dizendo palavras afetuosas. Sentindo nossa aproximação, ele afastou a escarradeira e fez sinal com a cabeça para que a jovem enfermeira se detivesse. Franziu a testa, rugas profundas lhe vincando o rosto, quando o oficial se inclinou para sussurrar em seu ouvido. As palavras o fizeram se retesar. Então, ergueu o queixo e esbugalhou os olhos enquanto Q e eu fazíamos uma reverência.

— De joelhos na presença de sua santidade — ordenou um guarda.

— Você não sabe quem ela é, sabe? — indaguei com uma autoridade fria.

— Todos precisam se ajoelhar, sobretudo as mulheres. — Antes que o guarda pudesse me atingir, lorde Wang Dan o empurrou com um cachimbo de haste comprida com o bojo de prata chamuscado.

— Você me parece familiar. Aproxime-se — disse Wang. Q ficou imóvel, deixando que o estranho a examinasse.

Em meu zeloso ciúme anterior, eu tentara visualizar mentalmente a aparência do homem que me roubara a virgindade de Annabelle, o homem que se destacara em seu passado imaculado. Porém, nada sequer poderia chegar perto do que eu via agora. Diante de mim não se achava um homem de proporções hercúleas, esbanjando rigor na postura marcial ou fervor religioso. Em vez disso, aquele era um sujeito decrépito, quase moribundo, a poucos passos de distância do céu por ele mesmo criado. Havia inúmeras razões para ele ter se transformado, bem como para transformar qualquer outro homem, naquilo, a começar, sem dúvida, por algumas doenças venéreas evidentes pela magreza de seu corpo, pelo rosto encovado e pela testa protuberante, além das feridas abertas que lhe salpicavam as mãos trêmulas e o pescoço fino. Não era de espantar, considerando-se o número de esposas e concubinas que possuía e a horda de prostitutas e cortesãs que mantinha. Cheguei mesmo a esbarrar com algumas de suas favoritas descartadas ao longo dos sórdidos dias de tédio que vivi.

— É você, Annie? — perguntou Wang Dan com voz débil. O esforço lhe provocou um acesso de tosse espasmódica que o sacudiu como um caniço açoitado pelo vento.

— Não, sou a filha dela, Qiu Rong — respondeu Q, inclinando-se para a frente, sem se perturbar com a aparência repulsiva do homem.

— Annabelle é minha mãe.

— Ai, minha visão ruim e a velhice — lamentou-se Wang, enquanto mais muco gorgolejava em sua garganta, obrigando a jovem enfermeira a bater em suas costas para aliviá-lo. — Você é mesmo filha de Annie? — indagou, quando o acesso passou, estendendo a mão trêmula em direção a Q.

Imperturbável, Q aceitou a mão estendida e a segurou entre as suas.

— Sou.

— Que Deus tenha piedade — exclamou ele, balançando a cabeça com incredulidade. — Eu jamais poderia imaginar que esse dia iria chegar.

— Por que não? — perguntou Q.

— Se ao menos você conhecesse as circunstâncias do seu nascimento... — disse ele, examinando o rosto da imperatriz de perto com seus olhos ictéricos, admirando-a como se fosse uma obra de arte. — Por que veio até mim, minha pérola? — indagou, já a tratando com um nome carinhoso.

Que fraude! Comecei a expor nossa causa, apenas para levar um tapa impaciente de Q para que me calasse.

Vívida e modestamente, minha ninfa imperatriz desfiou o rosário de seus infortúnios, desde o incêndio na Câmara do Tesouro, passando por sua quase morte por enforcamento, até o presente momento de alívio. A palavra *bondade* veio à tona com frequência, contudo, jamais associada ao meu nome; com efeito, era como se eu fosse um acusado sádico disposto a afogar seu destino já precário. Tentei corrigi-la no relato da história que nos levara até ali, mas fui veementemente impedido por Q.

— Para que você presta, tutor estrangeiro? — indagou Wang, depois de muito assentir em silêncio quando Q concluiu o discurso. — Vocês, estrangeiros, são especialistas em conseguir o que querem e descartar o que não desejam.

— Estou aqui apenas para implorar pela segurança dela — falei, tenso.

— E não pela sua?

— Jamais. Como ousa questionar meus motivos?

— Os motivos de um forasteiro — disse ele, estalando a língua — estão sempre acima de censura, não é mesmo? Você a tomou como garantia a fim de preservar a própria vida durante a fuga.

Não fosse o sujeito uma figura tão lamentável, eu lhe teria mostrado a potência de meu punho de pugilista, porém me mantive calmo, se não por decoro pela minha repentinamente lacônica Q.

— Onde está minha Annie? Onde? — perguntou o velho, esticando o pescoço fino para enxergar além de nós. — Está escondida aí atrás tentando enganar o frágil coração desse homem? Onde está ela?

Quanta jovialidade. Que coisa mais descabida!

— Ela está morta — falei.

Wang reagiu com incredulidade.

— Morta? Como?

Q cutucou minhas costas com o punho fechado, mas eu precisava fazer essa investida contra aquele presunçoso, motivo pelo qual relatei as circunstâncias aromáticas nas quais ela e minha vida convergiram, nossos corações colidindo como estrelas, numa conspiração dissimulada visando ao incêndio, que no final a reclamou, levando-a para longe de mim.

— Ela não pode estar morta!

— Mas está — insisti com teimosia.

Não dava para explicar minha agitação. A mera ideia de que aquele homem me precedera em antiguidade e possivelmente em intimidade com minha Annabelle toldava o dia e o momento além de minha imaginação.

— Uma pessoa tão radiosa não deveria morrer tão cedo — murmurou Wang, contorcendo o rosto, entristecido. Depois de uma longa pausa, acrescentou: — Sinto a falta dela todos os dias desde que me deixou.

Foi a gota d'água. Filisteu sórdido e fraudulento! Comecei a gaguejar, no entanto, Wang fez um sinal para que eu me calasse e abriu o robe, revelando um peito encovado coberto de escaras e feridas abertas de onde escorria uma gosma amarelada. Numa delas, vários vermes se contorciam, alimentando-se da carne podre. Eu ouvira falar dessa forma arcaica de cura por desbridamento por vermes, porém jamais imaginara vê-la na prática. Wang pegou com delicadeza os mais gordos e colocou-os na boca, mastigando, substituindo-os por outros, magros e famintos, que tirou de um jarro próximo, para continuar a limpeza.

O queixo de Q caiu, e ela se escondeu atrás de mim após assistir ao espetáculo.

— Mazelas e doenças: nada de novo nesta vida ou na próxima — resmungou Wang. — Dificuldades e atribulações... Vi todas e ainda hei de ver outras mais. Os budistas chamam essa vida terrena de "mar de dores amargas". Não discordo. Essa é a velha maneira de curar essas malditas feridas. As larvas vêm a mim lá de cima para absorverem meus fluidos. — Wang deu um suspiro e ergueu os olhos para o domo da capela iluminado pelo sol, com espanto no olhar, num gesto aparentemente de gratidão ao seu deus, antes de voltar sua atenção penetrante para mim. — Aquele é o lugar de Annie, que não pertence à pessoa alguma, menos ainda a você. Mas não me cabe culpá-lo. Somos todos enganados pelo amor.

— Lorde Wang — interveio Q. — Diga-me se sou sua filha como atesta o registro do hospital.

— Eu não poderia ser seu pai — afirmou Wang Dan, o rosto sério e pensativo.

— O quê?

— Annie foi fecundada por outro homem, não por mim.

— E o senhor se intitula Messias — provoquei com amargor.

— E sou. Tudo começou com minha mãe e a forma como vim a este mundo. Ela foi fecundada não por meu pai, mas num sonho engendrado pelo próprio Deus, como aconteceu com a Virgem Maria naquele processo celestial. Mamãe era uma criada na cozinha de um sacerdote chamado padre Lafarge, atual cardeal de Quebec. Deve ter sido tocada pelo espírito santo daquele grande homem.

Decerto ela havia sido tocada, e sem dúvida não só pelo meramente sagrado. Deus, quantas fraudes! Quando iriam cessar tais falcatruas?

— Meu pai terreno era exatamente como José, o marido da Virgem Maria. Meu pai terreno, um herdeiro abastado e próspero, foi persuadido pelo padre Lafarge a se casar com minha mãe para que eu, o filho unigênito, tivesse um lar carinhoso e rico onde ser criado. Ele me criou sem queixas ou amargura, sem jamais gerar outros filhos ou filhas, dedicado exclusivamente ao meu bem-estar.

— Então essa é uma catedral católica? — indaguei olhando em volta.

— Não, católica, não. Da minha própria religião. Sou a única verdade viva, como Jesus, meu irmão, foi para toda a cristandade.

— Já pensou na possibilidade de ter sido enredado pelo cardeal canadense?

Wan estalou a língua, olhando apenas para Q, ignorando por completo meus olhos.

— Mentes mesquinhas têm pensamentos patéticos. Eu não esperaria nada menos desse tutor estrangeiro. Fui chamado de bastardo por forasteiros, contudo, jamais pelo meu próprio povo.

— Por que seu pai canadense lhe ensinou seus truques de ofício? — Não consegui refrear a provocação, que de imediato detonou uma reação punitiva por parte de Q, dessa vez um beliscão em minha perna, deixando a marca de suas unhas no local.

— Meus seguidores têm a fé e a convicção que faltam a todos vocês. Eles vêm minha pele branca como uma raridade, meus olhos azuis como janelas para o céu e meu nariz reto e afilado como sinal de rara autoridade em seu meio.

A crença chinesa encara a pele clara como sinal de riqueza e posição social elevada, já que gente comum labuta sob o sol implacável adquirindo como consequência uma pele ressequida e escura, e, numa nação de cidadãos de nariz chato, qualquer nariz de origem caucasiana seria visto como indicação de liderança. Na melhor das hipóteses, era de um preconceito nacional, que não expressava de forma alguma a verdade, que aquele homem estava extraindo todas as gotas de crença supersticiosa para enganar seus paroquianos ingênuos.

Assim, tínhamos ali o produto abandonado e bastardo de algum canalha canadense obsceno que, obviamente, impusera sua luxúria sobre a pobre mãe de Wang, a indefesa criada doméstica — uma virgem tímida ou uma vil provocadora, quem saberia dizer? —, numa cópula rápida na cozinha, que no tempo devido dera ao mundo aquela criança desafortunada, cuja origem bastarda fora escondida por meio da fácil falácia de um nascimento divino. Eu já vira e ouvira muitas coisas improváveis na vida, no entanto, jamais me sentira mais inflamado do que por aquela mentira deslavada contada pelo enganado. Caberia a mim ter pena do homem ou desprezá-lo? Não consegui me decidir. A convicção de Wang Dan quanto à própria história de vida era tão completa que não consegui evitar pender para aquele lado na esperança de obter alguma verdade daquele homem de mente torta.

— Sou estéril de herdeiros como meu irmão Jesus foi, por desígnio do nosso mútuo Pai no céu — prosseguiu o Messias autoproclamado. — Todo o poder reside no nosso Pai, como sabem, ainda que eu tenha muitas esposas.

— Quantas esposas você tinha quando Annie veio para cá? — indaguei.

Wang balançou a cabeça, evitando meu olhar.

— Não faz diferença. Não tenho herdeiro. Você, minha imperatriz, jamais será minha filha, embora, se eu pudesse, daria meu coração para assim declará-la. Minha luta com a Igreja Congregacional Hawthorn não foi iniciada por mim, mas por eles. Muitos de seus paroquianos me procuraram, pois sua cobrança excessiva de dízimos tornava os pobres ainda mais pobres, e suas regras e leis severas os sufocavam até perderem o ar. Primeiro vinham às dúzias; mais tarde, às centenas. Eu não carecia deles; tinha milhares e mais milhares nessa região, com 13 santuários para administrar. Não precisava lutar para conseguir mais seguidores, porém, eles vinham a mim como rebanhos em busca de um pastor.

"O reverendo Hawthorn armou seus paroquianos, e eles apareceram de súbito na minha cidade exigindo o retorno de seu povo. Mas ninguém quis voltar, e os soldados dele aplicaram surras. Foi quando saí em sua defesa. Depois que me tornei inimigo de Hawthorn, tornei-me inimigo de todos os colonizadores, pois ele era o líder de todos os cristãos estrangeiros. Ele me temia, todos me temiam. Forças aliadas se organizaram entre franceses, americanos, ingleses e portugueses. Até japoneses e alemães se uniram com o objetivo de me aniquilar. Para sobreviver, tive de armar meus seguidores.

"Minhas vitórias logo chegaram aos ouvidos da corte real. Aqueles imbecis eram derrotados em todas as batalhas e em quase todas as guerras. Cá estava eu derrotando todos eles. A viúva-herdeira me procurou com uma oferta para fazer de nós seu exército e para lutarmos em seu nome. Minhas provisões àquela altura estavam exauridas, e havia trinta mil homens famintos e desesperados prestes a se rebelar. Por isso, cedi, pensando que nossa meta e a deles era uma só. Claro que o palácio não tardou em me trair."

Wang fez uma pausa e pediu à criada para encher seu cachimbo com ópio, o que a moça fez com destreza. Depois de algumas baforadas, o homem adquiriu um rubor leve que lhe coloriu a testa e as bochechas flácidas.

— Meu remédio, se me permitem.

Meramente assenti.

— Annie veio até aqui para implorar por paz. No dia em que chegou, parecia ter trazido consigo um bando de borboletas, que revoavam à sua volta como se ela fosse um lírio branco no meio de um lago beatífico. Entrou apressada em meu santuário, a saia de uma alvura pura, o rosto macio como seda. As bochechas eram rosadas; o hálito, fragrante; e o sorriso, encantador; seus passos eram firmes; a voz, doce como mel. Meu coração disparou ao vê-la. Quase a confundi com uma visão celestial. — Mais uma baforada. — Como adorei ouvi-la ler a Bíblia e cantar seus hinos para mim. Depois que se foi, como ansiei ver de novo seus braços e pernas nus, seus olhos azuis, seu cabelo dourado e lábios de mel. Ela atendeu meus anseios tornando a voltar. Fizemos amor. Ela chegou mesmo a perder sangue virginal. Ela era pequena, assim como você. — Seus olhos de ostra morta se demoraram em Q, enquanto ele umedecia os lábios secos com a ponta da língua.

— Como pode dizer que não sou sua filha?! — exclamou Q. — Você derramou o sangue virginal da minha mãe!

— A juventude é muito impaciente. Sua mãe era tão corada quanto você — observou lorde Wang, estendendo a mão trêmula para beliscar a bochecha esquerda de Q. — Como os dias de verão, o amor é um convite a trovões e tempestades. Suas visitas sub-reptícias logo foram descobertas pelos espiões de Hawthorn. Uma noite, quando ela voltou para a casa do pai, o demônio a emboscou. Um mal abominável a aguardava.

— O que houve? — indagou Q, atenta qual uma colegial.

— Ela não voltou. Passado o primeiro mês, mandei um emissário para averiguar a causa. Ele teve seu cavalo roubado e voltou ensanguentado e ferido, sem notícias do que acontecera a minha Annie. Quanta solidão senti.

— Suas outras esposas não o mantiveram aquecido durante esses dias solitários? — indaguei com malícia.

Lorde Wang ignorou minha pergunta.

— Annie era uma joia. Centenas de outras não lhe chegariam aos pés. Violei a trégua negociada por Annie e conduzi meu exército até o campo do reverendo Hawthorn em boa-fé, a fim de pedir a mão de Annie em casamento, mas eles me receberam com balas de canhão e de pistolas, por mais que deixássemos claras nossas intenções pacíficas. Felizmente, ela escapou do confinamento em que o pai a pusera e veio até mim, destemida, em meio à batalha. Levei-a comigo para um lugar seguro. Naquela noite, ela me contou sobre a nova vida que crescia em seu ventre, mas me disse que não era meu o filho ali plantado.

— De quem mais poderia ser, então? — perguntou Q.

Wang simplesmente balançou a cabeça e retomou a história.

— Muito sofrimento e doença ela enfrentou. Não podia voltar para casa, pois o pai ameaçara arrancar-lhe o bebê do útero, mas ela jamais vacilou em sua decisão de ter você. Então, num dia de abril, ela caiu doente e começou a sangrar. Precisei de uma audiência com a viúva-herdeira para conseguir que Annie fosse admitida no hospital Union, a única maneira de salvar vocês duas. O palácio viu a ocasião como uma oportunidade de paz e de fazer de mim um cordeiro sacrificial. Nem bem entreguei sua mãe ao hospital, fui capturado para cumprir uma sentença de três anos, imposta a mim não por meu imperador, mas pela representação americana agindo segundo a vontade do reverendo Hawthorn. — Wang fez uma pausa, balançando a cabeça. — Mas não sofri em vão. Implorei para que você, a criança, fosse mantida viva mediante o compromisso de que eu não mobilizaria meu exército para atacá-los, o que me seria possível fazer, mesmo de dentro da prisão. Assim, um acordo foi firmado, e sua vida, preservada.

Q parecia pasma, e lágrimas brilhavam em seus olhos amendoados.

— Bela história — falei —, porém, você ainda se recusa a reconhecer a paternidade e dar proteção e segurança à imperatriz.

Wang ponderou minhas palavras durante um segundo antes de responder com firmeza:

— Vou lhe mostrar a verdade e depois vocês terão de partir.

— Que verdade? — indaguei, agressivo.

— A verdade científica — respondeu Wang, fazendo um gesto para indicar o saguão. — Venha até meu quarto de banho. Sozinho.

Segui o homem corcunda e claudicante até o aposento próximo, que continha um balde de madeira e uma bacia. Sem delongas, ele ergueu a parte da frente da vestimenta e me mostrou o que pareceu ser um caso de pseudo-hermafroditismo — uma vagina totalmente formada, com lábios e pregas, sobre a qual se destacava um órgão genital atípico, maior que um clitóris, e, no entanto, menor que um pênis normal, inferior a um dedo mindinho em tamanho e comprimento.

— Veja com seus próprios olhos — sugeriu Wang Dan, de queixo erguido, num tom orgulhoso. — Foi isso que Deus me deu.

Eu definitivamente não estava preparado para tal revelação. A visão me impactou, fazendo brotar, de imediato, lágrimas quentes em meus olhos frios de juiz. Custei bastante a conseguir encontrar o que dizer.

— Mas como...?

— Com efeito, como? Posso dar e ter prazer, mas nenhum filho jamais poderá ser gerado nessas cópulas.

Foi a primeira vez que vi com meus próprios olhos tal anomalia, cujas descrições pictóricas que eu vira em publicações científicas e enciclopédias sequer de longe chocavam tanto. Algumas tribos africanas eram conhecidas por cortar os pênis ínfimos das meninas depois de estimular ao máximo o órgão anormal para entumescê-lo, reduzindo-o então a cinzas que eram misturadas com vinho para que a criança bebesse e se livrasse de qualquer masculinidade residual. A criança, então, era vendida como uma noiva especial a um chefe tribal. Dizia-se que, quando excitado, o caule, aquele nódulo residual, ainda se enrijecia, dando ao amante masculino prazer adicional.

— Quem pode, então, ter engravidado a nossa Annie? — exigi saber.

— Sua não, minha Annie. — Quanta teimosia! — Eu lhe conto, se prometer não divulgar a qualquer outra pessoa, sobretudo à imperatriz — disse Wang com expressão sombria.

— Está bem — concordei.

— Foi o pai, o próprio reverendo Hawthorn. Annie me contou.

O espanto me calou, como se um trovão houvesse ribombado acima de minha cabeça.

— Mas por quê? — perguntei.

— Para livrá-la de minha suposta semente, num momento de loucura.

Aquilo me deixou mudo e pensativo por um bom tempo.

Pobre Annabelle! Minha pobre e querida ninfa do amor! Que destino horrível Deus lhe reservou. Que tragédia! Nunca em meus momentos mais insanos eu conseguiria imaginar essa verdade. Meu pobre cordeirinho, obrigado a carregar tamanha vergonha.

Teria ela, em todos os nossos encontros, jamais sugerido ou proferido os ecos de seu sofrimento? Teria aquela alegria toda sido apenas um disfarce para esconder sua tristeza, um jeito de lavar a mancha do seu passado?

Por que Deus não punira aquele pai com sua ira fulminante? Por que a providência não foi mais profícua em suas bênçãos para com ela, a vítima, em lugar de lhe ceifar a vida como castigo pelos atos abomináveis de outrem?

Como havia ela filtrado todas as mentiras, chegando à verdade de que a filha sobrevivera? Como poderia saber de forma a me conduzir até tão longe, em busca da filha viva?

Qualquer que fosse a resposta, a estrada à frente era reta para mim e o caminho estava livre de todas as nuvens, da névoa, dos disfarces e das camuflagens.

Precisava permanecer calado. Precisava manter a promessa.

Quando indagado e sondado por uma frustrada Q, tudo que pude lhe oferecer foi um humor azedo e inquieto. Tudo que lhe disse com relação a seu nascimento e àquela fraude de homem se resumiu ao seguinte comentário:

— Ele não pode ter gerado você. Não pode ter gerado filho algum.

Durante as duas horas seguintes, enquanto o jantar era servido e amenidades banais eram trocadas entre nosso anfitrião e Q, permaneci calado e irascível. Nosso anfitrião tossia e nos observava com certa arrogância, satisfeito por ter constrangido meu desembaraço.

— Agora é hora de você partir da minha cidade, tutor real — disse ele com voz rouca no final da refeição. — Ela pode ficar — decretou, enquanto seu olhar lúbrico pousava em Q.

Eu estava prestes a concordar com esse pacto de homem para homem, quando Q se pôs de pé.

— Se meu acompanhante não pode ficar, também devo partir.

Eu a teria enfrentado, mas algo em seus olhos me avisou para não fazer isso. Ela era, afinal, mais parecida com a mãe que diferente, e não estava disposta a me descartar em prol de si mesma. Quanta atenção, quanta dedicação!

Dava para perceber a raiva de Wang Dan crescer em seu peito arfante e depois pelo rubor que lhe coloriu o pescoço. Mas isso foi tudo. A estrada podia ser tortuosa à frente e o amanhã, totalmente incerto, porém meu coração estava convicto, batendo no mesmo ritmo do de Q, minha beatífica rainha.

Dissemos adeus ao nosso anfitrião e partimos do santuário de Wang Dan sob a luz da lua e com uma brisa leve agitando a noite de verão. Uma carruagem foi designada para nosso uso até alcançarmos Tianjin, um sinal de gentileza que aceitei prontamente. Cruzando a ponte levadiça, olhei por sobre o ombro para o santuário dourado e vi um bando de borboletas repentinamente emergir e vir em nosso encalço, formando uma nuvem colorida.

— Por que não ficou? Por que não aceitou o convite do homem? — indaguei quando a carruagem se pôs em movimento.

— Você disse que ele não era meu pai — respondeu Q. Encostando-se em mim, com os olhos entrefechados, indagou, então: — O que faremos ao chegarmos a Tianjin?

— Iremos para os Estados Unidos.

— Mas essa é minha terra, a terra do meu pai.

— A terra do seu pai adotivo da qual estamos sendo expulsos.

— Quem cuidará de mim?

— Eu, e, se assim não for, você tem seus avós.

— Meus avós? Mas sou uma imperatriz, não posso abandonar meu marido. Estamos unidos para sempre, na vida e na morte.

— Ele já se encontra, provavelmente, na outra vida, se é que Vovô deu seu jeito para isso. O massacre já começou, e seu pai adotivo foi o primeiro a cair.

Ela cobriu a boca.

— Então, estou órfã, agora e para sempre — disse, soluçando.

Não pude responder. Algumas verdades não devem ser reveladas.

Q chorou durante todo o caminho que percorremos na noite fria pela estrada esburacada.

CAPÍTULO 35

Quando me capturaram, depois que deixei Q na modesta hospedaria próximo ao cais de Tianjin, não foi difícil imaginar o culpado da traição. Eu fizera, na véspera, uma visita ao consulado americano para conseguir informações sobre certos direitos conferidos não só a cidadãos nacionais como também àqueles nascidos de mãe americana.

O funcionário era um jovem meio arrogante portando uma gravata laranja. De imediato, pediu licença, afastando-se de seu posto durante um minuto inteiro e voltando com seu superior, um encarregado de negócios que, por sua vez, pareceu confuso diante de perguntas simples. Que puxa-sacos inúteis! Toda aquela pompa e ninguém parecia ter certeza de coisa alguma. Um terceiro foi consultado, um consultor jurídico de baixo escalão, típico aluno de Columbia, que sabia tudo e de nada sabia. Um tolo, que citou todo tipo de legalismos irrelevantes e tratados esdrúxulos que pouco tinham a ver com o objeto de minhas indagações.

Entre os três filisteus, uma preciosa meia hora foi desperdiçada, durante a qual um telefonema pode muito bem ter sido dado para a representação de Pequim, diretamente para a pessoa do meu inimigo, o coronel Winthrop — cuja obrigação era manter um olho atento em mim —, ou um mensageiro despachado até o xerife manchu mais próximo, de onde talvez houvessem enviado emissários para efetuar minha captura. Mais incrível ainda era pensar que o próprio Wang Dan pudesse ter pessoalmente se deslocado até os portões da Cidade Proibida a fim de cochichar o que sabia nos ouvidos expectantes de sua ex-associada, a viúva-herdeira, informando-lhe o paradeiro dos fugitivos importantes em troca de uma recompensa inimaginável compatível com a tarefa.

Por que suspeitar de que Wang pudesse nos trair? Por que não, afinal? Sua excelência já havia entregado Q no passado. Por que não voltaria a fazê-lo a fim de recuperar sua antiga glória? Tudo estava dentro dos limites da possibilidade.

Quando caíram em cima de mim sob aquele radioso sol do meio-dia, senti um suspiro de alívio me escapar do peito, como se aquilo estivesse para acontecer mais cedo ou mais tarde. Minha obsessão e possessão me haviam guiado até a escuridão em busca daquela luz perene. Tinha sido cansativo, e tal fadiga só agora me assaltava, oportuna e pontualmente.

Não mais que duas horas antes, eu acordara em nosso ninho de amor, minha escrava amada ainda quente e acomodada em meus braços, meu cetro pronto e altivo para a lânguida luxúria matutina. Podíamos estar em fuga — quem neste mundo não está fugindo de alguma coisa? —, porém, aquela era, afinal, nossa lua de mel com seus doces dias contados. Ela me chamava de muitas coisas: bruto, símio, rufião e animal. Ainda assim, deleitava-se em cada gemido, em cada sussurro. Sua jovialidade só fizera esconder um ser bastante tímido, e só a luxúria era capaz de desnudar por inteiro sua essência verdadeira: uma novata rosada e curiosa na arte e no jogo da cópula. Os dias e as noites no barco de casco chato forneceram prelúdio a esse pleno desabrochar tão pertinente e oportuno. Fuga e luxúria se entrelaçavam, uma incitando a outra. Quão monstruosamente eu a adorava e desejava. Quanto mais a possuía, maior era meu anseio por tê-la.

Jamais poderia imaginar um fim para tudo aquilo, mas ele haveria de chegar, era preciso. Havia muito eu vivia um tempo emprestado, uma licença concedida por Annabelle, decerto não para a satisfação desses impulsos básicos, e, sim, para a consecução de um objetivo bem mais nobre — bem-conhecido —, e quando chegasse a hora eu me redimiria.

Enquanto ela se achava deitada sob a luz matinal, eu pusera na mesinha de cabeceira duas passagens para Kioto, escala para chegar ao Havaí, acompanhadas do dinheiro obtido com a doação de um quarto de litro de sangue por transfusão direta a um francês moribundo no hospital de Tianjin — o sangue de um homem branco equivalia a ouro líquido. Na mesma mesinha, deixei uma sacola de ouro, o remanescente do que herdei de meus pais falecidos e o suficiente para que Q levasse não uma vida de rainha, mas uma existência confortável onde quer que decidisse chamar de lar. Mal sabia eu que aquela seria a última vez que nos beijaríamos e jamais imaginaria que ali estivesse o nosso ponto final. Contemplei-a uma derradeira vez, com o coração cheio de alegria, meus olhos sorrindo, úmidos com minhas lágrimas improváveis, embora não se tratasse de um momento para choro ou despedida, e, ainda assim, nisso tenha acabado se convertendo. Qualquer vislumbre mais claro do meu destino obrigaria o próprio Hércules a me arrancar dali; um momento mais e eu não a teria deixado. Ao vê-los chegar, senti-me pronto. Meu coração se conformara com o inevitável e inescapável. A redenção estava a caminho. Assim como o juízo final.

Na vida fazemos escolhas, que, por sua vez, tornam-se marcos no caminho e servem como faróis para nos iluminar em momentos de fraqueza e hesitação. No final, a vida é medida apenas pelo volume dessas maravilhas tangíveis: todo o resto se evapora como água, se apaga como a luz.

Por isso me entreguei a eles, já que todos os becos pareciam abrigar as sombras de sentinelas do palácio. Talvez houvesse marinheiros da marinha inglesa em seu meio, marinheiros alemães e portugueses entre eles vigiando suas docas e navios, porém, todos pareciam indiferentes, permitindo que os manchus me imobilizassem, assistindo enquanto eu era arrastado para uma carruagem que me aguardava. E, se havia ali também americanos, não os vi. Constituíam um grupo invisível, que não prestava para nada.

CAPÍTULO 36

Houve um longo interrogatório durante a viagem de volta, estando eu algemado e de olhos vendados. A julgar pela voz, meu inquiridor só podia ser o perverso chefe dos eunucos, Li, o pseudomarido emasculado da viúva-herdeira. O velo podia ter sido facilmente identificado por seu fedor ignóbil resultante da mistura de uma fragrância que Vovô insistia para que ele usasse a fim de dissipar o odor fétido do próprio corpo, exclusivo dos semi-homens com sua excessiva tendência a suar; em consequência, ele cheirava como meretriz de Cantão.

Entre os trotes, e posteriormente galopes, de oito cavalos treinados, ele começou por me perguntar:

— Onde está a imperatriz?

Eu lhe disse que por preço algum revelaria tal segredo, embora, caso tivesse buscado de porta em porta no perímetro de um quarteirão nas imediações do cais, pudessem, facilmente, descobri-la e capturá-la. Ela estava apenas a duas casas de distância do local onde fui capturado.

— Você pagará caro pelo seu crime — disse Li, sem alterar a voz, o que não era preciso, sendo seu tom naturalmente agudo e venenoso o bastante. — O tipo de castigo inimaginável para um estrangeiro como você.

Respondi que nada seria inimaginável nas mãos de salafrários como ele, que estalou a língua da forma mais sinistra possível.

Sondei-o com relação aos supostos crimes mencionados.

— Foi o crime supremo, o delito impronunciável — respondeu.

Dessa vez, quem estalou a língua fui eu, recebendo um tapa.

— Quer saber? Você tem mão de mulher e bate como se fosse mulher.

Ele voltou a me estapear, dessa vez com as costas da mão e com força suficiente para me atirar contra a lateral da carruagem. Seguiu-se uma calmaria, durante a qual tudo que eu ouvia era o chiado de sua respiração: uma válvula de escape, o trinado de sua raiva em ebulição. Paramos então num aparente entroncamento na estrada, para permitir que um trem passasse, provavelmente o expresso Tianjin-Pequim, dirigindo-se para o interior, assim como nós.

— Você não tem o direito de me tratar assim, estou dois postos acima de você em hierarquia — falei, logo que a carruagem voltou a se movimentar. Referia-me ao grau honorário de tutor real. — Uma posição augusta da qual você jamais chegará perto.

Outro estalar de língua sinistro.

— Seu crime o destitui de todas as honras, segundo o decreto de Vovô.

— Tem certeza de que realmente é de Vovô, ou você o falsificou como fez com vários outros decretos e concessões? — Li não respondeu. — Sei tudo sobre suas falcatruas, seus roubos, seus engodos.

— É bom que você saiba diante de quem está.

— Vou relatar tudo isso ao imperador e você perderá mais do que apenas sua masculinidade.

— Tarde demais. Seu patrão se retirou para a Ilha da Solidão faz dois dias.

— Sou americano. Minha representação diplomática virá me resgatar.

— Foi sua representação diplomática que me forneceu seu paradeiro — disse Li.

— Mentira!

Ele estalou a língua.

— Não, é a pura verdade. Eles tinham a obrigação de entregá-lo, já que violou as leis desse reino. Você cometeu o crime de se relacionar com uma esposa real e cometeu outras infrações, a menor das quais o assassinato por enforcamento do contador real, além do incêndio criminoso que transformou em cinzas nossa inestimável Câmara do Tesouro. Onde está Qiu Rong? — insistiu o eunuco, sua saliva salpicando meu rosto.

— Você jamais a encontrará.

Ao cair da noite do dia seguinte chegamos a Pequim e passamos por um portão, entrando no palácio. A carruagem atravessou os pátios de cascalho, rangendo as rodas.

Minha venda foi retirada e meus olhos se abriram para o interior de uma câmara vazia, no centro da qual havia unicamente uma mesa de açougueiro. Uma corda assustadora pendia de uma roldana presa à viga do teto. Na parede pude ver instrumentos de tortura e tormento: serrotes, cutelos, chicotes e congêneres. Vi quatro hienas e chacais sisudos experientes nessa atividade sangrenta, carecas e bronzeados, sombrios e taciturnos, ajudantes e coadjuvantes no jogo excitante de minha morte, o que em nada me amedrontou. Sorri para eles, fazendo com que o espanto emoldurasse seus rostos.

— Não temo a morte — declarei para o chefe dos eunucos.

— Morte que não merece, sr. Pickens. — Sua voz fina ecoou pelo cômodo a partir da poltrona de canto onde ele estava sentado. — Você tem muito a sofrer, e há de sofrer como nenhum outro homem branco. Dispam-no.

Os quatro homens me prenderam sobre a mesa, ainda encharcada com os fluidos do último coitado que ali se deitara, e arrancaram minhas roupas. A última tira foi cortada com uma adaga afiada na altura de meus genitais. Nu, fui amarrado à superfície áspera com tiras de couro no pescoço, no peito e na pelve. Ambos os tornozelos foram presos aos pés da mesa, de modo que fiquei de pernas abertas. Quanto à corda dependurada, eu só viria a me inteirar de sua serventia macabra mais tarde.

— O que significa tudo isso? — gritei para o eunuco, cujo rosto se encontrava perfeitamente emoldurado no centro do meu campo de visão, o V formado por minhas virilhas.

— Você me deixou pouca escolha além de ordenar que lhe deem o castigo mais cruel: a castração para puni-lo pela quebra do nosso vaso de jade — respondeu Li, empregando o eufemismo usado para descrever o ato de deflorar uma imperatriz. — Nossos mil anos de correção e dignidade foram arruinados por seu ato transgressor. Sem a sua irresponsabilidade peniana, você jamais será capaz de voltar a nos ofender. — Um trovão ensurdecedor atingiu meu fino couro cabeludo e o mundo à minha volta girou num redemoinho emudecido. Meu coração saiu pela boca. Mal ouvi o restante do solilóquio enraivecido de Li. — Você quebrou uma de nossas regras cardinais. Viverá a partir de agora o que resta da sua existência como vivemos, a fim de pagar por seu grave pecado.

Teimosamente, implorei a ele que me degolasse, que me arrancasse o coração, que me arrancasse pernas e braços. Mas não isso.

Ele prosseguiu, ignorando meus apelos:

— Sabia que fui eu que a levei para a casa do seu pai adotivo no dia em que ela veio ao mundo? Sabia que fui eu que convenci a viúva-herdeira a entregá-la para adoção em lugar de afogá-la como oferenda de paz? Qiu Rong ascendeu ao augusto posto de quarta consorte, alcançando um patamar sagrado acima de censuras, e então você surgiu para levá-la à ruína e cobri-la de vergonha. Você tem uma última chance de ser poupado. Diga onde ela está e sairá daqui um homem livre e inteiro.

As palavras brotaram de sua boca loquaz e ecoaram, fazendo vibrar as paredes do aposento.

— Qiu Rong ou a castração? — perguntou ele outra vez.

Quando a alternativa é simples assim, escolher não é difícil. Cuspi no sujeito.

Com um sinal de assentimento do eunuco, um dos membros do quarteto arrancou o machado da parede, deslizando o polegar lâmina abaixo para confirmar se estava bem-afiada. Preparei-me, respirando fundo. Outro carrasco acendeu um amarrado de gravetos de incenso, do qual se ergueu um aroma pungente, e contornou meu rosto com ele, segurando-o em seguida acima dos meus genitais. Na fumaça densa, uma fortaleza espectral, qual uma miragem, me envolveu. No meu interior, a imaginação alçou voo. Vi mentalmente aquele inescapável incêndio de verão acima do qual pairava Annabelle, flutuando entre percevejos incandescentes e borboletas incendiárias, a barra de sua saia subindo e descendo, conforme os ventrículos do meu coração se contraíam em espasmos. Aquilo que insistia em me fugir se tornou meu último abrigo, meu lar sagrado, no qual eu repousaria sem lamento ou tristeza. Todos os semi-homens diante de mim escolheram a emasculação para ascender à glória. Eu a alcançava pela sua falta: pelos meus dois arcanjos gêmeos: A e sua filha, Q.

O que se seguiu foi vil e cru. Observei a sequência como se testemunhasse os pássaros matutinos voarem acima de minha cabeça ou o rio fluir a meu lado.

Alguém afastou minhas coxas. Uma lâmina de barbear raspou minha pele antes que outra mão fria me agarrasse o escroto, amarrando meu mastro e testículos com firmeza à base com a corda que pendia do teto. Então, veio um experiente e preciso golpe de machado, cortando tudo fora de uma única vez.

Ai, que choque entorpecedor! Que dor mortal! Gritos estridentes me brotaram da garganta quando o pedaço de carne sanguinolento foi erguido pela corda, o toco ensanguentado balançando no ar. Então, as cortinas dos meus olhos baixaram, fechando do lado de fora o espetáculo trágico. A escuridão confortadora me tomou de assalto.

CAPÍTULO 37

Fui transferido do palácio para uma enfermaria anônima em algum lugar nas extremidades da Cidade Tártara, maldotado de consciência. A passagem do tempo era perfurada por surtos de dor lancinante, como se uma lava escaldante rasgasse o núcleo da ferida aberta, com três polegadas de diâmetro e as bordas todas ásperas. O sangue escorria, molhando minhas nádegas e o interior das coxas, algumas gotas chegando a empoçar em volta dos tornozelos.

A ferida inchara até se tornar um calombo com aparência de uma cratera escarlate. Moscas voltejavam acima do buraco escancarado, algumas pousando precariamente nas beiradas, outras pousando no centro e estimulando as extremidades nervosas, suas bocas tão cortantes quanto lâminas de adaga. Mal conseguia erguer as mãos para abaná-las. Era In-In quem as dispersava, com a ajuda de uma folha de parreira. Ainda assim, até mesmo a brisa levíssima que ele produzia incomodava a ferida desprotegida, raspando-a como se fosse a lâmina de uma faca.

★ ★ ★

A necessidade de urinar me acordou de um sonho doloroso. Nele, eu não tinha pernas, estava abandonado numa ilha sem qualquer pedaço de terra ou navio à vista, mergulhado apenas no silêncio do desespero e da impotência. Vermes rastejavam em minha direção, prontos para o assalto. Só quando uma tempestade se abateu sobre a ilha com rajadas de chuva e trovões ensurdecedores, os vermes fugiram assustados, mas a chuva continuou a cair, inclemente, contraindo minhas entranhas e fazendo doer meus genitais. Uma dor urgente envolveu meu baixo abdome, ameaçando me estraçalhar. Cada grito era vão, cada onda de agonia, motivo bastante para que eu me imolasse na pira do pecado e das transgressões.

Logo me dei conta da realidade, conforme persistia a dor. O que se bota para dentro precisa sair. A dolorosa urgência de urinar foi bloqueada por um caminho interrompido, agora úmido de sangue e pus.

In-In me ofereceu um cachimbo de ópio, experiência que eu sabia agora como havia adquirido.

— O que faço agora? — indaguei, gemendo pateticamente.

In-In acendeu o cachimbo para mim e o introduziu na minha boca. Uma tragada abjeta encheu as câmaras de meus pulmões, imediatamente aliviando a dor tenebrosa. Produzindo um caule seco com um centro oco, In-In se agachou entre minhas coxas. Inclinando-se sobre a área afetada, cuidadosamente inseriu uma extremidade da haste na ferida, encontrando a cavidade do meu trato urinário. Lentamente sugou, então, o líquido excretado por esse canudo, cuspindo o que havia sugado, extraindo parte desse vazamento gelatinoso de tal forma que agora a face da castração se revelava por inteiro. Fora-se a árvore e sua raiz, o saco e suas bolas. Fora-se também aquilo pelo qual eu me pautara, minha masculinidade, deixando para trás apenas o terreno incipiente do nada. Ali estava, a olho nu, minhas senhoras e enlutados senhores, em toda a sua inglória rusticidade, nomeadamente a minha lastimável terra nômade de ninguém.

Meu primeiro impulso foi uma irresistível tentação de autorridicularização. Se não me assolasse ainda tamanha dor, e se um espelho de corpo inteiro estivesse disponível, eu teria me levantado para contemplar minha nova pessoa, para exibi-la, rindo da minha planície. Quanta simplicidade!

Deveria acaso carpir o que se fora, como faria um cego com a visão perdida ou as árvores com os frutos caídos e botões amarelecidos? Deveria eu lamentar com o coração aos pedaços e lágrimas torrenciais que jamais viriam a secar?

Voltando do devaneio, perguntei:

— Como você aprendeu a me limpar dessa maneira?

— Fui cuidado dessa forma por outro rapaz, alguém que esteve comigo na enfermaria, mas que morreu pouco depois, de infecção.

Ficando de pé, In-In cuspiu em uma escarradeira, deixando a haste ainda inserida em mim.

— Você se esqueceu de remover o canudo — observei.

— Não, ele precisa ficar para que quando a ferida cicatrizar, a abertura fique intacta e não volte a se fechar.

Tão jovem e, ainda assim, tão sábio.

— Onde você arrumou dinheiro para me comprar isso? — indaguei, acenando na direção do cachimbo.

— Prefiro não dizer — respondeu ele, com a cabeça baixa, o queixo pontudo pousado no peito magro.

— Por favor, me diga.

— Minha indenização.

— Demitiram você?

Ele assentiu.

— Quando o patrão de alguém se vai, o mesmo acontece com o criado. Não mais haverá riqueza a me aguardar, apenas uma morte lenta. Pedi para servi-lo, o que me deu direito a essa indenização.

Que menino terno. Mais terno ainda era seu amor.

— É o único remédio capaz de curá-lo. Eu gostaria de ter podido dar uma ou duas tragadas quando fui capado. — Tirando de uma gaveta uma bolsa de seda, ele o mostrou a mim. — Aqui está meu tesouro, seco e inútil.

— O que vai fazer com isso?

— Vou ser enterrado com ele para que na próxima vida eu seja novamente um homem inteiro. Esse é seu saco — completou In-In, erguendo uma bolsa molhada, ainda úmida de sangue, que com cuidado pôs ao meu lado. — Nunca se afaste dele.

O que eu não daria para lhe oferecer ouro e riqueza, porém, nada me restava, salvo gratidão.

CAPÍTULO 38

Em um dia de novembro, quando o céu parecia assustador com a ameaça de neve, Qiu Rong apareceu na enfermaria. Estava radiosa, de bochechas coradas e olhos sorridentes. Não fiz um drama ao vê-la ao lado de minha cama àquela altura, quando eu ali estava havia três meses. A ferida já cicatrizara.

— Por que você veio? Não deveria estar escondida em algum lugar? — perguntei.

— Eu soube e quis ver você. Além disso, perdi o navio. Ele já tinha zarpado quando cheguei.

Quis apertá-la contra o peito e deixar explodir em gritos toda a minha angústia, contudo, não consegui sequer abrir os braços para ela, tal a rigidez que senti, parado ali como uma árvore congelada.

Ela veio até mim, abraçou meu arcabouço frágil — eu emagrecera. Mesmo então, não pude abraçá-la. Alguma coisa se esvaíra de mim, e alguma coisa havia de diferente nela.

Fora apenas um intervalo de uns cem dias, mais ou menos. No entanto, a meus olhos ela parecia ter envelhecido, não algumas luas, e sim anos e anos. Seu rosto se tornara redondo, e, embora as covinhas ainda fossem profundas, os olhos tinham perdido aquele brilho reluzente típico da juventude e agora beiravam a opacidade. O cabelo louro escurecera um tom e a suculência aveludada e carnuda dos lábios era agora seca e crestada. O peito estava mais cheio e a cintura fina aparentemente engrossara algumas polegadas.

— Estou grávida — anunciou ela com um sorriso inseguro.

— Quem é o pai? — indaguei.
— Você.
A dúvida brotou em mim.
— Você teve outros amantes?
Ela me estapeou forte com a palma fria da mão.

Não encontrei palavras adequadas para expressar o que havia e o que não havia dentro de mim e me vi confuso. Confundido pela minha falta de entusiasmo, pela ausência de prazer, ou mesmo de curiosidade. Era como se tivesse envelhecido ao contrário, voltando aos meus anos de infância, insegurança, timidez e desinteresse.

— Não vai dizer nada? — disse ela, com irritação. — Falei que o filho é seu. Não está feliz, agora que perdeu seu... — Q mordeu o lábio.

Dei um suspiro. Havia algum bloqueio que me impedia de alcançá-la, de amá-la como sempre sonhara amar. Algo lento e pesado me detinha. Algo novo criava um freio ou uma repressão onde antes tal empecilho não existia. Tudo que pude dizer foi:

— Olhe o que você fez consigo mesma.

Ela me encarou, magoada.

Desmontei como uma criança indefesa bem ali diante dela, minha amante terrena, minha esposa encarnada, a quintessência do que um dia considerei precioso e rotulei de perfeito — o único vestígio tangível do meu amor emaranhado e contorcido.

Aquilo foi tudo que consegui dizer.

Que vergonha! Que tristeza!

Ela deu meia-volta e se foi.

CAPÍTULO 39

Depois da breve visita de Q, In-In e eu nos acomodamos na choupana de três cômodos supostamente construída pelo reverendo Hawthorn. Ali, soube do que fora feito de Q e do poderoso Wang Dan.

Como Q perdera o navio que a levaria a Kioto, aquele bom homem, Wang Dan, veio em seu socorro, levando-a de Tianjin após minha captura e mantendo-a longe das mãos assassinas da viúva-herdeira.

O palácio perseguiu Wang Dan por ele ter ajudado a imperatriz fugitiva. O exército real cercou sua cidadela, e não muito depois Wang se rendeu. A essa altura, Q havia muito partira, segundo alguns, para o extremo sul de Cantão, onde as chamas da revolução se espalhavam. Outros afirmam que ela tomou o rumo de Kioto, onde antes tivera seus anos de formação. Havia ainda os que sustentavam que ela fugira para Boston. Todos, porém, concordavam que ela carregava no ventre um filho — seu filho, meu filho, nosso filho.

Eu soubera, por essa época, que havia sido o próprio jovem imperador que ordenara que Q fosse enforcada na noite de nossa fuga. Ao coitado não tinha sido oferecida escolha pela viúva-herdeira: livrar-se de Qiu Rong ou ser destronado. Ele escolheu enforcá-la, sabendo muito bem que aquilo não lhe preservaria a coroa nem lhe salvaria a vida. Diziam que ele morreu lamentando a perda de sua última imperatriz. Foi vilão ou vítima? Ambos, diria eu.

A viúva-herdeira mandou que Wang Dan fosse queimado vivo e seu corpo pregado ao caixão como Cristo à cruz, o túmulo coberto de camadas de pedras numa cripta anônima. Quando abriram sua tumba e exumaram seu corpo, vários dias depois, seus seguidores descobriram não só a anomalia de seu pseudo-hermafroditismo, como também uma surpreendente sindactilia nos dedos dos pés, unindo especificamente o segundo e o terceiro dedos, exatamente a mesma mazela que afligia Q.

Deixarei o julgamento ao encargo dos que me leem. Afinal, esse é meu júri. Direi apenas o necessário e nada mais. Os dedos geminados de Wang contam uma história encantadora, a de que ele é o pai de Qiu Rong e, levando-se em conta a ambiguidade de sua virilidade e sexualidade, isso só poderia ter se dado por meio de uma intervenção divina.

Quanto à minha Annabelle, a verdade que finalmente enxerguei é que a paixão pode cegar um homem, porém, o amor o mantém vivo. Eu teria morrido muito tempo antes ao descobrir o mundo vazio e a vida oca sem grande objetivo, de causa natural ou me enforcando. Muito tempo e muitas oportunidades tive, entretanto, a posse do fantasma de Annabelle coloriu minha existência e deu a minha jornada um destino digno. Agora, todos os dias que vivo nessa casa de sua infância, olhando com meus olhos baços os espinheiros por ela plantados e decifrando os desenhos que seus dedos fizeram nas paredes, somos, eu e ela, um só, alçando voo com sua tribo de borboletas naquele jardim verdejante de verão. Verão e infância são sinônimos, equivalendo, por sua vez, ao nosso amor inicial; eles são os primeiros hieróglifos de nossas almas despertas, fazendo-nos assim ansiar por elas como tais.

Em noites silenciosas, ouço os passos de Annabelle. Pela manhã, ouço seu riso, os ecos de sua juventude. As estações vêm e vão. Nossos espinheiros florescem e tornam a florescer. Nesse estado de espírito não espero senão meu fim para ir a seu encontro.

Desejo e paixão se foram, deixando atrás de si uma lucidez cristalina, em que o doce amor por ela é o próprio ar que respiro. Diariamente reflito, chegando a novas conclusões. Cada pôr e cada nascer do sol marcam minha lenta e firme caminhada em sua direção.

AGRADECIMENTOS

Nenhum livro pode ser escrito em completo isolamento. Quero agradecer e dar crédito às seguintes pessoas por criarem um jardim em torno de mim e permitirem que este livro florescesse.

Minha linda esposa, Sunny. Minha primeira e principal editora. Ela se debruçou sobre cada uma das palavras que escrevi aqui, assegurando-se de que dicção e expressões fossem apropriadamente empregadas. Minha gratidão por ela é profunda e vasta. Seu talento literário é abundante e pode ser visto nos maravilhosos romances que ela publica pela Berkeley/Penguin Books.

Minha mãe, por seu talharim de arroz com camarão, ostras e coentro. Seus sorrisos serenos são sempre cheios de amor.

Meus filhos, Victoria e Michael. Vocês nos deixam orgulhosos e nos fazem sorrir todos os dias.

O sr. e a sra. Liu, meus sogros, as pessoas mais afetuosas e generosas do mundo. Somos muito abençoados com o amor de ambos.

Tio (dr.) Nate, tia Mil e seus filhos, Austin, Sam, Erica e Hudson: vocês são a nossa inspiração em mais aspectos do que imaginam.

Minha irmã, Ke, seu marido e minha sobrinha, Si, pelo generoso e fiel apoio.

Nossos queridos amigos Marcia Gay Harden e Thaddaeus Scheel. Patinar na sua casa do lago no primeiro dia do ano é uma tradição muito querida e uma cálida celebração da amizade e boa vontade.

Elliot Figman, poeta muito aclamado e fundador do *Poets & Writers*, que cuidou de mim desde o início da minha carreira. Não existe causa mais meritória do que a Elliot's P&W Foundation. Doem!

Meus caros colegas Elizabeth Hastings e o dr. Michael White, respectivamente, consagrada romancista e diretor do programa de mestrado em escrita criativa da universidade Fairfield, do qual orgulhosamente faço parte. Vocês são meus heróis em Enders Island.

Meus agradecimentos a todos do FUMFA pelo carinho e admiração.

Glen Loveland, obrigado por garantir que o meu dialeto do sul tivesse a grafia correta.

Meu agente literário, Alex Glass, do Trident Media Group, que tanta consideração tem por bons livros e mais ainda por seus autores. Desfruto da imensa sorte de contar com sua amizade, sua dedicação e seus sábios conselhos.

Meus profundos agradecimentos a Jenny Frost e Shaye Areheart.

Kate Kennedy, a quem não posso agradecer o suficiente por ter moldado a essência deste livro.

Meu mais sincero agradecimento a Alexis Washam, meu brilhante editor, por lançar este livro. Mais um obrigado empolgado à sua fantástica assistente, Christine Kopprasch. Às minhas caras Maya Mavjee, Molly Stern e Tina Constable: obrigado pela brilhante liderança exercida na Crown.

Finalmente, devo reconhecer que a ideia desta história surgiu pela primeira vez quando fui convidado a falar na universidade de Yale e vi o retrato do sr. Horace Tracy Pitkin (turma de 1892) pendurado na rotunda Woolsey. Seu heroísmo me inspirou a escrever este livro, mas todos os personagens e cenas são frutos exclusivos da minha imaginação e criatividade.

PUBLISHER
Kaíke Nanne

EDITORA EXECUTIVA
Carolina Chagas

EDITORA DE AQUISIÇÃO
Renata Sturm

PRODUÇÃO
Thalita Aragão Ramalho

PRODUÇÃO EDITORIAL
Anna Beatriz Seilhe

REVISÃO DE TRADUÇÃO
Juliana Pitanga

REVISÃO
Mariana Moura
Rayana Faria

DIAGRAMAÇÃO
DTPhoenix Editorial

CAPA
Maquinaria Studio

Este livro foi impresso no Rio de Janeiro, em 2015,
pela Edigráfica, para a Editora Nova Fronteira.
A fonte usada no miolo é Iowan Old Style, corpo 10,5/14,5.
O papel do miolo é avena 80g/m², e o da capa é cartão 250g/m².

Visite nosso site: www.novafronteira.com.br